Almas rotas

Sandra Gabriel

Almas rotas

Índice de capítulos

1

Nicola acariciaba con ternura el lomo de los libros mientras pensaba. Le había dicho a su primo Adrián que abandonaba la fiesta para irse a casa, pero en realidad se había refugiado en la biblioteca. No lo había podido resistir. Siempre le gustó estar rodeada de libros. Adoraba su tacto.

Aunque se oían de fondo los sonidos de la fiesta, se sentía como si estuviera en una burbuja. Iluminada solo por una pequeña lámpara, rodeada de los libros de Alexei, en su biblioteca, en su casa, sentía un anhelo tan profundo que hasta dolía.

Hoy se sentía desanimada. Mañana era su cumpleaños y no iba a conseguir lo que más deseaba: un beso de él.

Desde hacía meses suspiraba por Alexei como una tonta, no obstante, él no le hacía ni caso. Tenía diecisiete años y, pese a que muchos chicos habían querido salir con ella, no había dejado que ninguno la tocara ni la besara. Quería que él fuera el primero. El único.

Su primo Adrián se reía de ella diciendo que estaba enamorada de un gigante y un bruto. Con su metro noventa de estatura, Alexei era un enorme comparado con ella. No solo era alto, sino fuerte, con un pelo tan rubio que casi parecía blanco y unos extraños ojos azul claro. Contrastaba de forma especial con ella, tan pequeña en comparación con su metro cincuenta, su piel color aceituna, su larga melena morena y sus ojos verdes. Eran tan diferentes... Donde él tenía músculos, ella tenía curvas, sin embargo, para Nicola esos contrastes eran las que los hacía perfectos el uno para el otro.

Sus diferencias no solo eran físicas ya que donde él era ruidoso, abierto, alegre y, en ocasiones, un poco rudo, ella era silenciosa, educada y rodeada de un aire de melancolía. *Santa Nicola*, la llamaban a sus espaldas. Por si esto no fuera poco, había una diferencia de edad, que si bien a ella le parecía insignificante, sabía que mucha gente criticaría. Él era diez años mayor y estaba segura que la veía como una niña. Mañana, por fin, sería mayor de edad. Tendría que pensar qué hacer, pero iba a conseguir que empezara a verla como una mujer.

Alexei y su amigo Iván habían aparecido hacía un año, tras la muerte del padre del primero. Fue una sorpresa para todo el mundo descubrir que el señor Kovac había tenido un hijo. Nunca había dicho nada a nadie. Al parecer, había ocultado que estaba casado. Había abandonado a su mujer hacía muchos años, pero como no se había divorciado, a los abogados no les había costado mucho localizar a su hijo. Su mujer, sin embargo, había muerto hacía unos años.

Tanto Iván cómo Alexei habían aparecido rodeados de un aire de misterio que había vuelto locas a todas las mujeres. Nadie sabía mucho acerca del pasado de ambos, solo que eran un poco...

rústicos sería la palabra adecuada, lo cual resultaba como un soplo de aire fresco en aquella sociedad de ricos en la que se movían. No hacía falta ser muy listo para darse cuenta de que, a pesar de que ahora mismo poseían dinero en abundancia, no se habían criado en un ambiente de opulencia.

Cuando Alexei la miraba sentía una emoción tan grande en el pecho y un calor, que le recorría el cuerpo entero y le hacía desear acercarse a él y exigirle que la besara, no obstante, no se atrevía. A veces, fantaseaba con sus besos, pensaba que serían dulces y tiernos. Se imaginaba que se acercaba a ella y le decía lo mucho que la amaba y le pedía que estuvieran siempre juntos. Era consciente de que se trataba de meras fantasías, aunque allí, en ese momento, se juró que haría lo que fuese necesario para hacerlas realidad.

Sumida en sus pensamientos, con los ojos cerrados, no oyó cómo se abría la puerta de la biblioteca ni vio la claridad que se filtró a través de la misma, ni se percató de que alguien había entrado en la habitación hasta que fue demasiado tarde.

Alexei estaba muy borracho. Se había pasado la noche babeando por Nicola. Era una diosa para él, un ángel, lo más puro y tierno que había conocido en su vida y la deseaba. La deseaba tanto que ahora estaba completamente duro solo por pensar en ella.

Se había criado en las calles de Rusia entre ladrones y mujeres de mala vida, y no estaba acostumbrado a tratar con alguien como Nicola. No sabía cómo comportarse con una mujer como ella.

Era tan educada, tan dulce... Le inspiraba una ternura que no creía haber conocido jamás.

Solo había estado con prostitutas. Cuando le gustaba una, solo iba y se la follaba. No tenía ni que hablar con ella. Alguna se había quejado de que era un poco bruto, no obstante, tampoco le preocupaba: para eso les pagaba. Sin embargo, con Nicola quería hacerlo bien. Estaba loco por ella y quería ser dulce y tierno, a pesar de que no tuviera ni puta idea de cómo se hacía eso.

Desde que los abogados de su padre le habían localizado en Rusia y le habían comunicado, no solo la muerte de su padre, sino que este era multimillonario y que él, como su único hijo, era su heredero universal, había entrado en un mundo desconocido de gente rica y educada con la que, en ocasiones, no sabía cómo relacionarse. Pensar en el hambre que habían pasado él y su madre durante años... Ver cómo ella había tenido que recurrir a la prostitución para que pudieran llevarse algo a la boca para, al final, descubrir que el cabrón de su padre era rico, hacía que deseara matarlo pese a que ya estaba muerto.

En realidad no necesitaba el dinero. Iván y él habían alcanzado la riqueza por su cuenta y era algo de lo que ambos se enorgullecían. Había estado a punto de renunciar a la herencia, pero Iván le había convencido para que vinieran a este país. Le había dicho que era una oportunidad de expandir sus negocios, y lo cierto es que nunca se había arrepentido. No por la parte de expandir los negocios —aunque eso era lo que estaban haciendo—, sino porque gracias a eso había conocido a Nicola.

Mañana era el cumpleaños de su amada. Cumpliría 18 años y sería mayor de edad. Alexei había estado conteniéndose; fingiendo indiferencia, para que nadie pudiera objetar nada a su relación. Tenía diez años más que ella y no quería que le acusaran de corromper a una menor.

En cuanto había empezado la fiesta se había acercado al primo de Nicola, Adrián, y le había dicho que pasaría por su casa al día siguiente para hablar con ella. También le había pedido que no le contase nada a ella porque quería darle una sorpresa por su cumpleaños.

Estaba convencido de que sería una sorpresa porque le confesaría sus sentimientos y rezaría para que no huyera escandalizada, no obstante, antes tenía que dejar salir la frustración sexual que sentía.

Hacía mucho que no echaba un polvo. Había dejado de frecuentar prostitutas porque no la podía sacar de sus pensamientos. Cuando besaba a otra, cuando la acariciaba, imágenes de Nicola le asaltaban haciéndole sentir incómodo, como si la estuviera traicionando.

Nunca había creído en el amor, sin embargo, cuando ella no estaba sentía, un constante dolor en el pecho, así que, o era amor, o un ataque al corazón.

No estaba acostumbrado a tener que reprimir sus deseos. Le gustaba el sexo duro y no todas las mujeres aceptaban sus exigencias en la cama, pero con Nicola tendría que aprender a contenerse. Estaba seguro de que era virgen, así que tendría que tratarla con ternura.

Por eso, en los últimos días la evitaba, porque el solo hecho de mirarla hacía que se pusiera duro como una roca. Necesitaba desahogarse para poder hablar con ella acerca de sus sentimientos sin pensar en follársela; no obstante, hacía tantos meses de la última vez, que necesitaba con desesperación echar un polvo antes de hablarle o se encontraría con las faldas levantadas antes de tan siquiera poder decir hola.

Por eso iba hacia la biblioteca. Para echar un polvo y poder tener al día siguiente la capacidad de hablar con ella sin estar nublado por sus deseos. Con esa idea le había pedido a Iván que le buscara una mujer, a pesar de que no le valía una cualquiera: quería una que se pareciera a ella.

Había esperado a que Nicola abandonara la fiesta para avisar a Iván y este le acababa de confirmar mediante un mensaje que la mujer había llegado.

Se había pasado toda la noche mirando a su amada y bebiendo, envidiando a todos los jóvenes imberbes que se habían acercado a ella, resistiendo el impulso de gritar que se alejaran; que era suya y de nadie más.

Estaba tan borracho que, en cuanto entró en la biblioteca, le parecío estar viendo a la propia Nicola. Juraría que incluso llevaba la misma ropa. Aunque, a sabiendas de que era imposible —puesto que se había marchado hacía rato— pensó que en esta ocasión Iván se había superado. No es que se pareciera a Nicola, sino que era idéntica a ella, al menos por lo poco que veía, ya que estaba situada de lado y aún no se había percatado de su presencia.

Acercándose por detrás, la sujetó por la trenza, la giró sobre sí misma y la estampó contra la pared al tiempo que la besaba con fiereza. El parecido era asombroso.

Nicola sintió un fuerte tirón de pelo. Quien fuera que la tuviera sujeta le dio la vuelta y la estampó con violencia contra la pared. Tardó unos segundos en darse cuenta que era Alexei el que la sujetaba y, antes de que le diera tiempo a procesarlo, él empezó a besarla.

Llevaba meses fantaseando con sus besos, sin embargo, jamás hubiera imaginado que serían así, dolorosos, porque más que besar... la devoraba. Le chupaba los labios con fiereza mordiéndoselos hasta que el labio superior empezó a sangrar. Su aliento alcohólico le daba ganas de vomitar. Esto no era con lo que había soñado; no era lo que deseaba. Empezó a luchar contra él, no obstante, era mucho más fuerte y cuánto más luchaba, él parecía excitarse más.

Dejó de besarla y se apartó de forma breve, lo que le hizo pensar que quizás la dejara marchar.

—Nicola... —murmuró.

Le rasgó el escote del vestido, dejando sus pechos a la vista para, a continuación, proceder a morderlos y chuparlos con la misma fiereza que había dedicado a sus labios.

Ella se sentía paralizada, como fuera de su cuerpo. Esto no podía estar pasando. Este no podía ser Alexei. Gruesas lágrimas arrasaban sus mejillas mientras las fuerzas la abandonaban.

Una mano se introdujo entre sus piernas y, con violencia, tres dedos se introdujeron en su interior. El dolor fue brutal y la dejó sin respiración. El sonido de una cremallera bajándose la avisó de lo que iba a pasar a continuación. Cuando ya creía que iba a desmayarse, una puerta se abrió y oyó una voz que decía:

—Cariño, ¿has empezado sin mí?

Alexei se apartó de ella, aturdido, y fue todo lo que Nicola necesitó para escapar.

Estaba confuso. Tenía la mente envuelta en una bruma: ¿no la estaba besando contra la pared?, ¿qué hacía en la puerta? Debía estar pasándosele la borrachera porque ya no le veía el mismo parecido físico de antes. No le parecía ni que llevase la misma ropa, aunque en ese momento ya no le importaba. Se pasó la mano por la cara tratando de despejarse un poco.

—Ven aquí —le ordenó agarrándola con fuerza. Ya le daba igual el parecido con Nicola. Ahora lo único que quería era follársela.

Y así lo hizo.

2

Nicola no supo cómo fue capaz de llegar a casa. En cuanto cruzó la puerta subió corriendo a su habitación y empezó a vomitar en el baño. Las arcadas eran tan grandes que llegó un momento que ya no tenía nada más en su interior y, sin embargo, las náuseas continuaban. Cuando estas terminaron, la realidad de lo que había ocurrido la golpeó y los sollozos la inundaron.

¡No podía ser! ¡No podía ser! Alexei no podía haberle hecho esto. Él... no.

—¿Qué te pasa?

La voz de su primo Adrián la sorprendió de tal modo que se giró de un salto, sin darse cuenta de que tenía toda la parte superior del vestido rota.

—¿Qué demonios es eso? —gritó su primo—. ¿Quién ha sido el animal?

Estaba estupefacto. A través de los jirones del vestido se veían los pechos de su prima llenos de moratones.

—¿Te han violado? —preguntó con seriedad.

Ella negó sin parar de sollozar.

—Pero lo han intentado —respondió por ella.

Ella se derrumbó sobre él que la acariciaba con ternura mientras decía:

—No pasa nada, cariño. Ya estás a salvo.

La llevó hasta la cama y la tumbó en ella echándose a su lado, sin dejar de abrazarla, mientras lloraba.

Estaba furioso. Quería saber quién había sido el cabrón para partirle la cara. Los padres de Nicola estaban de viaje y él había se había mudado a su casa para que no estuviera sola. Solo tenía veinte años, sin embargo, se enfrentaría a quien hiciese falta por su prima.

Los rayos del sol despertaron a Nicola. Por un momento, pensó que lo ocurrido la noche anterior había sido una horrible pesadilla de la que, por fin, se había despertado; si bien el dolor palpitante en su labio y en sus pechos, así como los jirones de su vestido le hicieron darse cuenta de que había ocurrido de verdad.

¿Cómo había podido Alexei? ¿Por qué lo había hecho? Su corazón sangraba de dolor.

—¿Estás despierta?

Nicola se giró y ahí estaba su primo Adrián, sentado en un sillón junto a la cama. Se había pasado toda la noche velando por ella.

—Tenemos que hablar —le advirtió mientras la miraba con preocupación.

—Antes quiero darme una ducha —contestó ella con un graznido. No reconocía su propia voz. Sonaba ronca después de pasarse la noche llorando.

—No deberías ducharte si lo vas a denunciar.

—No lo voy a hacer —negó mientras gruesas lágrimas volvieron a caer por sus mejillas.

—Deberías hacerlo para que no se lo haga a nadie más.

—No puedo —admitió con voz rota.

—¿Quién fue? —Adrián necesitaba saberlo.

—Alexei. —Los sollozos volvieron a invadir su cuerpo.

Su primo se acercó a abrazarla conmocionado. ¿Alexei? Nunca lo hubiera imaginado. Era cierto que tenía fama de bruto, a pesar de lo cual, nunca había oído que hiciese daño a nadie. El día anterior en la fiesta, le había dicho que iba a venir por la mañana a traerle un regalo a Nicola por su cumpleaños ¿y la intentaba violar esa misma noche? Era un comportamiento muy extraño.

—Lo siento. —No sabía qué añadir.

Cuando Nicola se tranquilizó lo suficiente le señaló una bandeja que había dejado encima de la mesita.

—Dúchate. Te he traído el desayuno. Cuando salgas hablaremos mientras lo tomas.

Después de una larga ducha y de cambiarse de ropa, Nicola se encontraba un poco más calmada para poder hablar con su primo.

Más que un primo, era su mejor amigo. Ella era a la única persona a la que le había confesado su homosexualidad. Quería decírselo a sus propios padres, pero temía que estos no lo aceptaran, así como todos sus amigos.

—Entonces, ¿no lo vas a denunciar? —le preguntó en cuanto salió del baño.

—No.

—Deberías.

—Lo sé, sin embargo, ahora mismo solo quiero olvidar lo que pasó y no volver a verle.

—Ayer mismo me comentó que iba a venir por la mañana a traerte un regalo de cumpleaños. Yo... tengo que preguntarte... ¿Estás segura de que fue él? Quiero decir... No me has explicado con exactitud lo que pasó.

—Sí —afirmó Nicola con voz temblorosa—. Ojalá te pudiera decir que no estoy segura, que quizás no fuera él, pese a que lo fue. ¿Crees que aun así vendrá? ¡No le quiero ver! ¡No le quiero ver! —gritó mientras empezaba a ponerse histérica.

—¡Shhh! Cálmate, Nicola. Si viene, no dejaré que te vea.

—Por favor, no quiero que sepa que lo sabes —suplicó angustiada.

—Entonces, ¿pretendes que finja que no ha pasado nada?

—Solo quiero que se vaya y no vuelva nunca más.

—Creo que eso lo puedo conseguir.

***

Alexei estaba pletórico. Anoche había echado un polvo después de un montón de tiempo y hoy iba a ver a Nicola. La noche anterior aparecía un poco confusa en su mente, aunque, desde luego, la prostituta que le había buscado Iván había merecido la pena.

No recordaba mucho de lo que había pasado, cuando se había despertado esa mañana se había asustado un poco, ya que tenía una de sus manos manchada con lo que parecía sangre. Había llamado a Iván, temeroso de haberle hecho algo a esa mujer, pero este le había asegurado que ella había quedado satisfecha. Lo único que recordaba era el asombroso parecido que tenía con Nicola. Ahora estaba más calmado; lo suficiente como para poder verla y hablar con ella sin pensar en follar.

Cuando llegó a casa de Nicola fue su primo el que le abrió la puerta.

—No pensé que fueras a venir —le espetó Adrián con mala cara. Pese a que su prima no había querido contarle con exactitud lo que había pasado, tenía claro que Alexei era un cerdo—. De todas formas, has llegado un poco pronto —continuó diciendo—. No te esperábamos tan temprano.

—Quisiera ver a Nicola —pidió Alexei de buen humor.

—Vas a tener que venir un poco más tarde —contestó Adrián fingiendo un bostezo—. Estuvimos follando toda la noche, así que ahora está agotada y todavía no se ha levantado.

Alexei se quedó inmóvil cuando el sentido de las palabras que había escuchado penetró en su conciencia.

—¿Qué has dicho? —preguntó lívido.

—Que estuvimos...

—¡Ya te he oído! —le interrumpió con furia.

—Me has pedido que te lo repitiera —insistió Adrián fingiendo confusión.

—¡Sé a la perfección lo que te he pedido!

Estaba furioso. Tenía a Nicola por un ángel, una diosa. Le parecía lo más puro que había conocido. ¿Y se estaba follando a su primo? ¡Cómo podía haber sido engañado de aquel modo!

—No te preocupes —le replicó con rabia—. No volveré.

Y se fue por donde había venido.

—¿Por qué le dijiste eso? —preguntó una temblorosa Nicola desde las escaleras.

—Querías que me deshiciera de él, ¿no?

—Sí.

—Pues no te volverá a molestar. A los hombres como Alexei no les gusta compartir.

Alexei estaba tan furioso que hasta que no llegó a casa no se dio cuenta de que aún sostenía el regalo que había llevado.

Era igual que todas las zorras que había conocido en Rusia. Con diez años se había jurado que haría lo que fuera necesario para que su madre no tuviera que venderse nunca más por dinero. Y lo había conseguido, si bien unos años más tarde.

Tanto Iván como él descubrieron que pese a que no habían tenido muchos estudios, poseían un olfato innato para los negocios. Con un poco de dinero inicial que consiguieron ahorrar, montaron un negocio y, antes de que pudieran darse cuenta, se hicieron ricos. Con el dinero vinieron las mujeres, no obstante, estas eran peores que las prostitutas. Por lo menos en ese caso, sabías lo que esperar de ellas.

Siempre había pensado que las mujeres de la alta sociedad eran diferentes, sin embargo, desde que había llegado al país y había entrado en ese mundo, se había dado cuenta de que, independientemente de la educación, la mayor parte de las mujeres solo buscaban el dinero.

Cuando conoció a Nicola pensó que era distinta, especial. Aparentaba inocencia y dulzura, aunque todo era fingido. Era como las demás mujeres.

Furioso cogió el regalo que aún conservaba en la mano, dispuesto a tirarlo a la basura, pero cuando se disponía a hacerlo, cambio de opinión. Lo conservaría como un recuerdo de lo idiota que había sido.

***

Pasaron diez días hasta que Nicola volvió a ver a Alexei. Sus padres estaban de viaje, lo que le había permitido reponerse de lo sucedido sin tener que dar explicaciones a nadie.

Era verano y no tenía que asistir a clases, así que su primo y ella se inventaron un virus estomacal para justificar que no saliera de casa.

Al final, decidió que tenía que seguir con su vida. Adrián le había contado que Alexei andaba con una y con otra como si nada. Desde que había aparecido en sus vidas no se le había visto nunca con ninguna mujer y Nicola, en su inocencia, se había inventado que no salía con ninguna porque la amaba a ella y solo esperaba una oportunidad para decírselo. ¡Qué ilusa había sido! Ahora le parecía todo tan infantil...

—Mira, Alexei —señaló Iván—. Hacía días que no la veía.

—¿A quién? —preguntó este con fingida indiferencia, aunque ya sabía a quién se refería.

Iván le miró con una sonrisa conocedora.

—No finjas que no sabes de quién te hablo. Bien qué me pediste que aquella prostituta se pareciera a ella.

—Ya no me interesa —afirmó, antes de meterle la lengua hasta la garganta a la chica que le acompañaba. Desde que había estado en casa de Nicola, cambiaba de mujer cada día. Candidatas no le faltaban, sin embargo, no lograba apaciguar la rabia que sentía en su interior.

—Entonces no te importará que intente algo con ella, ¿no?

—Puedes hacer lo que quieras —respondió Alexei como si no le importara aunque en el fondo sentía cómo le corroían los celos—. Es una zorra.

—¿Habláis de *Santa Nicola*? —preguntó Mary, la chica con la que estaba en ese momento.

—Sí. *Santa Nicola* —repitió Alexei con sarcasmo—. Menuda zorra que se acuesta con su propio primo. —Miró a Nicola con desprecio pensando que por lo menos había descubierto cómo era a tiempo. Él, que pensaba que era virgen y temía asustarla con su pasión, y la muy zorra se cepillaba a su primo, con toda probabilidad desde hacía mucho tiempo.

Adrián estaba orgulloso de su prima. Cualquiera que la viera pensaría que era la reina del hielo: tan segura, tan orgullosa. Nadie podría adivinar que temblaba por dentro y que solo unos minutos antes había estado a punto de huir aterrorizada al ver a Alexei. Un Alexei en apariencia indiferente a su presencia.

—Tengo ganas de vomitar —murmuró ella con angustia.

—Pues te vas a aguantar. Le vamos a demostrar a ese cerdo que lo que te hizo no te ha dejado ni un recuerdo. Te va a ver reír, bailar y ligar.

Una temblorosa sonrisa se dibujó en el rostro de Nicola cuando preguntó:

—¿Y con quién va a verme ligar? ¿Contigo?

—No. Con mi amigo Derek. A él no le va a venir mal que lo vean contigo. Corren rumores sobre su homosexualidad —susurró con fingido horror.

A pesar de los nervios que la atenazaban, ella no pudo evitar reírse al oír a su primo. En el ambiente en el que se movían ser homosexual era una de las peores cosas que podía ocurrir. Era preferible ser drogadicto, ladrón o incluso... violador, aunque jamás homosexual.

Cuando ya se dirigían hacia su amigo, Nicola le detuvo, agarrándole por el brazo.

—¿No deberías decírselo a tus padres? Algún día se van a enterar y no deberías tener que esconderte.

—Ya lo he hecho —reconoció su primo con tristeza.

—¿Y?

—Creen que si me acuesto con las suficientes mujeres me curaré de mi enfermedad.

Ella se sintió horrorizada y apenada por su primo.

—Lo siento, Adrián.

—No lo sientas. No importa —contestó con una sonrisa—. Ven. «Convirtamos a Derek en un hombre» —prosiguió mientras imitaba la voz de su padre.

Alexei miraba a Nicola con desprecio y odio. Quizás había llegado el momento de volver a su casa en Rusia. Nunca había sido su intención quedarse en el país, no obstante, cuando conoció a Nicola enloqueció tanto por ella que decidió no volver a casa. Sin embargo, ahora no tenía sentido permanecer aquí.

Dejaría a Iván al frente de todo y se iría. No la quería ver ni un minuto más. A pesar de que antes, tenía que hacerle saber cómo se sentía. No podía acusarla de haberle traicionado puesto que, en realidad, nunca habían sido pareja; si bien le había engañado con su actitud, con sus miradas, que le habían parecido cohibidas y que la hacían merecedora de un Óscar. Necesitaba sacar parte del veneno que le estaba carcomiendo por dentro.

—Hola, Nicola —saludó con fingida dulzura acercándose a ella.

Ella se giró hacia él temblando por dentro. Estaba aterrada pensando en lo que haría si intentaba tocarla.

Una vez más, quedó sin aliento al mirarla. Era todo lo que había soñado en una mujer, aunque era un espejismo. Hermosa por fuera, fea por dentro.

—¿Qué vas a practicar? ¿Un trío? —preguntó de forma cruel con el ánimo de hacerla sentir tan mal como se sentía él en ese instante—. Porque mi amigo Iván quizás quiera participar. A mí no me interesa porque no me gustan las cosas usadas, sin embargo, a él le da igual.

Ella se quedó lívida al escuchar las horribles palabras que le había dirigido. ¿Cómo podía haber estado tan ciega y haberle amado? El orgullo fue el que le instó a responder.

—Si viniera Iván sería un cuarteto, y con Derek y mi primo tengo bastante. Quizás en otra ocasión.

—Se lo diré para que se ponga a la cola —replicó Alexei con frialdad.

—Quizás tenga que esperar mucho. Si se parece a ti en algo, no me interesa en absoluto.

Su respuesta fue como una bofetada para Alexei. Sintió un odio tan profundo que decidió irse en ese momento. No respondía de sí mismo y de lo que sería capaz si continuaba mirándola.

Nicola vio cómo él se alejaba sin decir una palabra. Temblaba y tenía el corazón roto. En ese momento, le odió con la misma intensidad con la que le había amado.

3

Diez años después...

Nicola estaba emocionada. Siempre que inauguraba una exposición sentía la misma excitación de la primera vez, así como el dolor de pensar que sus padres habían muerto antes de que empezara a exponer sus cuadros y nunca los podrían ver.

A veces, pensaba que si no hubieran muerto en aquel accidente hacía ocho años, con toda probabilidad hubiera continuado sus estudios en la facultad y solo pintaría como un *hobby*, aunque el apoyo incondicional de su primo Adrián era lo que le había animado a perseguir sus sueños. No creía que sus padres lo hubieran comprendido.

Era una pena que él no siguiera sus propios consejos y hoy en día, aún ocultara su homosexualidad.

—¿Estás lista? —preguntó su primo con cariño.

Se giró hacia él y, como siempre, quedó impactada por su belleza. Atrás habían quedado los granos y ese vello ridículo que cubría su rostro con veinte años. Se había convertido en un hombre muy atractivo que atraía por igual tanto a hombres como a mujeres.

Era el prototipo de latino. Mandíbula cuadrada, piel aceitunada como la de ella, regalo de sus ascendientes italianos y ojos negros como la noche. Y, por supuesto, un cuerpo de gimnasio que se encargaba de esculpir durante horas. Como si eso no fuera suficiente, tenía una personalidad que atraía a todo el mundo. Trabajaba en la empresa de su padre como relaciones públicas. Cuando había un cliente difícil o un acuerdo que no conseguían finiquitar, le llamaban a él, ejercía su magia y todo se solucionaba de forma favorable. Nicola siempre decía que sería capaz de vender arena en el desierto.

—Dios mío, Adrián. Steven se va a morir cuando te vea. Estás guapísimo.

Él le lanzó una de sus sonrisas torcidas antes de murmurar:

—Esa es la idea, preciosa.

—¡Eres imposible! —exclamó ella entre risas.

—Vamos querida —prosiguió su primo que también reía—. Tu novio nos espera.

En realidad era el novio de Adrián, aunque para que nadie sospechase de la relación que mantenían, ambos fingían que salía con Nicola. Llevaban años haciéndolo. Para la sociedad, ella había tenido un montón de amantes, pese a que en realidad eran los de su primo.

Desde «el incidente» no había podido estar con ningún hombre. Lo había intentado, no obstante, en cuanto la tocaban empezaba a temblar y el terror la invadía. Por eso no le importaba fingir que salía con los amigos de su primo. Eran los únicos hombres que la podían tocar sin que sufriese un ataque de ansiedad. Quizás, el saber que eran homosexuales era lo que hacía que soportara su contacto.

En ocasiones se sentía sola. Siempre había querido casarse y tener hijos, pero, después de diez años, no creía que lo fuera a hacer nunca. Adrián había intentado convencerla para que acudiera a un psicólogo, se había negado ya que le aterrorizaba que alguien se pudiera enterar de lo que había ocurrido.

—No hagamos esperar a mi pareja —sugirió tras darle a su primo un beso en la mejilla.

—Por ti, esperará lo que haga falta.

—Querrás decir... por ti —replicó ella entre risas.

Alexei estaba arrepentido de haber acudido a la exposición. No sabía por qué lo había hecho. Quizás era por su futura boda. Necesitaba volver a ver a Nicola para darse cuenta de que la había olvidado.

Miró a su novia Maya y se sintió orgulloso. Ella sí era una mujer perfecta para él y tan distinta de Nicola como la noche y el día. Alta y espigada, con el cuerpo de una modelo, rubia y de ojos azules como él. Era hija de una prima lejana y amiga de la infancia de Iván. Se había comprometido con ella hacía unas semanas. Después de años sin verla, había coincidido con ella en casa de Iván, en una de las ocasiones en las que este había vuelto a su patria, ya que vivía a caballo entre Estados Unidos y Rusia. En cuanto la vio se dio cuenta que era la mujer que quería como esposa. Se lo había comentado a Iván, pensando que quizás él tuviese algún interés en ella, pero este le había dicho que solo la veía como una hermana, así que, tras unos meses plagados de citas en las que la fue conociendo poco a poco, le propuso matrimonio y ella aceptó. No hablaba mucho y quizás le faltaba un poco del fuego que había visto en Nicola, a pesar de lo cual estaba seguro que sería una buena esposa.

Con los años, tanto Iván como él se habían pulido. Ya no eran los jóvenes rudos y sin educación que se habían criado en las calles.

Alexei, a sus treinta y siete años era un hombre culto y sofisticado. En estos años se había pulido. Su relación con las mujeres también había cambiado. Se había dado cuenta de que no todas las mujeres eran como Nicola, una perra traicionera. Ahora era un amante más experimentado, capaz de tratar a sus parejas con ternura y sin la brutalidad que había caracterizado sus relaciones anteriores.

Mantenía contacto diario con Marco e Iván, aunque este contacto siempre era telefónico o a través de internet, y si tenían que verse en persona, era Iván el que se desplazaba a Rusia ya que él, hasta este momento, nunca había querido volver a este país.

En dos meses iba a casarse con Maya y le había ofrecido llevarla de viaje antes de la boda. Había sido idea de él regresar a

Estados Unidos. Oficialmente le había comentado a Maya que era una oportunidad para que conociese a Marco, así como los negocios y las propiedades que tenía en el país, ya que pronto sería su esposa. Si bien podía mentirle a Maya, no se podía mentir a sí mismo. Sabía que el recuerdo de Nicola era una espina que tenía clavada en el corazón. Era la única razón por la que había vuelto tras diez años. Necesitaba verla antes de casarse para poder exorcizarla. La vería de nuevo y se daría cuenta de que, con toda seguridad, había magnificado su recuerdo.

Iván le había mantenido al tanto de su vida. No lo podía evitar y, de forma habitual, preguntaba por ella. La conversación solía ser del tipo:

—¿Qué sabes de la zorra?

Entonces Iván le decía el nombre de su último amante. Por lo que sabía, seguía manteniendo una relación con su primo que alternaba con la de otros hombres.

Iván era el que le había conseguido las invitaciones para la exposición. A pesar de que no se relacionara de forma directa con ella, tenían amigos en común, así que no le había resultado difícil conseguirlas. Había quedado con él aquí, aunque llegaba con retraso, al igual que Nicola.

Los murmullos le avisaron de que ella por fin había llegado. Se dio la vuelta para verla y sintió como si le hubieran dado un puñetazo en el pecho dejándole sin respiración.

Si hace diez años, era preciosa, estos años transcurridos habían acentuado su belleza. El recuerdo que tenía en su mente era de una niña, y la mujer que tenía frente a él era una diosa. Labios carnosos que invitaban a ser besados, con una pequeña cicatriz en su labio superior que hacía que uno se preguntase qué habría hecho para conseguirla. Pechos generosos que desbordaban por el escote del vestido, que a su vez delineaba el cuerpo de una sirena, con unas piernas tonificadas subidas a unos tacones de vértigo que la hacían parecer mucho más alta de su metro cincuenta. Y esa piel de color oliva que ya hace diez años le volvía loco.

Alexei no pudo evitar compararla con Maya, de pie a su lado, y está última se veía tan pálida, tan desdibujada a su lado... Era como comparar una selva tropical con un árido desierto.

Se enfureció consigo mismo y con ella ¿Cómo se atrevía a estar más bella que en sus recuerdos? ¿Y cómo era tan imbécil como para que lo único que deseara fuera poder besarla una y otra vez?

Aunque solo fuera por sacarse la espina, antes de que acabase la noche la besaría. Sería la manera de expulsarla de sus pensamientos y de su corazón. La deseaba tanto porque nunca la había tenido. En cuanto la tuviera, en cuanto besara aquellos labios traidores que ya habían besado a mil otros, se daría cuenta de que no era para tanto.

Nicola sintió que se iba a desmayar. En cuanto entró en la galería le vio y le reconoció. Era imposible no verle. Con su metro noventa, destacaba por encima de todas las cabezas.

Estaba más guapo que hace diez años. Si con veintisiete años era apuesto, con treinta y siete era todo un hombre. La mirada acerada de sus ojos azules la desestabilizó durante un momento. Leyó en ellos odio y deseo a partes iguales. Una miríada de sensaciones la bombardearon, haciéndola temblar.

Adrián, que no era consciente de lo que le estaba pasando a su prima, le pasó la mano por el brazo de forma cariñosa al notar que temblaba.

—¿Tienes frío?

—No, no —contestó ella aún conmocionada—. Yo... necesito un momento. No me encuentro muy bien. Tengo que ir al baño.

—Está bien. No te preocupes, los entretendré en tu nombre —susurró él con una sonrisa mientras le daba un beso en la mejilla.

Nicola se dio la vuelta y, con la mayor discreción de la que fue capaz, se dirigió al cuarto de baño, esquivando a todas las personas que se acercaron a saludarla, sujetándose el estómago con la mano intentando detener las náuseas. Aguantó hasta que llegó al baño, pero una vez allí no pudo más y, sin poder evitarlo, vomitó la cena. Incluso cuando ya no tenía nada en el estómago, las náuseas seguían sacudiéndola.

Después de diez años sin verle, y su sola presencia la afectaba de esa manera. Nunca lo iba a superar, era la triste realidad. Al final, logró calmarse un poco y las náuseas remitieron. Se dirigió al lavabo y se miró en el espejo con manos temblorosas. Bebió un poco de agua, se retocó el maquillaje y, después de unas cuantas inspiraciones profundas, encontró la suficiente calma como para salir. Las náuseas ya no la atenazaban, sin embargo, sentía como si se ahogase; le faltaba el aire. Salió del baño dirigiéndose a toda prisa a la terraza. Necesitaba aire fresco para poder respirar.

Alexei se distrajo unos segundos con algo que le estaba contando Maya y, cuando se quiso dar cuenta, Nicola había desaparecido. Decidió que no importaba. La noche era larga. Tendría tiempo de sobra para llevar a cabo sus planes.

La gente se asombraba al verle después de diez años y cada poco se tenía que detener a saludar y presentar a su prometida.

—¿Qué te parece la exposición? —le preguntó Iván cuando apareció a su lado.

—La verdad es que tiene talento. —No lo podía negar. A lo largo de los años había adquirido algo de conocimiento sobre el arte y no podía evitar reconocer que sus cuadros tenían un algo conmovedor que no dejaba indiferente al espectador.

—¿Has conseguido lo que querías? ¿Mereció la pena venir a la exposición? —preguntó su amigo con fingida indiferencia.

—No, no he conseguido lo que quería y todavía no te sabría decir si ha merecido la pena venir o no —reconoció Alexei mientras veía a Maya hablar con alguna de las personas que le había presentado. Cada vez estaba más convencido que sería la esposa perfecta.

—Ocúpate de Maya —indicó a Iván cuando divisó a Nicola a través de la multitud y la vio dirigirse sola hacia el exterior. —Ahora vuelvo.

Cuando entró en la terraza la vio de espaldas. Parecía como si... ¿llorara? ¿Qué podía hacer que una mujer como ella llorara? Lo tenía todo: dinero, belleza... no sabía si amor, aunque seguro que pasión. Durante un momento sintió alegría pensando que quizás no fuera tan feliz como se la había imaginado a lo largo de estos años.

—¿Lágrimas de tristeza o de alegría? —preguntó con toda la indiferencia de la que fue capaz.

Los hombros de Nicola se pusieron rígidos al oír su voz. Se giró con lentitud al tiempo que le miraba con miedo.

—¿Qué quieres? —susurró con voz ronca.

—Lo que no me diste hace años —aseguró él con deseo. Se acercó a ella con la intención de robarle un beso. Le parecía la única manera de ser capaz de olvidarla.

Sin embargo, sus palabras y el hecho de verle aproximarse a ella parecieron aterrorizarla. Empezó a temblar y a alejarse de él mientras trastabillaba, extendió una mano temblorosa, y le suplicó:

—¡No te acerques a mí! ¡No te acerques!

A Alexei le pareció una reacción exagerada por su parte; cuando ya iba a alcanzarla, puesto que la pared había detenido su intento de alejarse de él, la voz de Adrián le detuvo:

—¡Ni se te ocurra acercarte a ella, Alexei!

Esas palabras le llenaron de furia ya que le hicieron darse cuenta de la tontería que estaba punto de cometer. Allí mismo estaba Maya, su futura esposa, y durante unos instantes estuvo a punto de destrozar su relación por probar los labios de una zorra que no merecía la pena.

—No te preocupes, Adrián —aseguró con una sonrisa tensa—. Ya me voy, disfruta de tu prima.

Salió de la terraza sin lanzar una sola mirada en dirección a Nicola. No merecía la pena. En realidad no valía nada. No le llegaba a su prometida ni a la suela de los zapatos. Se desvió por un pasillo lateral para tranquilizarse antes de volver con Maya.

—¡Alto ahí, cabrón! —Oyó que Adrián le gritaba—. Llevo diez años deseando darte de hostias y hoy es tan buen momento como cualquier otro.

Alexei se detuvo ante sus palabras, se giró hacia él y se acercó para recriminarle.

—¿Qué tú me has querido dar de hostias desde hace diez años? Eso tiene gracia. Si quieres que te rompa la cara no tengo ningún inconveniente —amenazó desde los más de veinte centímetros que le sacaba de estatura.

—¿Crees que me intimidas, cabrón? Si no te dije nada hace diez años fue porque Nicola me lo pidió. ¿Te jodió que te dijera aquel día que follamos? Pues, ¡jódete! Más me jodió a mí ver cómo llegó a casa después de lo que le hiciste, y encima tuviste los cojones de presentarte al día siguiente como si nada. ¡Eres un hijo de puta! ¡No te vuelvas a acercar a ella nunca más!

Alexei estaba estupefacto. En algún momento de toda esa perorata se había perdido.

—¿De qué cojones estás hablando? ¿De lo que le hice? ¿De qué noche hablas? Yo a tu prima JAMÁS le he hecho nada. Nunca. Ni siquiera la he tocado.

Adrián trató de calmarse contando hasta diez antes de hablar.

—Mira... yo no sé si la noche de la fiesta en tu casa, el día antes del cumpleaños de Nicola, estabas fumado o borracho, no obstante, vi el estado en el que llegó a casa, la ropa rota... ¡Joder! Yo mismo vi las marcas en su cuerpo.

—¿Marcas en su cuerpo? ¿Qué marcas en su cuerpo? No sé de qué cojones me hablas.

De pronto, un sudor frío inundó su cuerpo. Era verdad que la noche anterior al cumpleaños de Nicola, durante la fiesta en su casa, estaba tan borracho que apenas recordaba nada. El único recuerdo claro en su mente era el increíble parecido de aquella prostituta con Nicola. Recordó la sangre en su mano que le había asustado tanto. Una terrible sospecha creció en su interior. Horrorizado, y temiendo ver confirmadas sus sospechas, preguntó en un murmullo:

—¿Por qué piensas que fui yo el que le hizo algo a tu prima?

—¿Y tú qué crees? Porque ella me contó que habías sido tú.

Alexei cerró los ojos horrorizado. Todo empezó a girar a su alrededor y tuvo que apoyarse en la pared para estabilizarse.

—¿Qué estás diciendo? —Tragó saliva antes de continuar—. ¿Qué la violé?

—¿No lo recuerdas? —preguntó Adrián, extrañado y más calmado.

—Yo... en algo tienes razón —reconoció con cierto temblor en la voz—. Aquella noche estaba tan borracho que apenas recuerdo nada. Yo... le pedí a Iván que... —Tuvo que tragar saliva para poder continuar—... me buscara una prostituta; una que se pareciera a Nicola. Solo recuerdo el increíble parecido que tenía con ella.

—Ella me contó que no la habías violado, si bien no sé si es la verdad. Nunca me ha querido contar lo que pasó aquella noche, a pesar de que no lo ha olvidado.

—¿Qué quieres decir? —preguntó cerrando los ojos abrumado por la culpa.

—¿No es evidente? ¿Por qué crees que ha reaccionado así cuando te has acercado? No puede soportar que ningún hombre la toque sin echar a correr aterrorizada.

—Pero... ¿tú y ella? ¿Todas las relaciones que ella ha tenido a lo largo de estos años?

—Veo que te han mantenido informado. No obstante, creo que te falta un dato muy importante por saber, Alexei: soy homosexual. Sus supuestas parejas, en realidad, eran las mías. Nos inventamos que son sus novios para que nadie sospeche, y a mis parejas también les viene bien disimular.

La cabeza de Alexei daba vueltas con todo lo que le estaba contando.

—¿Se puede saber por qué me cuentas todo esto después de diez años?

—Porque estoy harto de fingir que no pasó nada y es evidente que ella no lo ha superado.

—Yo... tengo que irme —balbuceó Alexei, dejando a Adrián con la palabra en la boca y huyendo como un cobarde.

Salió de la fiesta a toda prisa, esquivando a cualquiera que intentara acercarse a hablarle. No podía. El dolor y la impotencia por lo que podía haber sucedido le dominaban. Una vez fuera, se subió a su coche y aceleró por la carretera. Cada vez iba más y más rápido, hasta que superó los doscientos kilómetros por hora. Pero el dolor en su pecho no solo no se había atenuado, sino que había ido creciendo junto con la velocidad. Sentía como si le estuvieran taladrando el corazón, hasta que la magnitud de lo que temía haber hecho hace diez años le golpeó tan fuerte que frenó de forma brusca lo que provocó que el coche derrapase, y a punto estuvo de volcar y despeñarse al vacío.

No podía controlar los violentos latidos de su corazón. Sentía como si fuera a salírsele del pecho. Parado en mitad de la carretera, salió temblando del coche y trató de coger más aire, aunque no podía. Sentía como si se ahogase, hasta que, sin poder soportarlo más, se derrumbó cayendo al suelo de rodillas y rompiendo a llorar.

¡Cómo había podido! Había cogido lo más puro que había conocido en su vida y lo había mancillado, y como si eso no hubiera sido suficiente, después la había menospreciado como a un juguete roto.

Las últimas palabras que le había dirigido hace diez años volvieron a su conciencia y se sintió horrorizado. ¿Cómo iba alguna vez a poder perdonarle? Diez años despreciándola y era él quien no merecía pisar el suelo por el que ella caminaba.

Tenía que saber con exactitud lo que había hecho aquella noche. La había abandonado hace diez años, sin embargo, no volvería a cometer el mismo error. Con ese pensamiento, llamó a Marco para que le diese el teléfono de Adrián. No quería pedírselo a Iván. Iba a tener que dar explicaciones y ahora mismo no se sentía capaz.

—Soy Alexei. Necesito hablar con ella —le espetó a Adrián en cuanto contestó al teléfono.

—De momento no va a ser posible. Aún no sabe que he hablado contigo.

—Mañana, entonces. Habla con ella y dime un sitio para vernos.

—No creo que quiera verte. Te tiene miedo, por si no lo habías notado.

La rabia hizo que agarrara el móvil con tanta fuerza que los nudillos se le pusieron blancos.

—Lo sé —contestó tratando de mantener la calma—. No obstante, creo que si me lo contaste es porque querías que hiciera algo al respecto. No puedo hacer nada si no hablo antes con ella. Dile que nos veremos en un sitio público, un restaurante, por ejemplo. No la voy a atacar en pleno día delante de todo el mundo. Por favor, necesito saber lo que pasó esa noche y solo ella me lo puede contar.

—Está bien, haré lo que pueda para convencerla. Te llamaré mañana con lo que sea.

—Está bien, Adrián... Gracias —murmuró antes de colgar.

4

Cuando regresó a casa horas después, Iván estaba esperándole en el salón. Había tenido tiempo para pensar en lo que iba a hacer y ya lo tenía claro.

—¿Dónde has estado? —le interrogó su amigo en cuanto cruzó la puerta—. Maya estaba preocupada por ti. ¿Hablaste con la zorra?

Oír a Iván llamar así a Nicola fue más de lo que pudo soportar y le pegó un puñetazo que lo lanzó al otro extremo de la habitación.

—¿Qué cojones te pasa? —gritó levantándose del suelo con dificultad.

—Nunca, jamás vuelvas a hablar así de Nicola —gruñó Alexei con los dientes apretados por la rabia.

Iván no sabía lo que había pasado desde la última vez que le había visto, pero no le gustaba un pelo.

—Llevas años llamándola así tú mismo —le recordó con dureza.

—Pues eso se acabó. No es ninguna zorra.

—¿Se puede saber qué te ha hecho? ¿Tan bien hace las mamadas?

Alexei se dirigió hacia él apretando los puños de forma amenazadora.

—Estás buscando que te parta la cara —le amenazó con mirada asesina—. A partir de ahora hablarás de ella con respeto... o no hablarás, porque te sacaré todos los dientes.

—Está bien. Está bien —asintió su amigo de forma conciliadora mientras levantaba las manos en señal de paz—. Está claro que hablaste con ella y te convenció de que es la madre Teresa de Calcuta.

—No hablé con ella.

—Entonces, no entiendo nada. ¿Qué cojones pasó en esa exposición? —preguntó con furia.

—Nada que sea de tu incumbencia.

No pensaba contarle lo ocurrido a Iván. Hacerlo sería como someter a Nicola a una humillación más aparte de las que ya había cometido con ella. Recordó las conversaciones que había mantenido con su amigo a lo largo de estos años en las que, cada vez que salía el nombre de Nicola, era para denigrarla. Pensarlo ahora le provocaba náuseas.

—Quiero que acompañes a Maya a Rusia.

—¿Quééé?

—Que quiero que acompañes a Maya a Rusia —repitió al tiempo que se sentaba en el sofá con cansancio.

—Ya te oí la primera vez. No obstant…

—Ya he hecho los arreglos —le aseguró interrumpiéndole—. Tendrás que hacerte cargo de nuestros negocios allí.

—Está bien —aceptó Iván con resignación al ver que no tenía sentido seguir insistiendo para que le diera una explicación—. ¿Cuándo vas a volver? ¿Para la boda?

—No va a haber boda. De momento no voy a volver en un tiempo.

Iván se puso lívido. No sabía lo que había ocurrido, aunque era evidente que estaba relacionado con la zorra de Nicola. Alexei se estaba comportando de una forma muy extraña. Sin decir una palabra más, se dirigió a la cocina para ponerse hielo en la mandíbula. Le dolía horrores.

—Espero que no me hayas roto la mandíbula. Si es así no voy a poder coger el avión.

—Deja de quejarte y ve a hacer la maleta.

—¿Qué le vas a decir a Maya?

—La verdad.

—¿Y esa es?

—Nada que te incumba.

Iván se fue furioso de la casa. No es que le importase volver a Rusia, sin embargo, la actitud de Alexei no tenía ninguna justificación. Decía que no había hablado con la zorra, a pesar de lo cual, estaba seguro que algo tenía que haber pasado.

Alexei se sirvió un *whisky* y se derrumbó en el sofá. No sabía lo que iba a hacer, pero no se iría del país, por lo menos no hasta que arreglase la situación con Nicola.

—¿Alexei? —preguntó Maya apareciendo en el salón. Las voces le habían despertado—. ¿Qué ocurre?

Él la miró con tristeza. Sabía que le iba a hacer daño y no se lo merecía.

—Lo siento, Maya.

—¿Qué sientes?

—No me puedo casar contigo.

Ella al principio le miró con sorpresa, para luego, con un suspiro, preguntar:

—¿Por qué?

—Porque no te amo.

—Bueno... —Una sonrisa triste se dibujó en su rostro. —Yo tampoco te amo.

Alexei tardó un momento en asimilar lo que le había dicho

—¿No me amas? Entonces, ¿por qué te ibas a casar conmigo?

Ella se encogió de hombros sentándose a su lado.

—Supongo que por lo mismo que tú. La persona a la que amo no me corresponde.

—¿Lo sabías?

—¿El qué?

—Que no te amaba.

—Siempre lo he sabido, Alexei. Lo que no sabía era que amabas a otra, y por lo que veo no la has olvidado.

—Si sabías que no te amaba, ¿por qué nunca dijiste nada?

—Pensé que lo preferías así.

—Lo siento —afirmó con tristeza.

—No pasa nada. Solo espero que seas feliz. ¿Ella está aquí?

—Sí.

—¿Vas a volver con ella?

Alexei se rio sin humor.

—No es tan sencillo. Para empezar, nunca he estado con ella.

—Pues deberías.

—Gracias Maya. No pensé que fueras a reaccionar así. No sabía cómo decírtelo.

—De nada. Supongo que esto significa que vuelvo a Rusia.

—Sí. Le he pedido a Iván que te acompañe.

—De acuerdo —asintió ella con tranquilidad al tiempo que se levantaba para dirigirse a su habitación—. Voy a hacer la maleta.

—¿Quién es él? —La voz de Alexei la detuvo antes de abandonar el salón, provocando que se detuviera y se girara hacia él.

—¿A quién te refieres?

—Al hombre del que estás enamorada, el que no te corresponde.

—Iván —confesó ella con tristeza.

—¿Quééé? —Estaba sorprendido. Nunca lo hubiera imaginado.

—Sabes que nos conocemos desde niños. Siempre le he amado.

—Sí, pero... —interrumpió lo que fuera que estaba pensando para decir con firmeza—: Si quieres puedo pedirle a otra persona que te acompañe. No me gustaría que te sintieses mal.

—No. No pasa nada.

—Le he pedido que se haga cargo de los negocios en Rusia, así que le verás más a menudo. Quiero que te quedes con la casa de Moscú y que no te preocupes por el trabajo. Si no quieres, no tendrás que trabajar. Voy a disponer que tengas una pensión vitalicia para que puedas vivir con comodidad sin tener que preocuparte por el dinero.

—Alexei, nunca te he pedido nada.

—Por eso te lo doy. Siempre has sido una buena amiga y eres parte de la familia. Que no me case contigo no quiere decir que no me preocupe por ti.

—Está bien. Prepararé la maleta.

***

Adrián no se había atrevido a decirle nada a su prima de lo que había hablado con Alexei la noche anterior. Después de que este huyera de la exposición, había vuelto junto a ella. La había encontrado tan nerviosa que no se había atrevido a decirle nada. Después de asegurarle que Alexei se había ido, se había tranquilizado lo suficiente para disfrutar de la exposición. Sin embargo, ahora, por la mañana, tendría que hablar con ella y contarle lo que había pasado.

—Buenos días —saludó Nicola cuando bajó a desayunar y le encontró en la cocina.

—Te he hecho tortitas —mostró Adrián con una sonrisa mientras colocaba un plato frente a ella.

Su prima le miró con extrañeza.

—¿Qué ocurre?

—No ocurre nada. ¿Por qué lo preguntas?

—Porque tú solo me haces tortitas cuando tienes una mala noticia que darme.

—¡Qué dices! —protestó él indignado—. Eso no es cierto.

53

—¿No? —preguntó ella con escepticismo—. ¿Como cuando después de hacerme tortitas me contaste que habías hecho un experimento científico con mi vestido favorito y lo habías carbonizado?

—Eso fue una vez, no lo convierte en una regla.

—¿O cuando me contaste que, por accidente, envenenaste a mi gato? ¿O cuando confesaste...?

—Esta bien, está bien, no hace falta que sigas —acordó su primo interrumpiéndola mientras reía.

—¿Entonces...? —preguntó escondiendo una sonrisa.

Adrián pensó que lo mejor sería decírselo a bocajarro:

—Ayer hablé con Alexei de lo que ocurrió hace diez años y creo que deberías tener una conversación con él.

Nicola se quedó inmóvil con el tenedor con el que iba a comer las tortitas suspendido en el aire mientras miraba a Adrián con auténtico horror en su rostro. Pasados unos segundos, lo dejó caer en el plato con fuerza.

—¿Y se puede saber con exactitud de qué quieres que hable con ese cabrón? —replicó furiosa.

—De lo que pasó aquella noche —contestó su primo con calma—. Nunca me has querido contar con exactitud lo que sucedió; no obstante, anoche hablé con él, le recriminé lo que te había hecho y no tenía ni idea.

—¿Qué no tenía ni idea? ¿Qué se supone que significa eso?

—Estaba furiosa. Ella no había podido olvidarlo en estos diez años y el cabrón ni siquiera lo recordaba.

—Necesito que te calmes. Por lo que me explicó aquella noche... estaba muy borracho y... parece ser que te confundió con una prostituta.

Nicola empezó a reírse de forma histérica.

—¿Esa fue su justificación? ¿Y tú le creíste? —Se le quebró la voz mientras le decía:

—¡Joder! Me llamó por el nombre. No me digas que me confundió con otra.

—Verás... por lo que me explicó... pidió una prostituta... que se pareciera a ti. Dice que lo único que recuerda de aquella noche es el increíble parecido que la prostituta tenía contigo.

No pudo evitar volver a aquella noche, el sonido de la cremallera bajándose y aquella mujer interrumpiéndoles. Aquella voz diciendo: «¿Has empezado sin mí?» ¿Y si ella era la prostituta a la que se refería? De pronto la historia le pareció que tenía un viso de credibilidad.

—Incluso aunque fuera verdad —afirmó con tristeza—. ¿Qué sentido tiene hablar de algo que sucedió hace diez años?

—Que no lo has olvidado, Nicola. ¿No crees que ha llegado el momento de intentar superarlo? Quizás si hablas con él, puedas seguir adelante.

—No creo que hablar con él me ayude a seguir adelante.

—Puedes intentarlo —murmuró Adrián acariciando su mano por encima de la mesa—. Me ha pedido que os veáis en un sitio público, solo quiere hablar contigo. Yo estaré allí. No dejaré que te toque. De verdad, creo que necesitas hablar con él.

—Está bien —aceptó tras unos segundos de silencio—. Concierta una cita con él; si bien a la mínima que no me guste cómo me mira, nos vamos.

—Por supuesto.

***

Alexei se sentía desesperado. Maya e Iván se habían ido al aeropuerto hacía horas y aún no había tenido noticias de Adrián ni de Nicola. No sabía lo que haría si ella se negaba a verle. Cuando ya había decidido que, sin importar lo que pasara, iría a su casa a hablar con ella, sonó el teléfono. Al mirar quién era y ver que se trataba de Adrián, un sudor frío recorrió su cuerpo.

—Temía que no me llamaras —le dijo al descolgar el teléfono.

—Me costó un poco convencerla, no obstante, está dispuesta a hablar contigo. Tiene que ser en un sitio público.

—Donde ella quiera —afirmó con rapidez mientras el alivio invadía su cuerpo.

—Al otro lado de la ciudad, frente al parque Flower, haciendo esquina hay una hamburguesería. Te estará esperando en la terraza dentro de una hora. Yo estaré allí también, sin embargo, me quedaré en otra mesa.

—No hay problema. Allí estaré.

Aún no sabía lo que haría o lo que le diría. Lo único que tenía claro era que necesitaba que le perdonase. Suplicaría. Se arrastraría. Haría lo que hiciera falta para conseguir su perdón.

Una hora después estaba sentado en la terraza esperando. Divisó a Nicola cruzando la calle antes de que llegara frente a él. Iba acompañada de Adrián, quien le hizo un gesto con la mano para que no se levantara.

—Antes de que digas nada, vamos a establecer unas reglas. Ha accedido a hablar contigo, aunque te quedarás sentado en tu sitio. No te acercarás a ella ni intentarás tocarla de ninguna forma.

Alexei asintió incapaz de decir nada. No podía apartar la mirada de Nicola. Estaba hermosísima. Llevaba un vestido que la cubría por completo, de la cabeza a los pies, de manga larga y cuello cerrado, sin dejar ni un solo trozo de piel al descubierto. Ella no era consciente de cómo al caminar el vestido abrazaba su figura, resaltando aún más su belleza.

No pudo dejar de notar que temblaba como una hoja y que respiraba con dificultad. Con cada inspiración se tensaba la tela del vestido marcando sus pechos.

El darse cuenta que estaba aterrorizada por verle, afectó a su libido, actuando como un jarro de agua fría para el profundo ardor que había sentido al verla cruzar la calle y pararse frente a él.

—Voy a sentarme en la mesa de la esquina —continuó Adrián señalando una mesa más alejada—. Si veo cualquier cosa que no me gusta, nos iremos. ¿Está claro?

—Sí. —contestó Alexei con voz ronca.

Adrián se marchó y Nicola se sentó frente a él sin decir nada.

—Yo... lo primero que quiero es agradecerte que hayas venido. —Tenía miedo de hacer o decir algo que la impulsara a marcharse—. Sé que no merezco la oportunidad que me estás dando, sobre todo después de todos estos años.

—Adrián me contó... —El temblor evidente en su voz la hizo detenerse. Respiró con profundidad y volvió a empezar más calmada—. Adrián me contó que no recuerdas nada de aquella noche.

Estaba muy borracho —reconoció avergonzado—. Yo... le había pedido a Iván que me buscara una prostituta. Le pedí que la mandara a la biblioteca... No recuerdo mucho... Pensé... que eras ella.

—Me llamaste por el nombre. —El dolor en su voz era evidente.

—No me acuerdo de nada —reconoció apesadumbrado.

—¿Cómo pudiste pensar que era una prostituta si me llamaste por el nombre? —replicó ella con furia.

—Yo te amaba.

Con esas sencillas palabras, Nicola sintió como si le hubieran clavado un hierro al rojo vivo. El dolor fue tan agudo, tan inesperado, que la dejó sin aliento.

—¿Qué has dicho? —murmuró mientras lágrimas de rabia acudían a sus ojos anegándolos—. ¿Te estás burlando de mí?

—Yo te amaba —repitió Alexei—. Para mí eras lo más puro que había conocido; pero te deseaba tanto que temía lastimarte con mi pasión, así que traté de apagarla con otra mujer. Quería que se pareciera a ti, así que supongo que cuando te vi... Yo... creo que el alcohol no me dejó pensar de forma racional.

Nicola parpadeó permitiendo que las lágrimas retenidas cayeran por su rostro. Esto era una broma del destino

—Así que al final me hiciste el daño que, según tú, pretendías evitar.

—Supongo —reconoció él con tristeza—. Si me dijeras con exactitud lo que pasó esa noche... Adrián dice... —Tragó saliva antes de continuar—... que no te violé.

Ella se rio con aspereza.

—Depende de lo que entiendas por violación. ¿A qué te refieres? Si lo que me preguntas es si me metiste la polla en el coño, la respuesta es no.

Alexei palideció ante la crudeza de sus palabras.

—¿Qué sucedió entonces?

—No importa —respondió ella secándose las lágrimas con la mano—. Si eso era todo lo que querías saber, creo que no tenemos nada más de que hablar.

—¡Espera, por favor! —le suplicó cuando vio que se levantaba dispuesta a irse.

Con un suspiro, Nicola se detuvo y le preguntó sin mirarle a la cara.

—¿Qué más quieres?

—Quiero tu perdón.

—Me pides más de lo que te puedo dar.

—¿Qué quieres tú?

—¿A qué te refieres? —preguntó ella mirándole a los ojos.

—Has venido. Algo esperarías de este encuentro.

Una vez más ella se rio sin humor.

—Tienes razón. Esperaba volver a sentirme normal. Poder dejar de temblar cuando un hombre me toca.

—Yo puedo conseguir eso —le aseguró con firmeza.

—¿De verdad? ¿Y cómo planeas conseguirlo?

—Mañana por la mañana acude al gimnasio en el que entrenábamos Iván y yo. Te lo demostraré.

—No pienso ir contigo a ningún lado.

—Ve con tu primo. Nos vemos allí mañana a las diez de la mañana. Lleva ropa de deporte —le pidió al tiempo que se levantaba y comenzaba a alejarse de ella.

—¿Para qué? —preguntó ella mientras veía cómo se alejaba.

—Acude mañana y lo sabrás —respondió él sin girarse.

Se arriesgaba a que no acudiera, sin embargo, no se le ocurría que más hacer. Estaba claro que con palabras no iba a corregir el tremendo error que había cometido. Solo rezaba por no estar cometiendo un error mayor.

5

Maya miraba por la ventanilla del avión con tristeza. Iván, a su lado, no había parado de beber desde que habían subido. Una solitaria lágrima cruzó su rostro y trató de borrarla con la mano sin que él la viera.

—Es un cabrón —masculló Iván.

Ella se rio sin humor.

—Por lo menos... fue sincero.

—¿Sincero? ¡Y un huevo que fue sincero! ¿Cómo se atreve a dejarte por esa zorra?

—¿La conoces?

—Por supuesto que la conozco. Hace diez años lo tenía babeando por ella hasta que descubrió que se acostaba con su propio primo.

Maya palideció al oírle, sin embargo, ¿quién era ella para juzgar a nadie?

—Si tiene una posibilidad de ser feliz con ella, hace bien en aprovecharla.

—¿Por qué no estás enfadada? —gritó él molesto porque ella no estuviera enfadada.

—¿Y por qué lo estás tú? ¿A ti que más te da?

—¿Qué a mí que más me da? —Iván estaba cada vez más fuera de sí—. ¿Cómo puedes preguntarme eso?

—Prefiero que me lo haya dicho ahora, antes de que nos casemos. Ya sabía que no me amaba. Lo que no sabía era que amaba a otra.

—Pues bien que no se acordaba de ella cuando te follaba —farfulló él con amargura.

Maya enrojeció de indignación al oírle hablar con esa crudeza.

—¿Cómo te atreves a hablarme así? No tienes ni idea de la relación que teníamos Alexei y yo. —Ahora la que estaba cabreada era ella—. No es de tu incumbencia, aunque te diré que jamás me he acostado con Alexei.

—No, claro —afirmó él mientras se reía de forma cínica—. No follasteis, hicisteis el amor mientras él pensaba en otra.

Maya le cruzó la cara de una bofetada rígida de furia.

—El único cabrón que hay aquí eres tú. No me vuelvas a dirigir la palabra en lo que queda de vuelo. Cuando lleguemos a Moscú quiero que te largues y no volverte a ver nunca más.

Iván estaba borracho. Desde que habían subido al avión no había parado de beber. No pensaba con claridad, pese a que la mirada que le lanzó Maya le dejó helado. Se dio cuenta de que había ido demasiado lejos.

No sabía por qué estaba tan cabreado, no obstante, que Alexei hubiera desechado a Maya como si de un objeto inservible se tratase le había enfurecido, y la tranquilidad con la que ella se lo había tomado, aún más.

Cuando Alexei le había dicho que quería casarse con ella, su primer instinto había sido decirle que no, que no podía; sin embargo, luego se dio cuenta que era lo mejor. En ocasiones, le parecía que ella seguía teniendo sentimientos por él; que esperaba de él más de lo que estaba dispuesto a darle. Si se casaba con Alexei, querría decir que por fin le había superado. Y así quizás él también dejase de tener esos extraños pensamientos que a veces le asaltaban. En ocasiones, cuando la miraba se preguntaba a qué sabría su boca; si bien en cuanto era consciente de ello, aplastaba esos deseos, porque no quería tenerlos; la quería ajena, para así no desearla. Aunque cuando ella aceptó casarse con Alexei, en vez de la alegría que debería haber sentido, sintió como si le hubiera traicionado. No se entendía a sí mismo, ni comprendía por qué estaba tan cabreado.

Maya tampoco entendía la reacción de Iván. Él siempre se comportaba tan frío, tan indiferente, como si nada le afectara. Cuántas veces le había dicho que parecía de hielo. Eran amigos desde hacía años, pero jamás la había tratado así, ni le había hablado con esa crudeza.

Decidió ignorarle el resto del viaje. Él siguió emborrachándose hasta que se quedó dormido. No estaba dolida por lo sucedido con Alexei, ¿cómo podría? A fin de cuentas, ella tampoco le amaba. Ella amaba a este hombre que estaba a su lado. El hombre al que hace muchos años había intentado declarar su amor. Con ingenuidad había pensado que él le correspondería, no obstante, en vez de eso la humilló.

Recordó aquella tarde. Le había costado tanto encontrar el valor para confesarle sus sentimientos. Había ido a su casa a buscarle para decírselo. Estaba segura que si no lo hacía en ese momento, nunca más se atrevería; si bien cuando llegó, él no estaba. Se había vestido y maquillado para seducirle. Estaba muy orgullosa de su aspecto, pensaba que el vestido que llevaba la hacía hermosa y que cuando Iván la viera caería rendido a sus pies. Pasaron horas hasta que apareció y, cuando lo hizo, iba acompañado de una mujer. Ya le había visto con anterioridad con mujeres, aunque se había convencido de que la amaba, que esas mujeres eran solo un entretenimiento esperando a que ella creciera y pudieran estar juntos.

—¿Qué haces aquí? —preguntó él con sorpresa cuando la vio.

—Te esperaba —respondió Maya con lo que pretendía ser una voz seductora, pese a que sonó como si sufriera algún tipo de ataque de asma.

—¿Qué te pasa? ¿Por qué hablas tan raro? ¿Y esa ropa que llevas? —Estaba aturdido. La imagen que tenía ante sí no era de una niña, sino de una mujer muy hermosa y no le estaba gustando nada. Le tenía descolocado.

Maya siempre vestía ropa recatada, sin embargo, el vestido que llevaba en ese momento se pegaba a su cuerpo como una segunda piel y, a través del escote se veía el nacimiento de sus pechos.

—Querido, creo que la niñita viene a demostrarte que ya es una mujer —ironizó con maldad la mujer que le acompañaba.

Estaba pasmado. Quería mucho a Maya, no obstante, nunca la había mirado más que como a una hermana; pero en ese momento frente a él, se dio cuenta que en realidad ya no era una niña: era una mujer. Una ola de deseo le arrasó dejándole sin aliento. A él las mujeres solo le servían para una cosa. Fuera de eso no tenía mucho interés. Sabía que el ejemplo de su madre había afectado a sus relaciones. No quería que le amasen ni quería amar a ninguna. El amor hacía que abandonases la dignidad. Llevaba años viendo a su madre mendigar afecto de todos los hombres con los que se había relacionado. La trataban como a una furcia. Le decían cuatro palabras cariñosas y ella los metía en casa, se la follaban y se aprovechaban de ella hasta que se cansaban, dejándola destrozada y hecha un mar de lágrimas. Era repugnante. Se ponía enfermo viendo como su madre se humillaba y les suplicaba que no la abandonasen.

Hasta que llegó su padrastro, una fila interminable de hombres pasó por su cama en un intento de encontrar el amor. Por lo menos él le propuso matrimonio y no la abandonó. Se acostaba con otras cuando le apetecía y ella fingía que no lo sabía y continuaban juntos. Cuando Iván consiguió algo de dinero a raíz de su asociación con Alexei, le pidió a su madre que abandonase a su padrastro, sin embargo, ella se negó. Le dijo que ningún hombre la había tratado tan bien y que le amaba. Le dieron ganas de vomitar. Se juró que eso no le iba a pasar a él. Se negaba a darle a ninguna mujer tanto poder sobre él.

Y ahí estaba esa chiquita, a la que quería como una hermana, tratando de impresionarle para que se fijase en ella como una mujer, y lo peor de todo era que no le había costado mucho conseguirlo. No creía que pudiera volver a verla como una niña. Por eso, decidió que tenía que aplastar con crueldad cualquier ilusión que ella se hubiera podido imaginar.

—La próxima vez que te vayas a maquillar y vestir como una adulta, procura hacerlo mejor —le reprobó con crueldad—. Pareces una buscona.

La crueldad de sus palabras impactó en Maya, haciendo que se encogiera de dolor como si la hubiera golpeado. Él también sufrió cuando las pronunció, no obstante, quería desilusionarla; que no le amara. Ella se merecía algo mejor.

Maya sintió su corazón resquebrajarse y, sin pronunciar palabra, trató de marcharse con dignidad, aunque le resultó muy difícil tras oír las crueles risas de la mujer que acompañaba a Iván.

—Pobrecita —le decía a Iván mientras se reía—. Creo que le has roto el corazón.

Iván esperó hasta que Maya desapareció de su vista para girarse hacia la mujer.

—Lárgate. No estoy de humor.

Ella le miró con sorpresa.

—¿Te ha afectado la actuación de la mosquita muerta?

—Eres una zorra —replicó él con crueldad.

—Creía que era eso lo que te gustaba de mí —continuó insinuante, pegándose a él y rozándose contra su polla—. Venga, cariño, no desaprovechemos la noche.

El recuerdo de Maya y no la zorra que se frotaba contra él fue lo que le inflamó de tal manera que su polla cobró vida. No podía tener a Maya, pero podía imaginarse que era esta mujer era ella.

Maya lloró todo el camino de vuelta a casa. Tuvo la suerte de que su madre aún no había vuelto del trabajo, porque si la hubiera visto llegar de esa forma, habría pensado que le habían hecho algo malo, cuando lo único herido era su corazón.

Se dirigió a su cuarto y se miró en el espejo quedando horrorizada por su imagen. Las lágrimas habían corrido el maquillaje de tal forma que parecía un mapache, y el vestido, que en su momento le había parecido que la favorecía, ahora le parecía ordinario y de mal gusto. Con razón Iván le había dicho que parecía una buscona.

Se arrancó el vestido entre lágrimas y se juró que jamás volvería a humillarse de esa forma. Y lo cumplió. Ahora vestía de forma sobria y recatada, sin apenas maquillaje. Desde aquel horrible día en el que había intentado confesarle su amor y él se había reído de ella, su relación no había vuelto a ser la misma. Poco tiempo después, Iván se había ido a Estados Unidos con Alexei. Seguían viéndose cuando volvía a Rusia, sin embargo, su relación se había enfriado, aunque no su amor por él. Este continuaba tan vivo como el primer día. La única diferencia era que había aprendido a disimularlo.

Hacía un año había coincidido con Alexei en casa de Iván. Maya tenía un vago recuerdo de él, si bien muy lejano. Su madre y la de Alexei eran primas lejanas, no obstante, esta última había abandonado el pueblo en el que ambas vivían cuando era una jovencita y, con posterioridad, solo había vuelto en contadas ocasiones llevando a su hijo con ella.

Pocos meses después de encontrarse con Alexei e iniciar una amistad, este le había pedido que se casase con él. Al principio había dudado, puesto que el amor que sentía por Iván se había hecho más fuerte con el paso del tiempo. Hasta que al final, comprendió que jamás sería suyo. Así que, cuando Alexei le propuso matrimonio y a pesar de ser consciente de que no la amaba, decidió aceptar. Cuando le contó a Iván que su amigo le había propuesto matrimonio, este la miró con total frialdad.

—Él te hará feliz. —Fue lo único que le dijo, destrozándole el corazón con su indiferencia.

A veces pensaba que lo que le había atraído a Alexei de ella era la imagen de esposa perfecta que representaba. Se preguntaba cómo sería la mujer que él amaba. Algo le hacía sospechar que no se parecía en nada a ella.

Sumergida en sus pensamientos, no se dio cuenta de que habían llegado a su destino. Iván aún dormía, de lo cual se alegró. Pidió al personal del avión que no le despertaran hasta que se hubiera ido. No quería volver a verle. No se sentía capaz.

Media hora después, recién despertado de su sueño etílico, Iván sintió una mano que le zarandeaba.

—Despierte, señor Romanov.

—¿Qué ocurre? ¿Ya hemos llegado? —Notaba la boca pastosa y tenía un dolor de cabeza terrible—. ¿Dónde está Maya? —preguntó a la azafata que le había despertado al darse cuenta de que se encontraba solo en el avión.

—La señora Maya se ha ido —contestó la azafata enrojeciendo.

Esto hizo que Iván se espabilase con rapidez, pasándosele parte de la borrachera.

—¿Se ha ido? ¿A dónde?

—No lo sé, señor. Nos pidió que no le despertásemos hasta que se hubiera marchado.

—Mierda. —Según se le pasaba la borrachera recordaba las cosas que le había dicho. No le extrañaba que se hubiera ido sin él. Tenía que encontrarla y pedirle perdón.

—¿Se ha ido en la limusina?

—Sí, señor.

—Bien —afirmó con una sonrisa. Solo tendría que esperar a que volviera y el conductor le diría a dónde la había llevado.

—Está bien, Maya. Tranquilízate —decía en ese momento Alexei por teléfono—. Hablaré con el conductor. No te preocupes. No le dirá a Iván que te ha llevado a mi casa, pero ¿qué ha pasado?, ¿tengo que romperle la cara?

Ella rio entre lágrimas al oír sus palabras.

—No, aunque te lo agradezco. Solo ha sido un poco más imbécil de lo que es de forma habitual.

—Que se ponga el chófer al teléfono.

Ella suspiró de forma profunda y le pasó la llamada al conductor de la limusina. Sabía que cuando Iván despertase iba a querer averiguar dónde estaba, sin embargo le había hecho demasiado daño. No quería volver a verle.

6

—No sabía que el gimnasio era suyo —le aseguró Adrián a Nicola mientras esperaban a que Alexei apareciera.

—Yo tampoco. Siempre pensé que seguía siendo de Iván. ¿Y por qué quiere que lleve ropa de deporte?

—Lo ignoro. Si bien enseguida lo averiguaremos.

Lágrimas de tristeza acudieron a sus ojos recordando lo que le había dicho el día anterior.

—Me dijo que me amaba.

—¿Está enamorado de ti después de todos estos años?

—No —respondió ella mientras con la cabeza—. Me confesó que me amaba en aquel entonces.

—¿Le creíste?

—¡Qué importa! Hace ya tanto tiempo... Todo se siente tan lejano... Éramos unos críos.

—Tú, puede; pero él tenía pocos años menos que tú ahora.

—Lo que él sentía no era amor.

—¿Cómo lo sabes?

—No se daña lo que se ama —aseguró con tristeza.

No entendía el porqué estaba allí, no obstante, tal y como le había pedido Alexei, se encontraba con Adrián en la puerta del gimnasio y vestida con ropa de deporte. Lo cierto es que la mera posibilidad de que tuviera la facultad de ayudarla a superar lo que había pasado, era lo que la había animado a hacer lo que le había pedido.

La puerta del gimnasio se abrió y la figura de Alexei la cubrió por completo. Sin poder evitarlo Nicola dio un paso hacia atrás, lo que no le pasó inadvertido a Alexei. Apartándose lo más posible de la entrada, les dijo:

—Pasad, estamos solos.

—¿Por qué? —preguntó ella con suspicacia.

—Ahora lo verás.

Sin mirar atrás para comprobar si le seguían, se dirigió al cuadrilátero que ocupaba la parte central del gimnasio, subió al mismo y depositó en un lateral, junto a las cuerdas, unos palos de espuma.

—¿Para qué es eso? —preguntó Adrián intrigado.

—Estos son unos palos filipinos. Están hechos de madera y recubiertos de espuma. Se usan para practicar artes marciales.

—Muy interesante. ¿Para qué nos has hecho venir? No pretenderás enseñarle artes marciales a Nicola.

—No. Los palos son para que me golpee con ellos —anunció mirándola con fijeza.

Ella no había sido capaz de mirarle a la cara desde que había entrado, pero ahora lo hacía espantada.

—¿Qué has dicho? —Logró decir cuando salió de su asombro.

—Lo que has oído. Los palos son para que me golpees. Estoy seguro que has deseado hacerlo muchas veces.

—Estás loco —susurró ella sin poder dejar de mirarlo.

—¡Cógelos! Sé que estás deseando hacerlo. ¿No quieres vengarte? ¡Hazlo! Es tu oportunidad.

Ella continuaba mirándole inmóvil sin hacer gesto alguno para coger dichos palos.

—¡CÓGELOS! ¡JODER! —gritó Alexei provocando que tanto Adrián como Nicola dieran un salto.

—No —negó ella con firmeza.

—¿Por qué no? Voy a pensar que te gustó lo que te hice después de todo —le espetó él con crueldad.

La rabia inundó a Nicola hasta que lo vio todo rojo. Con rabia, subió al cuadrilátero, y cogió con fuerza uno de los palos.

—¡CABRÓN! ¡HIJO DE PUTA! —le gritó acercándose hasta él.

—¡Adelante! —la instó Alexei—. Demuéstrame cuánto me odias.

Adrián comprendió lo que Alexei pretendía. Nicola llevaba mucha rabia dentro; rabia que había estado carcomiéndola durante diez años, y ahora él le ofrecía una forma de liberarla.

Ella estaba furiosa, a pesar de lo cual todavía se contenía. Apretaba el palo con tanta fuerza que se le tornaron los nudillos blancos.

—¿Por qué no me cuentas lo que te hice esa noche? —preguntó Alexei para provocarla—. ¿No estarás en el fondo enfadada porque no te follé esa noche?

Se dio cuenta que había superado el límite y que en esta ocasión había ido demasiado lejos con sus palabras. El primer golpe fue directo a su hombro. No intentó evitarlo y cayó al suelo por el dolor.

—¡CABRÓN! —gritaba ella fuera de sí, mientras los golpes se iban sucediendo uno tras otro sin que Alexei intentase en ningún momento evitarlos.

—¡HIJO DE PUTA! —continuó gritando y golpeándole. A medida que las fuerzas la iban abandonando, los golpes fueron perdiendo intensidad hasta que se derrumbó sin fuerzas en el suelo, llorando mientras murmuraba:

—Yo te amaba, cabrón. Yo te amaba.

Fue lo último que Alexei oyó antes de desmayarse.

Cuando se despertó, continuaba tendido en el cuadrilátero. Adrián, a su lado le miraba con alivio en su rostro.

—Menos mal que despiertas. Por un momento temí que te hubiera matado.

—¿Cómo está ella? —gimió, intentando incorporarse.

—Mejor que tú. ¡Estás como una cabra!

Le dolía todo el cuerpo. Gracias a Dios, no le había dado ningún golpe en la cabeza, si bien por los dolores que sentía solo al respirar, suponía que tenía rota alguna costilla. Intentó ponerse en pie y, cuando su pierna derecha no le sostuvo, temió tenerla rota, pero merecía la pena si había servido para ayudar a Nicola.

—¿Cómo está ella? —Volvió a preguntar sin resuello.

—No lo sé. Cuando te desmayaste la llevé a uno de los cuartos de arriba y la tumbé en una de las camas. Lleva durmiendo desde entonces. A ti traté de moverte, no obstante, pesas una tonelada, así que me senté a esperar que despertaras.

—Bien —musitó Alexei—. Ten —dijo al tiempo que le entregaba un llavero—. Son las llaves del gimnasio. Cuando despierte llévala a casa.

—Tú, ¿adónde vas?

—A mi casa.

—En esas condiciones... no puedes —objetó Adrián con preocupación.

—No te preocupes, voy a llamar a un taxi. Es mejor que Nicola no me vea cuando despierte. Necesita procesar lo que ha pasado.

—¡Estás loco! ¿Lo sabías? Podía haberte matado.

—Quizás es lo que merezca por lo que le hice.

—¡Si ni siquiera sabes lo que hiciste!

—Espero que ella me lo cuente. Cuando se encuentre mejor, dile que mañana por la tarde iré al club. Si quiere que hablemos, nos veremos allí.

Adrián observó cómo se alejaba cojeando.

Nicola se despertó asustada. Al principio no se dio cuenta de dónde estaba, hasta que recordó todo.

Se sintió horrorizada de sí misma, de lo que había sentido y, pese a que pareciera sorprendente, ahora mismo se encontraba mejor. Parte de la rabia que llevaba diez años acompañándola se había ido y se lo tenía que agradecer a su agresor.

Se levantó preguntándose dónde estarían Adrián y Alexei. Cuando su primo la había llevado hasta esa habitación estaba tan alterada que no se había fijado en nada. Sin embargo, ahora que estaba más tranquila, se detuvo a observar todos los detalles.

El cuarto en el que se encontraba era bastante espartano: una cama, una mesita, un pequeño armario y un sofá eran los únicos muebles que componían la habitación. Salió de la misma y se encontró con un pequeño pasillo con varias puertas a cada lado. Fue comprobando cada una de ellas y todas daban a habitaciones con el mismo tipo de mobiliario. Al final del pasillo, unas escaleras conducían a la planta inferior del gimnasio, donde estaba el cuadrilátero y la zona de entrenamiento.

En las escaleras, colgadas de las paredes, escenas de peleas inmortalizadas en fotografías mostraban pequeños fragmentos de la vida. Una de ellas le llamó de forma poderosa la atención puesto que aparecían Alexei y ella. En aquel momento no había sido consciente de que les habían fotografiado.

Acarició la fotografía con ternura, cuando la invadieron los recuerdos de aquel día. Sintió una gran tristeza por esa Nicola, la de la foto. Era una niña enamorada de alguien que no existía en realidad. Pensaba que Alexei era el mejor hombre del mundo. ¡Qué ciega había estado! Él les había invitado a todos a una pelea, que había ganado, por supuesto. La fotografía inmortalizaba el momento en el que le habían proclamado campeón. Se le veía pletórico, mirando hacia el lugar entre el público en el que ella se encontraba. Ella, a su vez, le miraba con adoración. Le sorprendió que Alexei conservara la fotografía.

Siguió bajando la escalera, y cuando llegó a la planta de abajo, vio a su primo sentado en una silla con aire melancólico.

—¿Adrián?

—Hola, princesa. ¿Qué tal te encuentras?

—Bien. Mejor de lo que esperaba. ¿Dónde está? —preguntó mirando alrededor.

—Se fue a su casa, aunque estaba en muy malas condiciones. Me dijo que si todavía querías hablar con él, mañana por la tarde iría al club y os veríais allí.

Ella se quedó pensativa. Por un lado, se sentía avergonzada por lo que había sucedido y, por otro, aliviada.

—¿Por qué crees que lo ha hecho?

—¿Con sinceridad? Porque cree que se lo merecía.

***

La tarde siguiente, Alexei entró en el club cojeando. La venda que le cubría las costillas le había aliviado un poco, y por lo menos ya no le dolía respirar. Tenía un hombro dislocado, por lo que llevaba un brazo en cabestrillo y, a pesar del dolor de la pierna, se había atenuado su cojera. Esperaba que hubiera servido de algo, porque si no, estaba jodido.

—¡Ufff! No quiero ver cómo ha quedado el otro —le aseguró Marco al acercarse.

Junto con Iván, era uno de sus mejores amigos. Iván y él se habían criado juntos en Rusia. La madre de Alexei pagaba a la de Iván para que le cuidase mientras ella se prostituía. Cuando la madre

82

de Iván se casó con su padrastro, ambos empezaron a trabajar para él, haciéndole determinados trabajos hasta que reunieron el suficiente dinero para independizarse, y convenció a Iván para que juntos emprendieran un negocio. Les había ido muy bien. Tardaron un tiempo, pero acabaron amasando una pequeña fortuna.

Cuando Alexei llegó a Estados Unidos, él e Iván compraron el gimnasio en el que había estado con Nicola y allí conocieron a Marco, que iba todas las tardes a entrenar. Llevaban tiempo pensando en introducirse en el mundo de la programación, así que, cuando descubrieron que Marco era programador informático, le hicieron una propuesta que no pudo rechazar y desde entonces se habían convertido en socios.

A pesar de que se veían pocas veces en persona, mantenían contacto constante a través de internet. Sin embargo, al igual que con respecto a Iván, no tenía ningún interés en que se enterase de lo que había pasado con Nicola. Eso solo les incumbía a él y a ella.

—¿Qué te ha pasado? ¿Tiene algo que ver la pinta que tienes con lo que ha pasado con Iván? —le preguntó Marco—. Estaba muy cabreado contigo. No me ha querido contar nada, no obstante, me ha dicho que te quieres quedar en Estados Unidos y que has roto tu compromiso con Maya.

—No. No tiene nada que ver con él.

—¿Tampoco me vas a contar a mí lo que te pasa? Si no tiene nada que ver Iván, ¿se puede saber quién te ha dado esa paliza? No me puedo creer que te hayan vencido en una pelea.

—No me he peleado con nadie. No me preguntes más porque no te voy a contestar.

El tono seco de Alexei le dio a entender que no iba a darle más explicaciones, así que prefirió no insistir.

Alexei no paraba de mirar alrededor buscando a Nicola. Esperaba que acudiese. Necesitaba verla; hablar con ella.

—Ya llegó la zorra —anunció Marco en tono de desprecio señalando hacia Nicola, que acababa de entrar por la puerta acompañada de Adrián.

Alexei no pudo evitarlo y, agarrando a Marco por la corbata, lo empotró contra la pared utilizando su brazo bueno para estrangularlo con ella.

—¡Que sea la última vez que te diriges a ella en esos términos! —le gruñó con furia.

—Está bien, está bien. Tranquilízate, hombre —gimió Marco con voz ahogada y levantando las manos en señal de rendición—. No entiendo lo que te pasa. Nos hemos referido a ella en esos términos durante años.

Alexei aflojó el agarre sobre su amigo sintiéndose de nuevo culpable. Tenía razón. Cuando preguntaba por ella, siempre lo hacía en esos términos. El peso de la culpa le atenazó el corazón.

—Solo... no la llames así —masculló con dificultad. Y sin darle tiempo a decir nada más, se alejó de él para dirigirse hacia Nicola.

Ella le vio nada más entrar. Tenía a su amigo Marco contra la pared y parecía que estaban discutiendo. Pasados unos segundos le soltó y se giró dirigiéndose hacia ella. Al ver el estado en el que se encontraba, se quedó horrorizada. Tenía un brazo en cabestrillo, cojeaba y, por la expresión de su rostro, estaba sufriendo fuertes dolores.

Cuando se encontraba como a un par de metros de ella, se detuvo apoyándose en la pared. Desde que había comenzado a acercarse, la había estado mirando a los ojos sin apartar la vista de ella ni una sola vez. Comprendió que no se iba a aproximar más, le estaba dando la posibilidad de acercarse o alejarse de él.

—Voy a hablar con él —avisó a Adrián, que se encontraba a su lado.

—¿Quieres que te acompañe?

—No. —Intentó que su voz pareciese segura, pese a que un ligero temblor la traicionó—. No creo que vaya a hacerme nada delante de todo el mundo.

—No. No lo creo. —La retuvo unos segundos con la mano en su brazo—. No creo que en realidad haya querido hacerte daño nunca.

—Puede ser —replicó ella con duda y soltándose de su agarre.

Nicola no confiaba en Alexei o en sus intenciones, a pesar de que sabía que lo ocurrido el día anterior había sido la única manera que se le había ocurrido para conseguir su perdón. Aunque solo fuese por eso, se merecía que al menos hablara con él.

—Hola —susurró Alexei con voz ronca cuando la tuvo frente a él—. Gracias.

—Gracias, ¿por qué?

—Por acercarte a mí. Por hablarme. Yo... ¿Podemos sentarnos en una mesa? —La pierna le dolía de forma terrible. Finas gotas de sudor aparecieron en su frente. Necesitaba sentarse.

Ella miró dudosa a su alrededor hasta que encontró una mesa que, si bien estaba un poco apartada, era visible desde cualquier ángulo. Sin mirar atrás para comprobar si la seguía o no, se dirigió con paso decidido hacia la misma. Una vez allí se sentó, y colocó las sillas lo más alejadas una de otra, de forma que cuando él se sentase no pudiera ni siquiera rozarla.

Él observó la escena sin decir nada y se dirigió de forma trabajosa hacia la mesa. El dolor había hecho que su cojera se acentuara, no obstante, estaba agradecido: había valido la pena si, por lo menos, estaba dispuesta a hablar con él.

—¿Y ahora qué? —preguntó ella en cuanto estuvo sentado.

—Ahora... quisiera... —Inspiró con profundidad antes de continuar—: Quiero que me cuentes de forma detallada lo que te hice esa noche.

Ella se quedó pálida. No quería contarle. Aunque a su vez quería que él supiera con exactitud lo que le había hecho; quería que se sintiera mal; que sufriera, y si ni siquiera sabía lo que había hecho, eso no iba a ser posible. Mirando a la distancia comenzó a recordar. Al principio habló en voz tan baja que Alexei apenas podía oírla por encima de los sonidos que les rodeaban.

—Acudí a la biblioteca porque estaba un poco mareada. Hacía mucho calor y no quería irme a casa. No oí la puerta abrirse, solo sentí cómo alguien me agarraba del pelo y me estampaba contra la pared. —Notó que le temblaban las manos y las escondió bajo la falda antes de continuar—. Tardé unos segundos en darme cuenta de que eras tú y, pese a que no me pareció gracioso, pensé que era algún tipo de broma. Fue entonces cuando me besaste.

Alexei no se atrevía a respirar. ¿Cómo era posible que no recordara nada de eso? ¿La había besado? Había fantaseado durante meses con hacerlo y ni siquiera era capaz de rememorarlo. Apenas conservaba retazos de aquella noche. Solo haber estado con una mujer, nada más. La escena aparecía borrosa en su mente. La risa seca de Nicola interrumpió sus pensamientos.

—¿Sabías que me había imaginado muchas veces que me besabas? Aunque lo que tú me hiciste no lo llamaría besar —afirmó con frialdad mirándole a los ojos y tocándose la cicatriz del labio.

—¿Te lo hice yo? —susurró él horrorizado.

—Me mordiste hasta que me hiciste sangrar. Empecé a luchar contigo, a pesar de que eras demasiado fuerte. Cuanto más peleaba, más te excitabas. Justo antes de romperme la ropa fue cuando pronunciaste mi nombre.

Alexei cerró los ojos con fuerza. La vergüenza no le permitía mirarla a la cara. No obstante, para ella, esto estaba suponiendo una liberación. A medida que iba contando lo que había ocurrido y veía su mirada horrorizada y avergonzada, se iba sintiendo más tranquila, más fuerte.

—Me rompiste el vestido y empezaste a... —Vaciló de forma breve—... a morderme los pechos.

Él sentía que se estaba poniendo enfermo. Ya no estaba tan seguro de querer oír lo que había ocurrido

—Nicola... —susurró—: No sigas, por favor.

—¿Por qué no? —le preguntó con una sonrisa cínica—. ¿No querías saber? Aún no he acabado.

Él se sujetó a la mesa. La cabeza le daba vueltas.

—Ya no tenía fuerzas para luchar contra ti. —Continuó con su relato con voz monótona—. Me levantaste la falda y metiste tres dedos en mi interior. Yo era virgen, ¿sabes? El dolor fue brutal. Oí el sonido de una cremallera bajándose y en ese momento se abrió la puerta y llegó una mujer. Quedaste durante unos segundos desconcertado y aproveché para escapar.

Él estaba pálido. Se sentía enfermo y horrorizado por lo que había hecho.

—Nicola...

—¿Qué? ¿No querías saber lo que había pasado? ¡Ahora vuelve a decirme que no lo recuerdas porque estabas borracho! —se mofó ella con todo el rencor acumulado durante esos años.

Alexei tragó saliva. Era cierto que estaba borracho, si bien ¿cómo justificar lo que le había hecho a la mujer que amaba?

—Desde entonces no soporto que ningún hombre me toque. Me has jodido la vida. ¿Sabes que nunca había dejado que ningún chico me besara? Quería que fueras tú el primero. Pero tú no sabes besar. No se podría clasificar así lo que me hiciste.

—Pensaba que estaba con una prostituta... —balbuceó él con voz débil antes de que Nicola le interrumpiera.

—¿Y así tratas a las prostitutas? Eres un cerdo —afirmó echando la silla para atrás dispuesta a irse.

—Por favor —suplicó él con voz ahogada—. No te vayas.

—¿Qué más quieres? Ya te conté lo que pasó. Ahora puedes largarte y dejarme en paz.

—No, no puedo. Te dije que te ayudaría a superarlo y creo que aún puedo hacerlo. —Haría lo que hiciese falta, no era merecedor de su amor, sin embargo, por lo menos conseguiría su perdón—. Eres consciente de que las relaciones no tienen que ser tan... brutales. —Casi se atragantó al pronunciar la palabra, aunque no cabía otra definición para lo que ella le había descrito.

—Por supuesto que lo sé —contestó al tiempo que se reía con amargura—. No soy una niña, Alexei. Soy consciente de que hay hombres que no son como tú; que son amables y tiernos. No obstante, una cosa es la voz de la razón y otra el miedo irracional que me invade cada vez que intentan tocarme.

Los celos carcomieron el alma de Alexei al pensar en la cantidad de hombres que habrían intentado besarla a lo largo de estos años.

—Yo creo... —añadió con lentitud—, que si eres capaz de tolerar mi presencia, de que te pueda tocar, podrás dejar que otros hombres también lo hagan.

Ella le miró a los ojos con una frialdad que le heló el corazón.

—Jamás dejaré que me toques —murmuró con desprecio.

—No me refiero a eso. Me refiero a tocarte como un amigo. Una vez lo fuimos.

—Nunca fuimos amigos, Alexei —desmintió ella riendo sin humor—. Yo estaba enamorada de ti. Creía que el sol se ponía porque tú lo ordenabas; si bien gracias a ti, esas tonterías se me pasaron.

No podía creer que eso fuera todo. Después de saber la verdad de lo que había pasado no lo podía dejar así. Se estaba echando un farol, pero necesitaba que ella le creyera.

—Si no amigos, por lo menos que me toleres como a un conocido. Si puedes estar a mi lado sin temblar, siendo yo tu agresor, ¿no crees que podrías permitir que otros hombres te tocasen?

Nicola no quería saber nada con él, pese a que estaba cansada de estar sola. Quería poder tener una relación con un hombre sin huir aterrorizada. Tenía razón, si era capaz de tolerarle a él, podría tolerar a cualquiera.

—De acuerdo —afirmó al cabo de un rato—. ¿Qué tienes en mente?

—Nada muy difícil. Que quedemos de vez en cuando para hablar, para vernos. No espero que confíes en mí de la noche a la mañana, no obstante, quiero que sepas que jamás volveré a hacerte daño. ¿Qué te parece si mañana por la mañana venís Adrián y tú a comer a mi casa? No estaremos solos. —Se apresuró a decir al ver que iba a protestar—. Estará el servicio. En ningún momento nos quedaremos tú y yo a solas, si eso es lo que temes.

—¿Sigues teniendo la casa? Pensé que la habías vendido.

Nunca había vuelto. Quizás fuera el siguiente paso que necesitaba: regresar al lugar donde había sucedido todo.

—Dejémoslo para pasado mañana y dispondrás de todo el día para pensártelo. Si al final os apetece venir, dímelo por la noche.

—Está bien.

Nicola se levantó y se alejó de él. Al igual que el día anterior, se sentía algo mejor. Contarle lo que había pasado, en cierta medida, también la había liberado. Quizás fuera verdad y todo esto le ayudaría a superarlo.

7

Nicola se había pasado toda la noche y todo el día siguiente pensando en lo que había sucedido en el club. No entendía a Alexei y tampoco se entendía a sí misma. Después de diez años de odio, sentía como si los muros que rodeaban su corazón se estuvieran desmoronando.

Primero el encuentro del gimnasio, que le había servido para soltar gran parte del rencor que tenía acumulado y luego contarle lo que había sucedido. En estos diez años no se había permitido recordarlo ni contárselo a nadie, ni siquiera a su primo, por más que él se lo había pedido. No se había visto capaz. Sin embargo, decírselo a Alexei, en cierta medida, la había liberado. Y ahora, volver a la casa en la que había sucedido todo.

—Llámale o mándale un mensaje—le pidió a Adrián en la tarde—. Dile que iremos.

—¿Estás segura?

—Sí. En algo tiene razón: si soy capaz de tolerar su presencia, seré capaz de tolerar la de cualquier otro hombre.

Su primo no estaba muy seguro de si estaba actuando bien, si bien deseaba que ella fuera feliz, así que la apoyaría en todo lo que hiciera falta. Le escribió un mensaje a Alexei, informándole de que acudirían a comer al día siguiente. Él le contestó fijando la hora de la comida a las dos de la tarde.

***

Alexei se sentía muy nervioso. No quería que nada saliera mal. A las dos en punto sonó el timbre de la puerta, aunque no dejó que la doncella abriera; quiso hacerlo él mismo. La verdad era que no tenía servicio en la casa, solo una mujer que acudía a hacer la comida y a limpiar un par de días a la semana, pero se inventó lo del servicio para que Nicola no tuviera reticencias a la hora de acudir a la casa. Si hubiera pensado que iban a estar a solas, con seguridad no hubiera aceptado acudir, así que había llamado a una agencia para que le mandasen personal solo para ese día.

—Bienvenidos —les saludó al abrir la puerta—. Pasad. La comida ya está lista.

—Pensé que habías vendido la casa. Lleva mucho tiempo cerrada —comentó Adrián mientras entraba—. Me sorprendió cuando Nicola me contó que seguía siendo tuya.

Era la misma casa que había adquirido cuando había llegado de Rusia hacía diez años. En su momento había fantaseado con una vida con Nicola en esa casa. Cuando se comprometió con Maya había decidido venderla porque no quería tener nada que le recordara a esa vida con la que había fantaseado. De hecho, la planificación de este viaje había sido realizada con la idea de exorcizar sus recuerdos y deshacerse de la casa.

94

Les condujo al comedor evitando de forma deliberada el camino que conducía a la biblioteca. Nicola fue consciente de ello y, en silencio, se lo agradeció. No quería volver a allí.

El personal, siguiendo indicaciones suyas, había dispuesto la mesa de tal forma que el lugar que ella ocuparía estaba lo más alejado posible de él.

Una vez que estuvieron sentados, Alexei hizo una seña a una de las doncellas que esperaban para servirles, y esta le entregó un paquete a Nicola.

Ella lo miró con extrañeza.

—¿Esto qué es?

—Te lo compré hace diez años —admitió Alexei mirándola a los ojos—. Iba a dártelo el día de tu cumpleaños, aunque después de hablar con tu primo, me fui y me lo llevé conmigo.

Ninguno mencionó la conversación que habían mantenido Adrián y él aquella mañana y que había provocado que se fuera.

—Ábrelo más tarde —le pidió al ver que miraba el paquete como si fuera una serpiente venenosa—. Cuando estés a solas —agregó.

—¿Me estás diciendo que conservaste este regalo durante diez años? ¿Y qué por casualidad lo has traído contigo? No te creo —le acusó ella con desprecio.

Trató de no ofenderse, tenía todos los motivos para desconfiar de él.

—No lo he traído conmigo. Nunca abandonó esta casa. Lo metí en un cajón y no había vuelto a pensar en él hasta que lo vi esta misma mañana, sin embargo, desearía que lo tuvieses.

Deseaba tirárselo a la cara, no obstante, se había prometido a sí misma que iba a intentarlo, así que lo guardo en su bolso sin decir nada más.

—Así que vas a quedarte una temporada en Estados Unidos —comentó Adrián tratando de romper la incomodidad que se había formado.

—Sí. He mandado a Iván a Rusia para que se haga cargo de los negocios allí y me quedaré aquí una temporada.

—¿Y tu novia?

Alexei se sorprendió de que Adrián conociese la existencia de Maya. Aunque había acudido con ella a la exposición, no habían llegado a coincidir juntos.

—El círculo en el que nos movemos es muy pequeño —afirmó Adrián al ver su cara de sorpresa.

—Maya y yo rompimos nuestro compromiso hace casi una semana. El mismo día de la exposición. Ha vuelto a Rusia con Iván.

—Entiendo —murmuró Adrián pensativo, mirando hacia una Nicola que parecía ajena a la conversación.

Ella no podía dejar de pensar en el regalo que había guardado en el bolso. ¿Por qué se lo había dado ahora? Estaba tan enfrascada en sus pensamientos que no fue hasta un rato después que se dio cuenta de que tanto Alexei como Adrián la miraban con fijeza, como esperando una respuesta de su parte.

—¿Qué pasa?

—Alexei te preguntaba qué quieres beber.

—Agua estaría bien.

Alexei, casi sin ser consciente de ello, se inclinó hacia ella para alcanzarle el agua. El miedo irracional hizo que Nicola se echase para atrás levantándose de un salto y tropezando con uno de los criados, lo que provocó que a este se le cayera la bandeja con la comida. Avergonzada por el accidente, ella se sentó de nuevo, retorciéndose las manos

—Lo siento, lo siento —murmuró con voz llorosa. Sentía tanta vergüenza. Ni siquiera había intentado tocarla, aunque ella había pensado que eso era lo que pretendía, y había entrado en pánico.

Alexei se enfureció consigo mismo. Él era el culpable de que esa hermosa mujer estuviese aterrorizada, y verla disculparse por algo que no podía controlar fue más de lo que podía soportar.

—No vuelvas a disculparte por algo que no es culpa tuya —exhortó con voz helada—. Si hay algún culpable aquí, soy yo. Sé que te hice daño, no solo físico —enfatizó mirándola a los ojos—, pero necesito que entiendas que jamás volverá a suceder.

Ella no dijo nada ante sus palabras. No se veía capaz.

Adrián trató de aligerar el ambiente contando cotilleos sobre la gente que conocían. Al principio, tanto Nicola como Alexei se mostraban muy serios, afectados por lo que acababa de suceder, si bien al final, el humor descarado con el que Adrián les contaba las cosas hizo que se relajaran y participaran en la conversación.

Finalizada la comida, pese a que a Alexei le hubiera gustado que se quedarán más tiempo, decidió no forzar la situación, así que cuando Adrián anunció que tenían que irse, no trató de detenerlos ni pronunció palabra alguna, limitándose a acompañarles a la puerta.

—Abre tu regalo —rogó al despedirse, mirándola a los ojos con una pasión que la dejó temblorosa.

En cuanto llegó a casa Nicola subió corriendo a su habitación para abrir el regalo a solas. Su primo no hizo ningún comentario y la dejó ir. Tenía que abrirlo; saber lo que era.

Cuando lo hizo, un montón de pétalos de rosa secos cayeron a sus pies. Las rosas eran sus flores favoritas. Al terminar de desenvolverlo, se encontró con un ejemplar de la novela *Persuasión* de Jane Austen. Por las manchas que habían dejado los pétalos en el libro, supuso que cuando los habían metido entre las páginas estaban frescos. Recordaba que, en una ocasión, le había contado a Alexei que esta era una de sus novelas favoritas.

Abrió la primera página del libro y leyó la dedicatoria. Estaba fechada diez años atrás.

Renuncio a la lucha que he mantenido tras conocerte.

A brazo partido me he revuelto contra mis sentimientos tratando de aplastarlos.

Pero he fracasado en esta batalla y no lo lamento.

Aquí me presento sin lucha. Inerme, me declaro vencido.

Si vencerme es estar frente a ti, con el corazón en la mano, suplicando que me ames como yo te amo a ti.

Sintió cómo el corazón se le desgarraba. ¿Qué pretendía entregándole esto? Era imposible que no recordara la dedicatoria. ¿A qué estaba jugando? ¡Era un cabrón! Furiosa, bajó las escaleras buscando a su primo hasta que lo encontró en la cocina.

—Necesito el número de teléfono de Alexei —pidió nada más entrar—. Voy a llamar yo misma a ese cabrón.

—¿Abriste el regalo?

—Sí —masculló furiosa—. Dame el dichoso teléfono, que le voy a decir lo que opino de su estúpido regalo.

Adrián la miró durante unos instantes en silencio, miró en la agenda de su móvil y le dictó el número.

—¿Qué le vas a decir?

—No lo sé. ¿Qué es un cabrón? ¿Qué se vaya a la mierda? Lo pensaré sobre la marcha —siseó mientras, como un remolino, se marchaba a su habitación.

Una vez allí, trató de calmarse antes de mandarle el mensaje. Estaba tan furiosa que le temblaban las manos y no era capaz de teclear.

Nic_18:00

¿Por qué me has dado el libro?

¿Qué pretendes?

Solo trascurrieron unos segundos hasta que le contestó, como si hubiera estado esperando que ella le escribiera.

Alex_18:00

Nada.

Solo quería que supieras lo que sentía por ti hace diez años.

Nic_18:01

No me interesa.

Vete a la mierda.

Alex_18:01

Y quería que te enfadaras lo suficiente para hablar conmigo sin usar a tu primo de intermediario.

Pasaron unos minutos hasta que llegó su respuesta.

Nic_18:06

En eso has acertado.

Alexei sonrió. Era un paso muy pequeño, aunque muy necesario. Debía eliminar a Adrián de la ecuación si quería tener alguna oportunidad con ella.

Decidió esperar unos días antes de volver a contactar con Nicola, quería darle tiempo.

***

En los días que trascurrieron, Alexei aprovechó para ponerse al día con los negocios que poseía en el país. Si bien tanto Iván como Marco le mantenían al tanto de los mismos, no era lo mismo que llevarlos en persona, y llevaba mucho tiempo alejado.

—¿De verdad vas a quedarte? —le preguntó Marco una mañana. Llevaban todo el día con reuniones.

—Sí, me voy a quedar de forma indefinida.

—¿Iván está de acuerdo con permanecer en Rusia?

—No le di muchas opciones, sin embargo, sabes que si quisiera volver no habría nada que pudiera hacer para impedírselo.

—Te conozco hace muchos años y tu comportamiento no es normal. ¿Qué ha pasado?

—No ha pasado nada.

—No llevas ni un día en Estados Unidos después de diez años en los que te negaste a volver. Ves a Nicola en una fiesta, rompes tu compromiso con Maya y decides quedarte de forma indefinida. No me digas que no ha pasado nada. Sé que Nicola y su primo comieron el otro día en tu casa.

Alexei le miró con sorpresa.

—No sabía que me espiaras.

—No te espío, no obstante el círculo en que...

—... Nos movemos es muy pequeño. —Terminó Alexei por él—. Ya me lo han dicho.

—Mira, no me lo expliques si no quieres, pero no insultes mi inteligencia diciendo que no tiene nada que ver con Nicola.

Alexei sintió la necesidad de descargar su conciencia. Se giró hacia la ventana cruzándose de brazos y mirando a la distancia.

—He estado tan equivocado... —reconoció con tristeza.

—¿Equivocado con qué?

—Con ella.

—¿Qué te dijo para comerte la cabeza?

Una sonrisa triste cruzó su rostro.

—Ella no me dijo nada. Fue su primo y solo me contó una verdad que yo desconocía.

—¿Y se puede saber qué verdad es esa? Sabes que ellos son amantes desde hace años.

—Adrián es homosexual —confesó sin girarse.

—¿Quééé? ¿Y le creíste? ¿El hijo de Nico Ferrani homosexual? ¡Estás loco!

Se giró hacia Marco y le lanzó una mirada irónica.

—¿Tú crees que se inventaría que es homosexual?

Marco estaba impactado por la noticia: no podía ser verdad. Nico Ferrani, el padre de Adrián, era socio de negocios de su propio padre. Ambos eran hombres muy tradicionales, que tenían muy claro lo que podía hacer un hombre y lo que no y, desde luego, la homosexualidad no era una de ellas.

Si bien lo que más le impactó fue el hecho de que llevaba años luchando con los extraños sentimientos que sentía por Adrián. No es que le atrajese de ningún modo, por supuesto que no: él no era homosexual. Solo que, a veces, no sabía el porqué, Adrián se colaba en sus pensamientos.

Hubo un tiempo, hace años, incluso antes de que Alexei entrase en sus vidas, en los que Adrián y él se habían vuelto inseparables. Se conocían desde la infancia. Añoraba aquellos años y añoraba su amistad, que se rompió cuando su amigo le contó que los primos eran amantes. En aquel entonces, sintió como si le hubieran traicionado, así que, al igual que Alexei, rompió cualquier relación con ellos, y la verdad es que nunca más se habían vuelto a hablar, no obstante, a veces... algunas noches... tenía sueños y Adrián siempre era el protagonista de los mismos. Se levantaba excitado y sudando. No se entendía a sí mismo y prefería no indagar en ello. Cuando le pasaba eso, se vestía y se iba a un club a buscar una mujer para follársela. Todavía no había encontrado ninguna que le satisficiera, pero estaba seguro de que, si se follaba las suficientes, algún día lo haría.

Sin embargo, el hecho de que su antiguo amigo fuera homosexual era algo que no se podía creer.

—Adrián, ¿homosexual? —Empezó a reírse. Tenía que ser una broma.

—Los falsos novios de Nicola eran en realidad las parejas de su primo.

Marco le miró con la boca abierta.

—¿Me estás diciendo que...? —Se interrumpió así mismo mientras preguntaba con estupefacción—: ¿Él también es homosexual?

—¿Él? ¿Quién?

—Steven. —Marco sintió malestar pensando en todos los hombres con los que Adrián había estado y en si lo que decía Alexei era cierto —. ¿Ninguno ha sido novio de Nicola? ¿Cómo lo sabes?

—No importa cómo lo sé. Lo único que importa es el hecho de que Adrián me mintió hace diez años.

—¿Por qué lo haría? ¿Con qué finalidad? No lo entiendo.

Alexei apoyó la frente en la ventana mientras murmuró con pesar:

—Porque le hice algo horrible a Nicola y quería que me alejara de ella.

—¿Algo horrible? ¿El qué? Nunca me dijiste que hubieras hecho algo.

—Lo hice. Solo que... no lo sabía.

—¿Cómo es eso posible? No entiendo nada. Explícate de una vez —exclamó con exasperación.

—La noche de la fiesta... El día antes de su cumpleaños, ¿recuerdas que estaba muy borracho?

—Recuerdo que te pasaste la noche suspirando por ella. Me daban ganas de vomitar el oír tus suspiros.

—Yo... le pedí a Iván que me buscara una prostituta que se pareciera a Nicola.

—¿Qué hiciste qué? Y supongo que el imbécil de Iván te hizo caso, ¿no? ¿Y qué pasó? ¿Nicola te vio con ella? Si me lo hubieras dicho a mí te hubiera impedido hacer esa idiotez.

—Sí. —Sonrío sin gracia—. Te lo tenía que haber dicho. Ojalá solo me hubiera visto con ella. Sería más fácil de justificar que lo que sucedió en realidad.

—¡Por Dios! ¡Habla de una vez! ¿Qué demonios pasó?

—¡LA CONFUNDÍ CON UNA PROSTITUTA, JODER! —gritó con desesperación.

—¿Quééé? ¿Qué hiciste?

—¿Tú qué crees?

—¿La violaste? —preguntó Marco, horrorizado.

—No. La verdadera prostituta nos interrumpió, sin embargo... digamos que tardó un rato en aparecer...

—Joder, Alexei. ¿Y al día siguiente fuiste a su casa como si nada?

—¡NO LO RECORDABA! —exclamó con furia al tiempo que daba un puñetazo a la pared. Ojalá el dolor de la mano pudiera anestesiar el que sentía en el corazón.

—Vale, vale —acordó su amigo de forma conciliadora levantando las manos—. ¿Qué vas a hacer ahora?

—Intentar que me perdone. —suspiró con aire cansado, se sentó en la silla del despacho y se frotó la mano con la que había golpeado la pared para intentar aliviar un poco el dolor—. Tengo un plan.

—¿Un plan?

—Sí. Quizás puedas ayudarme —afirmó al tiempo que le lanzaba una mirada especulativa—. ¿Tienes planes para mañana por la noche?

8

Salimos hoy por la noche.

Os veo a Adrián y a ti en el club Space a las ocho de la tarde.

Tu primo lo conoce.

Cuando Nicola leyó el mensaje, lo primero que pensó fue en mandarle a la mierda. ¿Quién se creía que era? Que hubiera aceptado intentar tolerar su presencia no quería decir que tuviera que hacer lo que él le dijese. Porque mandase un mensaje no iba a correr a obedecer sus órdenes aunque, por otra parte, le llamó la atención lo de que Adrián conocía el club. A ella no le sonaba de nada.

—¿Qué club es el Space? —le pregunto a su primo mientras comían.

Adrián se atragantó, escupiendo parte de la comida que tenía en la boca.

—¿Dónde has oído ese nombre?

—Alexei me ha enviado un mensaje. Quiere que nos veamos allí está noche. Aseguró que tú conoces el local.

109

—Es un local de transformismo —reconoció él tras unos segundos de silencio.

—¿Y por qué pensó que lo ibas a conocer? —preguntó con una sonrisa hasta que vio la cara que él ponía—. ¡Oh! —Fue lo único que atinó a decir, cuando comprendió el porqué lo conocía.

—Me parece que Alexei me ha estado espiando —reconoció Adrián con una sonrisa.

—Tú... ¿actúas en él?

Su primo afirmó con la cabeza.

—¿Te vistes de mujer? —preguntó sorprendida.

—No. Actúo, pero de hombre. He hecho muchos amigos allí, gente que no es... de nuestra clase social

—¿Cantas? ¿Bailas? —No salía de su asombro, jamás se lo hubiera imaginado.

—Un poco de todo.

—¿Por qué nunca me has dicho nada?

—Me daba vergüenza.

—¿Por qué? Nunca me ha importado que seas homosexual.

—Lo sé, no obstante, esto es distinto. Allí puedo ser yo mismo, nadie me conoce.

Cuando Nicola había leído el mensaje de Alexei, ni se había molestado en contestar. No tenía pensado acudir a la cita, si bien ahora, después de lo que le había confesado su primo, había cambiado de opinión.

—Quiero ir —aseguró con firmeza. Estaba segura que si no hubiese sido por la invitación de Alexei, Adrián jamás la hubiera llevado a ese club y no creía que se fuera a atrever nunca a ir sola.

Su primo estuvo un rato mirando con atención su comida hasta que, sin levantar la vista, le confirmó:

—Está bien, iremos. Hoy iba a ir de todas maneras.

—¿Hoy? Si hoy es miércoles y todos los miércoles vas a clase de... —Su voz se fue apagando al darse cuenta de la verdad—... violonchelo y ahora que lo pienso nunca te he visto tocar el violonchelo...

Él le lanzó una sonrisa torcida.

—Ni nunca me verás.

—¡Adrián! —exclamó indignada—. Me has estado mintiendo durante años.

—Perdóname. Sabía que si te lo contaba ibas a querer ir a verme y no me consideraba preparado.

—¿Por qué?

—Porque es algo que hago por placer. Supongo que algún día te lo iba a decir, aunque aún no había encontrado el momento.

—Pues creo que el momento ha llegado. Me ha dicho que nos veamos a las ocho.

—Está bien, yo suelo ir a las siete. Iremos un poco antes y así te presentaré a todo el mundo.

Estaba asombrada, no se podía creer que Adrián llevará años ocultándole una doble vida.

Llegaron al club a las cinco de la tarde. A esa hora todavía estaba cerrado al público, así que entraron por detrás. Un portero custodiaba la puerta, pero en cuanto vio a su primo le saludó con familiaridad.

—Hola, Adrián. Hoy vienes muy temprano.

—Es que hoy vengo con mi prima Nicola. Quería enseñarle el club y presentarle a todo el mundo antes de que abriéramos, luego se vuelve una locura—. Se giró hacia Nicola y señaló al portero.

—Te presento a Mike. Como verás, trabaja de portero y es el encargado de seguridad. Es a quién tendrás que recurrir si alguien trata de propasarse contigo.

—Aunque en este club no creo que muchos lo vayan a intentar —anunció el portero mientras reía.

—No creo —corroboró su primo con una sonrisa—, sin embargo, en cualquier caso, si tienes cualquier problema, le avisas.

—Gracias. Lo tendré en cuenta —dijo ella mientras pasaba a su lado para acceder al interior del local.

Cruzaron un pasillo hasta llegar a una especie de enorme salón que en el centro y a los lados estaba lleno de tocadores con espejos y cada uno de ellos, a su vez, tenía pequeños focos. Supuso que era donde se vestían y maquillaban, si bien como era tan pronto, aún no había nadie.

Adrián le señaló uno de los huecos.

—Este es el mío.

Nicola vio fotos suyas y de su primo enganchadas en el espejo y se le encogió el corazón.

—Te quiero —susurró mientras lo abrazaba—. Eres como un hermano para mí. No sé qué hubiera sido de mí si no te hubiera tenido a mi lado. Me gustaría que fueras feliz.

—Lo soy, primita.

—No. No podrás ser feliz mientras tengas que ocultarte y no encuentres a una persona que tampoco deba hacerlo; que no tenga que fingir ser mi novio para poder salir contigo.

—Eso no es solo por ellos. Es también por mí. No me siento preparado para que todo el mundo lo sepa.

—Necesitas a alguien que te demuestre que te ama por encima de lo que digan los demás, quizás entonces encuentres el valor para hacer lo mismo.

—Puede ser —aceptó él mientras hacía un gesto para quitarle importancia—. Ahora, ven. Te voy a presentar al que manda. Aquí nadie sabe que estoy forrado —murmuró en voz baja riendo—. Mi jefe está encantado porque me paga una miseria. Me ha propuesto subirme el sueldo varias veces, no obstante, me he negado.

Ella no pudo evitar reírse.

—Debe pensar que estás loco.

—Un poco... sí, supongo.

La condujo por otro pasillo hasta que localizaron una escalera que les llevó a la planta de arriba. Nada más subir, Adrián llamó a la primera puerta.

—¿Philip?

Al entrar en el cuarto, lo primero que le llamó la atención a Nicola fue el enorme ventanal que se veía al fondo de la habitación. Ocupaba la pared en su totalidad, pero lo curioso es que no daba al exterior, sino que lo que se veía era todo el club. Cuando pudo apartar la vista de la enorme ventana, se fijó en la persona sentada detrás del escritorio.

Era un hombre enorme. Alexei era muy alto y fuerte, aunque este hombre aparentaba ser el doble de grande. Adrián le había contado que hacía muchos años le habían rajado la cara por su condición sexual. Fue entonces cuando decidió crear este club, para que las personas como ellos tuvieran un lugar al que acudir en el que no tuvieran que ocultar su identidad sexual.

—¿Personas como vosotros? —le había replicado su prima indignada ante sus palabras—. No eres diferente porque te gusten los hombres. Las preferencias sexuales no definen a una persona.

—Lo sé, princesa, sin embargo aún hay muchos prejuicios.

—Lo entiendo, no obstante, me gustaría que encontraras el valor para que no te importe hacerles frente.

Ahora, viendo a Philip, sintió una gran tristeza. Si no fuera por la cicatriz que le atravesaba el rostro, sería un hombre muy atractivo. Le cruzaba uno de los ojos y por el tono blanquecino del mismo era evidente que había perdido la visión.

—Adrián, ¿qué haces aquí tan temprano? Aún no ha llegado nadie —les saludó Phillip poniéndose en pie.

—Quise venir temprano para que mi prima conociera el lugar sin mucho barullo.

—¿Tu prima? ¿Esta es la famosa Nicola? ¡No me lo puedo creer! Ya era hora que la trajeras después de todo lo que nos has contado de ella —exclamó extendiendo su mano hacia para saludarla.

—Me siento halagada y avergonzada. A mí lleva años haciéndome creer que estaba aprendiendo a tocar el violonchelo.

Una carcajada resonó en la habitación.

—¡Esa sí que es buena! ¡No sabía que ahora se llamaba así! —prosiguió sin parar de reírse.

Cuando por fin pudo hacerlo le preguntó:

—¿Qué te parece el club? ¿Ya te lo ha enseñado todo?

—No sabría decirte, apenas he visto nada. La zona que usan para maquillarse y este despacho.

—Entonces, permíteme que te lo enseñe yo mismo y que te presente a la gente—le pidió al tiempo que le ofrecía su brazo.

Cuando Alexei y Marco llegaron al club, hacía poco que había abierto al público, así que aún no estaba muy lleno. Marco se sentía muy incómodo, no dejaba de mirar a todos lados, temeroso de que alguien le reconociera.

—¡Por Dios!, ¡relájate! —le exigió Alexei cuando le vio mirar alrededor por quinta vez—. Si alguien piensa que eres homosexual por verte aquí, también lo pensarán de mí. —Luego continuó con humor—. Ahora que lo pienso... igual creen que somos amantes.

—Ja, ja —contestó Marco sin humor—. No tiene ni gota de gracia.

—Vamos, Marco. Aquí no creo que vayamos a encontrar a ninguno de nuestros conocidos.

Eran las ocho en punto, y no se veía ni a Adrián, ni a Nicola por ningún lado. Alexei había mandado investigar a Adrián porque, aunque él mismo se lo había confesado, necesitaba una confirmación de que era homosexual. Cuando le habían informado de que actuaba en el Space todos los miércoles, había visto su oportunidad para que Nicola aceptase acudir.

En ese momento se apagaron las luces para dar comienzo a la primera actuación. El Space era un local muy ecléctico en el que se podían ver actuaciones de todo tipo de géneros musicales. Cada noche la dedicaban a un tipo de música diferente.

—Con todos ustedes Frank Sinatra, interpretando *New York, New York* —anunciaba en ese momento el presentador.

La sorpresa de Alexei y de Marco fue mayúscula cuando Adrián salió al escenario. Iba caracterizado como el cantante que interpretaba, pero lo más impresionante fue cuando comenzó a cantar. Tenía una voz preciosa, de ricos matices y que imitaba muy bien la de Frank Sinatra. En el coro le acompañaban unas bailarinas que enseguida comprobaron que eran hombres caracterizados como mujeres, detalle que, si no fuera por la altura y la complexión de sus cuerpos, hubiera pasado inadvertido.

Nicola estaba entre bambalinas viendo la actuación de su primo. Era un artista. Ojalá aplicara en sí mismo todos los consejos que le había dado a ella a lo largo de los años. En el fondo, sabía el motivo por el que llevaba una doble vida: todo era por su tío Nico, a quien ella debía su nombre. Le quería mucho, sin embargo, era un italiano muy tradicional, no aceptaba la posibilidad de tener un hijo homosexual y por amor y respeto hacia él, Adrián no podía llevar la vida que realmente le gustaría.

Incluso aunque le gustasen las mujeres, esa vena artística tampoco sería aceptada. Adrián trabajaba de relaciones públicas en la empresa de importaciones de la familia, y que renunciase a eso para actuar en un escenario era algo que su tío no iba a aceptar jamás. A ella, como mujer, ya que no se podía esperar que tuviera cerebro para los negocios, se le podían admitir sus excentricidades artísticas; pero a su primo no.

Desde donde se encontraba localizó a Alexei con facilidad. Estaba acompañado de Marco. Le sorprendió ver allí a este último. Hacía mucho que no coincidía con él. De hecho, hacía años que les evitaba como la peste tanto a ella como a Adrián, pese a que hubo un tiempo en el que ambos habían sido inseparables ¿Por qué habría venido con él?

Cuando acabó su actuación, Adrián salió del escenario y se dirigió hacia ella sonriendo.

—¿Qué te ha parecido? —preguntó entusiasmado.

Ella le abrazó a su vez, emocionada.

—¡Me ha encantado! Eres un artista. Tienes una voz increíble.

—¿Has visto a Alexei? Está sentado con Marco. Es una pena que sea hetero porque siempre he pensado que tenía un polvazo. De hecho, fue gracias a él que descubrí que era homosexual: no podía parar de pensar en follármelo.

—¡Adrián! —exclamó Nicola escandalizada.

—¿No me dices siempre que quieres que te cuente mis cosas? —preguntó entre risas—. Deberías saber que siempre ha sido mi amor platónico —le confesó tras abrazarla—. Espérame cinco minutos. Voy a cambiarme y te acompaño hasta la mesa de Alexei.

—De acuerdo. Iré al baño mientras tanto —asintió ella dándole un beso.

Se dirigió por el pasillo hacia el baño de mujeres, aunque justo cuando iba a entrar, oyó una voz que le decía:

—¿Por qué estás con un marica como ese cuando podías estar con un verdadero hombre?

Sorprendida, se dio la vuelta y se encontró con un desconocido que le recorría el cuerpo de arriba abajo con una mirada obscena. Antes de que pudiera escapar, la agarró del brazo inmovilizándola contra la pared.

Se quedó paralizada por el miedo. Era como si estuviese de nuevo en la biblioteca con Alexei. Aquel hombre iba a hacerle las mismas cosas y no había nada que pudiera hacer para evitarlo porque su propio terror se lo impedía. Ni siquiera podía gritar. Lo odiaba. Odiaba la impotencia que estaba sintiendo y que la había dejado indefensa.

Su agresor olía a alcohol y a sudor. Pasó la lengua por la mejilla de Nicola y se la lamió, mientras decía:

119

—Te voy a enseñar cómo folla un hombre de verdad.

Ella cerró los ojos e intentó imaginar que estaba en otro sitio; que esto no estaba pasando, mientras gruesas lágrimas caían por sus mejillas.

De pronto, se sintió libre del peso de aquel extraño. Abrió los ojos justo a tiempo para verlo estamparse contra la pared. Un furioso Alexei lo mantenía sujeto por el cuello ahogándole.

—¿Qué coño se supone que estabas haciendo? ¡Hijo de puta! —rugió con furia.

El hombre trató de pegarle un puñetazo para liberarse, sin embargo, Alexei detuvo el puño con su propia mano, y empujó el brazo hasta que sonó un crujido y este quedó colgando en un ángulo extraño signo evidente de que se lo había roto.

El escándalo alertó a varias personas, entre ellas Adrián, que apareció corriendo y, al percatarse de la situación, se acercó hacia una temblorosa Nicola que había sido incapaz de moverse.

—Nicola —susurró mirándola a los ojos aunque sin tocarla—. Nicola —repitió al ver que no le respondía—. ¿Estás bien?

Ella fijó una mirada vidriosa en Adrián

—¿Adrián? —preguntó con voz temblorosa.

—Sí, princesa. Soy yo.

Nicola sintió cómo se le aflojaban las rodillas, pero antes de que pudiera tocar el suelo, su primo la levantó en brazos.

—Ven cariño, será mejor que te sientes un rato. Mike echa a ese imbécil a la calle. Alexei, suéltalo —le ordenó a este último, que aún lo sujetaba por el cuello.

—Me has roto el brazo, cabrón —gemía el hombre.

—Sal de aquí si no quieres que te rompa el otro —gruñó Alexei soltándole. Se sentía enfermo. Ver a Nicola siendo atacada por ese cerdo le hizo darse cuenta de que lo que él le había hecho había sido incluso peor.

Ella estaba conmocionada. Adrián la llevó a un cuarto, la recostó en un sofá y pidió que le trajesen una bebida fuerte.

—No quiero beber —negó ella reaccionando con debilidad—. Sabes que no bebo alcohol.

—Pues esta vez lo vas a beber —replicó su primo con firmeza al tiempo que le tendía un chupito de tequila—. Bébelo, te calmará los nervios. No paras de temblar.

Al final, ella cedió y se tomó el chupito. Casi de forma instantánea el calor invadió su cuerpo y se encontró algo mejor.

—¿Está bien? —La ronca voz de Alexei resonó en la habitación.

Adrián se giró hacia él.

—Lo estará. Gracias.

—Lo siento.

—¿Por qué lo sientes? —preguntó Adrián con extrañeza—. No fue tu culpa.

—Fue idea mía traer a Nicola a este club.

—En todo caso, sería culpa mía por haberla dejado sola. Jamás hubiera imaginado que aquí iba a encontrar a un cerdo que intentara abusar de ella.

Esas palabras hicieron que Alexei se sintiese peor que nunca. ¿Cómo iba a conseguir que Nicola le perdonase si ni siquiera él era capaz de perdonarse a sí mismo?

Marco observaba toda la escena sin decir nada. Entendía cómo se sentía su amigo. Ver a Nicola en el estado en que se encontraba le rompía el corazón.

—Quizás sería mejor si nos marchásemos —sugirió con voz insegura dirigiéndose a Alexei.

En ese momento Adrián le miró por primera vez en toda la noche.

—No deberíamos dejar que un cerdo nos arruine la noche, no obstante, es Nicola la que debe decidirlo. ¿Cómo te encuentras? —le preguntó con dulzura—: ¿Quieres irte a casa?

Ella, que ya sentía el efecto del tequila que se había tomado, empezó a llorar desconsolada.

—¡Shhh! No pasa nada, cariño —le susurró su primo con ternura—. Nos iremos a casa.

—¡No! —exclamó ella con furia sorprendiéndolos a todos—. Lloro porque estoy furiosa conmigo misma.

—¿Por qué? Tú no has hecho nada.

—Por eso. Mientras ese cerdo me tocaba... me paralicé por el miedo. No fui capaz de hacer nada. Y lo odio. ¡Lo odio! Quiero hablar a solas con Alexei —anunció envalentonada por la furia y el alcohol.

Los tres se quedaron paralizados al oír sus palabras.

—Dejadnos —exigió Alexei con firmeza. No iba a darle tiempo para que se arrepintiera.

Adrián dudó mirando a su prima.

—¿Estás segura?

—Sí—afirmó secándose con furia las lágrimas que empañaban su rostro—. Alexei no me va a hacer daño.

Al final, Adrián y Marco salieron de la habitación dejándolos a solas.

—Gracias —dijo él mirándola a los ojos.

—Gracias... ¿por qué?

—Por lo que le has dicho a Adrián de que no te voy a hacer daño.

—Te odié muchos años; no solo por el daño físico. —Un ligero temblor en la voz la acompañó mientras continuaba hablando—. Yo te amaba. —Levantó una mano para indicarle que se mantuviera en silencio cuando vio que iba a replicar—. Era una niña. No sabía lo que era el amor.

—¿Y ahora?

—Ahora... ¿qué?

—¿Sabes lo que es el amor?

—Sé que no es lo que sentía por ti —se mofó con una risa amarga.

Él sintió como si le apuñalara el corazón porque, pese a los años transcurridos, a pesar de las mentiras que se había estado diciendo a sí mismo, seguía enamorado de ella. La muchacha que era amable con todo el mundo; la que adoraba pintar y a los animales; la que leía novelas de amor a escondidas. La jovencita dulce y tierna que le observaba como si fuese un dios cuando creía que no la veía; que se sonrojaba cuando la miraba y que, sin que supiera cómo, hace ya tantos años le había robado el corazón. En definitiva, la Nicola que ya no existía porque él mismo se había encargado de destruirla.

—Te creo —aceptó ella pasados unos minutos.

—¿Me crees? —No sabía de qué le hablaba. Aún se encontraba aturdido pensando cómo podía haber tenido su amor haberlo perdido.

—Lo que pasó hace diez años —aclaró ella con frialdad—. Te creo. Hoy me he dado cuenta.

—¿De qué?

Nicola miró a la distancia mientras decía:

—Cuando ese cerdo empezó a tocarme, recordé aquella noche, la forma en que actuabas, el olor de tu aliento, ahora me doy cuenta de que debías de estar ebrio. ¿Qué necesidad tenías de robar algo que te hubiera entregado de forma voluntaria?

Pasados unos segundos, le miró a los ojos y le encaró.

—¿Qué quieres en realidad? ¿Por qué has vuelto?

Alexei decidió ser sincero con ella.

—Porque aunque te odiaba por lo que creía que habías hecho, no he podido olvidarte. Necesitaba exorcizar tu recuerdo para poder empezar mi vida con otra mujer. —Al ver que ella le miraba con furia dispuesta a replicarle, aclaró—: Cuando Adrián me contó que os acostabais pensé que me habías engañado con tu falsa inocencia para que me enamorara de ti.

—¿Y lo hiciste?

—¿El qué?

—Enamorarte de mí.

—Ya te lo dije el otro día. Me enamoré de ti de tal forma que diez años no me han servido para olvidarte.

Ella se rio con amargura, incrédula.

—Y ahora, ¿qué pretendes?, ¿recuperar los años perdidos? La Nicola que tú amabas ya no existe, y aunque existiera, si esa noche es una muestra de cómo tratas a las mujeres, gracias... pero no.

Trató de no mostrarse ofendido por sus palabras. A fin de cuentas, se lo merecía.

—Te guste o no... te estoy ayudando —le indicó con tranquilidad.

—¿En qué me has ayudado si se puede saber?

—Estamos en una misma habitación los dos solos y no has tenido un ataque de pánico. Es más de lo que hubieras tolerado hace un par de días.

—Tienes razón —reconoció ella tras unos segundos de silencio—. Hoy más que nunca me he dado cuenta de que quiero superarlo. —Le miró a los ojos añadiendo con firmeza—: Quiero superarte.

—De acuerdo, entonces. Mañana nos veremos tú y yo solos, sin tu prima —replicó él con voz ronca producto de las emociones que le asolaban.

—¿Dónde? —preguntó ella con voz tensa. Aún no confiaba en él del todo.

—En el refugio de animales. Sigues yendo de voluntaria, ¿no? —No solo había obtenido información de las actividades de Adrián, sino también de las de Nicola.

126

—Tus espías te mantienen informados. —replicó ella con una sonrisa forzada.

—Mañana a las doce en punto nos vemos allí.

Y, sin darle tiempo a objetar nada, salió de la habitación para irse del club.

9

—¿Así que Frank Sinatra? —preguntó Marco mirando hacia el suelo. Estaban afuera de la habitación esperando, mientras Nicola y Alexei hablaban.

—¡Joder! ¿No me diriges la palabra en diez años y eso es lo primero que se te ocurre decirme? —exclamó Adrián riéndose—. Eres de lo que no hay.

—Yo... —Marco estaba avergonzado. No sabía el motivo, no obstante, el descubrir que Adrián era homosexual le afectaba. Era incapaz de definir lo que sentía.

—No me des explicaciones, no hace falta. —afirmó Adrián de forma despreocupada—. ¿Vas a contarlo?

—¿Contar el qué?

—Que soy homosexual.

—No es algo que me corresponda contar. Es decisión tuya como quieras vivir tu vida. —Tras unos minutos de silencio incómodo, se giró hacia Adrián mirándole a los ojos para preguntarle—: ¿Qué se siente?

—¿En el escenario?

—No. Cuando eres tú mismo sin importarte lo que piensen los demás.

Adrián no pudo evitar reírse.

—Llevo años fingiendo ser lo que no soy. Esto son solo breves momentos.

—Ya —musitó Marco pensativo mientras miraba de nuevo al escenario—. ¿Qué se siente?

—¡De puta madre! ¿Por qué lo quieres saber?

—Te envidio —confesó a su vez Marco sin contestar a su pregunta y sin mirarle—. Al menos, durante unos momentos, puedes ser tú de verdad.

Adrián le miró extrañado, no entendía muy bien esta rara conversación. Abrió la boca para preguntarle cuando Alexei pasó a su lado como una exhalación.

—¡Nos vamos! —ordenó dirigiéndose a Marco—. Adiós, Adrián.

—Adiós —murmuró sorprendido viéndolos alejarse. Cuando ya pensaba que Marco se iba sin decir nada, este se giró hacia él y dándole una extraña mirada le despidió:

—Adiós, Adrián.

Tras despedirles entró en el cuarto y se encontró a Nicola que miraba pensativa por la ventana.

—Alexei y Marco se han marchado.

—Lo sé. Hemos quedado mañana.

—Espero que no muy temprano. No me apetece madrugar.

—He quedado yo sola con él.

Su primo la miró con sorpresa.

—De acuerdo —accedió con lentitud—. ¿Estás segura?

Se giró hacia él e intentó que su voz sonase firme, aunque fracasó de forma estrepitosa.

—No. De lo único que estoy segura es que no quiero seguir así. No pienso permitir que el temor siga gobernando mi vida.

—Está bien. Sabes que yo te apoyaré en todo lo que haga falta —le susurró, se acercó a ella y la abrazó—. ¿Nos vamos?

—Sí. Vámonos —murmuró ella sin dejar de abrazarle.

***

Horas después mientras descansaban en el sofá y fingía ver una película, Adrián no podía apartar a Marco de sus pensamientos. Hubo un tiempo, cuando eran unos críos, en el que fueron inseparables. Gracias a su amistad con él descubrió que era homosexual. Se pasaba el tiempo imaginando que le acariciaba, que le besaba. Algo que nunca le había pasado con ninguna mujer. Se había planteado incluso decírselo o insinuarle algo, a pesar de lo cual, al final nunca se atrevió: tenía miedo a su rechazo. Cuando Marco dejó de hablarle, después de lo de Nicola, le dolió al principio, sin embargo, luego se dio cuenta que era mejor así. Sentía

131

un enamoramiento hacia él que no iba a acabar en nada. El resultado final hubiera sido el mismo: la pérdida de su amistad.

Le admiraba porque había salido adelante por sí mismo. Había huido del destino que su padre le había planificado. Se había negado a entrar en la empresa familiar; se había ido de su casa y había estudiado mientras trabajaba. Al finalizar los estudios se había asociado con Alexei, y junto con Iván habían creado una empresa de programación de la que era el director general y, por lo que había oído, le iba muy bien. No le había perdido la pista en todos estos años. De vez en cuando se le veía con alguna mujer, pero, por lo que sabía, nunca había mantenido una relación seria con nadie.

A pesar de que era muy guapo y tenía un cuerpo esculpido en el gimnasio, siempre había sido un poco *nerd*, con una timidez que a él en aquel entonces le había parecido muy dulce, al contrario que él mismo, que era tan extravertido. Adrián siempre estaba pensando tonterías para arrancarle una sonrisa y metiéndolos en líos. Si de algo se había arrepentido durante estos años era de no haber probado sus labios cuando tuvo la oportunidad, aunque luego le despreciara por ello. Al menos tendría ese recuerdo.

—¿Por qué Alexei habrá ido con Marco al Space? ¿Crees que le contará a alguien lo mío? —le preguntó a Nicola.

—No sé el motivo por el que habrá ido con él. En cuanto a que se lo cuente a alguien... ojalá lo hiciera.

—¡Nicola! —exclamó su primo indignado—. Es de mi vida de lo que estamos hablando.

—Exacto, de tu vida. De esa vida que estás desperdiciando fingiendo ser lo que no eres.

—Le envidio.

—¿A quién?

—A Marco. Tuvo el valor de renunciar a la vida que tenían planificada para él. Sin embargo... hoy...

—Hoy, ¿qué? —preguntó al ver que no continuaba.

—No sé —reconoció él pensativo—. Me hizo una pregunta muy rara.

—¿Qué te preguntó?

—Qué se sentía.

—¿En el escenario?

—Eso pensé yo, pero no. Me preguntó qué se sentía siendo uno mismo, sin fingir ser lo que no era. Como si yo no me pasara el tiempo fingiendo —lamentó con una sonrisa triste.

Continuaron viendo la película en silencio. Sin verla en realidad. Cada uno sumergido en sus propios pensamientos.

Cuando Marco llegó a casa esa misma noche no podía apartar a Adrián de sus pensamientos. Llevaba años evitándolo, viéndolo de lejos; no obstante, esta noche, después de verle en el escenario, después de hablar con él, no podía arrancarlo de sus pensamientos.

Se dio una ducha de agua fría tratando de tranquilizarse, a pesar de que no le sirvió de nada. Sentía una zozobra interior que no podía calmar. Se tumbó en la cama e imágenes de Adrián mirándolo, acariciándolo, invadieron su mente sin que pudiera hacer nada por evitarlo. Estaba muy excitado. Cogió su polla y se acarició una y otra vez pensando en él. No le hizo falta mucho para correrse. Solo imaginar que le besaba, que se agachaba y le chupaba hizo que sintiera un orgasmo como nunca antes. Si bien una vez que acabó, no se sintió mejor, sino peor. Se sintió sucio. Era asqueroso. Él no era homosexual. No sabía cuál era su problema. Lo que necesitaba era echar un polvo con una mujer.

Se levantó y se duchó de nuevo, frotándose todo el cuerpo para tratar de librarse de la suciedad que sentía. Se frotó con dureza hasta que tuvo todo el cuerpo enrojecido, aunque no le sirvió para librarse del malestar que sentía. Se golpeó la cabeza contra la pared una y otra vez mientras murmuraba: ¡No soy homosexual! ¡No soy homosexual! Salió de la ducha, con la piel en carne viva y el cuerpo tembloroso.

Cuando se disponía a vestirse le sorprendió el sonido del timbre de la puerta. Se puso con rapidez una bata para cubrir su cuerpo desnudo. Al abrir se encontró con Juliette, la mujer con la que su padre llevaba años intentando enredarle para que se casara y con la que follaba de forma ocasional.

—¿Estás ocupado? —preguntó ella con voz insinuante.

—Iba a acostarme.

—¿Solo?

La miró de arriba abajo. Era evidente lo que quería.

—Pasa —le exigió, la cogió por el cuello y la besó. Quizás así conseguiría que desapareciera el malestar que sentía.

Follaron como locos. Él con desesperación, pensando que esta era la solución a sus problemas; pese a que cuando acabaron no solo no se sintió mejor, sino que se encontró incluso peor que antes.

Se levantó al baño y vomitó. Sentía asco de sí mismo. Se miró en el espejo y no se reconoció. Sentía una desesperación tan grande que parecía que nada le podía aliviar. Salió del baño con los últimos restos de dignidad que le quedaban y se dirigió a la cama.

—Vístete y lárgate —le espetó a Juliette. Sabía que se estaba portando como un cerdo, sin embargo, ahora mismo no podía soportar mirarla.

Si ella se sorprendió, no lo manifestó. Se levantó despacio, insinuante, como mostrándole todo lo que se estaba perdiendo.

—Algún día comprenderás que nuestra relación es lo mejor que tendrás nunca —vaticinó con una sonrisa lobuna antes de vestirse y marcharse.

Lo peor de todo es que con toda probabilidad fuera cierto. Estaba jodido y ella lo sabía. Fue al salón a coger una botella del minibar y se sentó en el sofá para emborracharse. ¿Cómo podía ser que solo con soñar con una mamada había sentido más placer que echando un polvo de verdad? Desesperado, continuó bebiendo hasta que se desmayó en el sofá. Fue el único momento en el que encontró la paz.

***

Había pasado más de una semana desde que Maya había vuelto a Moscú y no había vuelto a ver a Iván. Supuso que el conductor de la limusina, siguiendo las órdenes de Alexei, no le había dicho a dónde la había llevado.

Se preguntaba cuánto tardaría en descubrir que se encontraba en la casa que Alexei tenía en la ciudad y que ahora era suya. Esta misma mañana había llamado el abogado de su antiguo prometido para comunicarle que se pasaría para que firmase la documentación y hacerle entrega de la propiedad.

No había querido ponerse en contacto con su madre por si Iván le preguntaba por su paradero, pese a que sabía que más tarde o más temprano averiguaría dónde estaba. Necesitaba que pasase más tiempo antes de volver a enfrentarle. La discusión que habían mantenido durante el vuelo solo había servido para reforzar lo que ya sabía. Tenía que arrancarle del corazón, no merecía la pena.

Apoyó la frente en el cristal de la ventana con pesar. Miró el cielo estrellado mientras silenciosas lágrimas corrían por sus mejillas. ¿Cuándo dejaría de doler? Su compromiso con Alexei le había dado la falsa esperanza de que quizás pudiera hacer su vida con otro hombre, aunque ahora se daba cuenta de que su matrimonio hubiera sido un error. En el fondo, le había hecho un favor al dejarla.

Hacía casi diez días desde que Maya había desaparecido sin dejar rastro e Iván no había dejado de buscarla. Había llamado a Alexei para contarle que no sabía dónde se encontraba y a este no le había preocupado.

—Déjala en paz, Iván —le había ordenado.

—¿Por qué le has dicho al conductor de la limusina que no me diga su paradero?

—Porque ella me lo ha pedido.

—¿Y cuándo has hablado con ella para que te dijera eso?

—En cuanto aterrizó.

—¿Sabes dónde está? —gritó furioso.

—Sí, lo sé, y no te lo voy a decir.

—¡Eres un cabrón! ¿Ahora te importa ella? ¿Después de que la dejaste tirada por una zorra?

Alexei tomó un par de inspiraciones profundas antes de responder con voz helada.

—Voy a suponer que estás borracho y por eso voy a hacer como que no te he oído. Por lo menos yo no he ignorado a Maya durante años.

—¿Y qué coño se supone que significa eso?

—Esto tendrás que averiguarlo tú por tu cuenta —le espetó para, acto seguido, cortar la llamada.

Iván se quedó mirando de forma estúpida el teléfono sin creerse que Alexei le hubiera colgado.

En una cosa tenía razón: estaba borracho. Llevaba toda la noche bebiendo. Pasaban las doce de la madrugada y no había podido dejar de pensar en Maya. Se la imaginaba sola, en una habitación cutre de hotel, sin dinero y pasando frío.

En el fondo sabía que estaba exagerando. Si ella no tuviera a dónde ir hubiera ido a casa de su madre, y esta le había asegurado que no había sabido nada de ella en todos estos días. Aun así, no podía evitar preocuparse.

Una idea empezó a rondar por su mente. Alexei sabía dónde estaba. ¿Y si...? Tenía que confirmarlo. No iba a poder dormir en toda la noche si no lo hacía. Se dio una ducha rápida para espabilarse un poco y quitarse la borrachera, cogió las llaves del coche y se dirigió a la casa que su amigo tenía en la ciudad. No sabía cómo no se le había ocurrido hasta ahora. Esperaba no equivocarse.

Los golpes en la puerta despertaron a Maya. Abrió los ojos con somnolencia y miró el reloj. La una de la madrugada. ¿Quién podía estar llamando a esta hora?

La sospecha de que pudiera ser Iván que la hubiera encontrado la espabiló. Se puso una bata y bajó las escaleras.

—¡Maya! ¡Abre la puerta! —gritaba Iván desde fuera, lo que confirmaba sus temores.

Se acercó despacio a la puerta con el corazón en un puño, apoyó su mano en la puerta y notó las vibraciones que producía la mano de Iván al golpearla. Reclinó su cabeza contra la misma y suspiró con tristeza. Sabía que iba a acabar encontrándola, si bien esperaba que para entonces el dolor que sentía en su corazón se hubiera calmado, pero no era así, sino que ardía con más intensidad.

Iván sabía que estaba allí, tras la puerta. Había visto encenderse la luz de la habitación. Nadie más podía estar en la casa, pero aun así no le abrió ni dijo nada. Pese a que él podía sentir su presencia. Con un gemido apoyó la cabeza en la puerta.

—Maya, por favor... ábreme —susurró con desesperación—. Perdóname.

Estuvo esperando unos minutos, no obstante, al ver que no le abría apoyó la espalda contra la puerta y se dejó deslizar por la misma hasta que acabó sentado en el suelo.

—Perdóname. —Volvió a susurrar.

Al otro lado de la puerta, ella lloraba de forma silenciosa. No podía abrir. Ese era el primer paso para sobrevivir. Sin decir una palabra, se alejó de la puerta y volvió a su habitación

Los primeros rayos de luz despertaron a Maya. Había tardado horas en poder dormirse pensando en Iván. No se engañaba a sí misma. Le gustaría pensar que había descubierto que la amaba con locura, pero no lo creía posible. No sabía lo que quería decirle la noche anterior, aunque seguro que no era jurarle amor eterno.

Se vistió con rapidez. Con una sensación de urgencia, bajó las escaleras y abrió la puerta de la casa para salir al exterior, le faltaba el aire. Tropezó con lo que había en la entrada y cayó de bruces sobre algo blando.

—Maya —murmuró una voz conocida.

Con espanto vio que había caído sobre Iván, que debía haber pasado la noche en la puerta de la casa.

—Iván —gimió con angustia. No podía ser, cerró los ojos para no verlo.

Una mano acarició su rostro.

—Maya, por favor —le suplicó.

Ella trató de levantarse tocándole lo mínimo posible. Una vez que estuvo de pie le echó un vistazo y quedó horrorizada con lo que vio.

Iván siempre iba arreglado, con ropa hecha a medida y recién afeitado. Sin embargo, el Iván que estaba frente a ella tenía barba de varios días y el pelo despeinado como si se hubiera estado pasando la mano por el mismo con frecuencia. A través del abrigo se veía que llevaba un pantalón de chándal y una camiseta y tenía profundas ojeras.

Se sintió mal. Verlo tan vulnerable era como sentir un hierro al rojo vivo hurgando en su alma.

—Estás loco. ¿Cómo se te ocurre quedarte aquí en la calle toda la noche? Menos mal que es verano, si no te hubieras congelado —rezongó con acritud—. Pasa. Te haré un café.

Mientras ella hablaba, Iván no se había movido del sitio donde había pasado la noche, en el suelo delante de la puerta. Al pasar Maya a su lado, cogió su mano y la acercó a su rostro

—Perdóname —susurró.

Quería que le soltase la mano, que ardía por su contacto, pero no tuvo valor. Apoyó la frente en la puerta, cerrando los ojos mientras murmuraba:

—¿Qué quieres de mí, Iván?

—No lo sé. Te juro que no lo sé.

Ella entró en la casa, obligándolo a soltar su mano sin comprobar si le seguía y fue a la cocina. Sacó la cafetera y se puso a hacer café sin decir nada y sin mirarlo. Cuando terminó se dio la vuelta, colocó una taza de café delante de Iván sirviéndola como sabía que le gustaba y se puso de espaldas a él, mirando por la ventana. En todo ese proceso Iván tampoco pronunció una palabra.

Cuando ya no pudo soportar más el silencio, le confesó sin dejar de mirar la ventana:

—Siempre supe que Alexei no me amaba, y yo tampoco le amaba a él.

—Entonces, ¿por qué?

—¿Por qué, qué?

—Por qué te ibas a casar con él.

—¿Acaso importa?

—A mí me importa.

—No es que sea de tu incumbencia, no obstante, nunca tuvimos sexo. Así que no tienes que preocuparte por mi honor —se mofó con sarcasmo—. No se aprovechó de mí de ninguna manera. Al contrario, fui yo la que le engañó a él, porque mientras él pensaba que le amaba yo era consciente de que él a mí no. Fue sincero conmigo. Ha puesto esta casa a mi nombre y ha dispuesto una pensión vitalicia para mí para que no tenga que trabajar si no lo deseo. —Se giró hacia él y le miró con orgullo mientras añadía—:

Como ves, no necesitas batirte en duelo con nadie por mi honor. Ahora, si no te importa, te agradecería que te fueras.

Iván había sentido alivio por sus palabras. Le alegraba saber que nunca había amado a Alexei y agradecía que este le hubiera dado independencia económica. Lo que no le gustaba era la forma en que ella le miraba y le hablaba.

Incluso después de aquel lejano día en el que trató de alejarla, burlándose de sus sentimientos, sabía que ella aún le quería. No se entendía a sí mismo. Por un lado era consciente de que quería que ella le buscara, le necesitara; pero, por otro, necesitaba que ella perteneciera a otro, porque así no se sentiría tentado de tomarla para sí mismo, como le estaba ocurriendo en este instante en el que las ganas de besarla, de acariciarla, de hacerle el amor, eran tan poderosas que tuvo que agarrarse con firmeza a la barra de la cocina para impedir que sus manos temblaran.

—Maya —murmuró sin poder evitar acercarse hacia ella.

—¡Quééé! ¡Iván! ¡Quééé! ¿Qué demonios quieres de mí? —gritó furiosa.

—No lo sé —murmuró con derrota. Aunque en realidad sí lo sabía.

—Pues hasta que lo sepas no quiero volver a verte.

10

Al día siguiente, a las doce en punto, Nicola acudió al refugio de animales donde había quedado con Alexei. Todos los jueves iba allí como voluntaria. Supuso que él ya lo sabía. No creía que fuera casualidad que le propusiera ir allí el día concreto en el que ella iba.

—Hola, Nataly —saludó a la chica de la entrada.

—Hola, Nicola —le respondió esta con alegría—. Alexei te espera.

—¿Qué? —preguntó sorprendida por la familiaridad con la que se había referido a Alexei. Justo cuando iba a señalárselo, la sorprendió más todavía con su siguiente afirmación.

—No sabía que fueras amiga del jefe.

—¿El jefe? ¿De quién hablas? —En algún punto de la conversación se había perdido.

—De Alexei, por supuesto. ¿No sabías que era el dueño del albergue?

Con razón sabía los días que acudía.

—Pero… —se interrumpió sin salir de su asombro—. Siempre pensé que la dueña era Margot.

—No. Ella es la que está al cargo, no obstante, el dueño es él, si bien nunca había venido. Lleva diez años fuera de Estados Unidos, aunque supongo que eso ya lo sabes puesto que eres amiga de él —afirmó al tiempo que la miraba con curiosidad, como esperando que le contase algo de su relación con Alexei.

Nataly era una persona estupenda y también una cotilla irremediable, y sabía que si no le daba nada la perseguiría como un sabueso a un hueso, así que decidió decirle parte de la verdad para calmar su curiosidad.

—Nos conocimos hace diez años. Luego él se fue a Rusia y perdimos el contacto. Lo hemos recuperado de forma reciente.

—Ya veo —contestó la chica sin dejar de mirarla con suspicacia, intentado averiguar si había más de lo que le había contado.

Nicola trató de esbozar una sonrisa convincente.

—¿Y dónde está Alexei? —preguntó con aparente despreocupación a pesar de que el corazón le latía a tal ritmo que estaba segura de que ella tenía que estar oyéndolo.

—Está en el baño con los perros. Decidió empezar sin ti.

—Bien, voy a ayudarle. —Se despidió con una sonrisa, pese a que por dentro temblaba.

La noche anterior se había sentido envalentonada por el alcohol y le había parecido muy sencillo encontrarse con él a solas, sin embargo, ahora estaba aterrorizada. Según se iba acercando a los baños oyó los ladridos. Los jueves y los viernes eran los días que bañaban a los perros ya que en un solo día no les daba tiempo a lavarlos a todos. Solían ser dos personas las que realizaban la tarea, pero la que de forma habitual lo hacía con ella estaba de vacaciones; era evidente que él lo sabía y por eso le debía haber propuesto lo del albergue.

Cuando llegó a la puerta del baño se quedó impactada por lo que vio. Alexei estaba empapado por completo. Lucía unos vaqueros que se ajustaban a su cuerpo como un guante, aunque por lo mojados que estaban no podía estar nada cómodo con ellos. El pecho estaba cubierto por una camiseta blanca que, si bien en ese momento y a consecuencia del agua podría decirse que era transparente, permitía ver que apenas tenía pelo en el pecho y que sus músculos estaban definidos. Si con veintisiete años le había parecido que tenía un cuerpo magnífico, no era nada comparado con el que tenía ahora.

Se sorprendió a sí misma al notar una ola de deseo recorriéndola. Hacía tanto tiempo que no notaba esa sensación que al principio no supo reconocerla, y cuando lo hizo se sintió avergonzada. ¿Por qué solo la sentía con él? ¿Qué estaba mal en ella?

Alexei tardó un poco en darse cuenta de su presencia. Cuando la vio le lanzó una mirada que la hizo arder en llamas, se levantó del suelo donde estaba arrodillado secando a uno de los perros y se acercó a ella.

De forma instintiva, dio un paso atrás para alejarse de él, lo que le detuvo y la miró con algo que le pareció ¿culpa? ¿Dolor?

—Hola —la saludó con voz ronca—. He empezado sin ti.

—No sabía que eras el dueño del albergue —aseguró, incapaz de reconocer su propia voz.

—No estaba seguro de que vinieras si lo supieras.

—Llevo viniendo muchos años; no iba a dejar de hacerlo por eso.

Alexei tan solo hizo un gesto de asentamiento antes de preguntar.

—¿Cómo lo hacemos? ¿Uno lava y otro seca?, ¿o lavamos un perro cada uno?

—Siempre lavamos un perro cada uno. Es más rápido.

—De acuerdo. Yo ya lavé uno.

Las siguientes horas trascurrieron con rapidez. Estaban demasiado ocupados con los perros para permitirse distracciones y pronto se estableció una pequeña tregua entre los dos. Consiguió no saltar cada vez que Alexei se acercaba un poco a ella mientras lavaba o secaba a alguno de los perros.

Él estaba contento. Aunque apenas habían intercambiado más de dos o tres palabras en todo el rato, por lo menos parecía que ahora Nicola ya no pensaba que se iba a abalanzar sobre ella a la mínima oportunidad.

Al final de la mañana ambos estaban agotados. Alexei quería verla por la noche, no quería perder el terreno ganado con ella.

—¿Quedamos con Marco y Adrián por la noche para cenar? Podemos ir a la ciudad a algún sitio donde no nos conozcan a ninguno —sugirió cuando ya estaban acabando con el último de los animales.

Si le hubiera dicho verse ellos dos solos, le hubiera contestado que no. Pese a que la mañana había transcurrido con normalidad, no era lo mismo ellos pasar un rato a solas en el albergue lavando a los perros que ir a cenar juntos, no obstante, al mencionar a Marco se acordó de lo que habían hablado la noche anterior Adrián y ella.

—¿Qué pasa con Marco? —preguntó con curiosidad.

—¿Qué pasa con qué? No entiendo la pregunta.

—Anoche le comentó cosas muy extrañas a mi primo sobre fingir ser lo que no se es. Adrián está preocupado de que le cuente a la gente que es homosexual.

—No te preocupes. Marco no dirá nada. A fin de cuentas, ellos eran muy amigos. Aunque su relación se resintió por mi culpa, no creo que le vaya a traicionar.

Este era otro motivo más para sentirse culpable por lo que había ocurrido en el pasado, él sabía que había destilado mucho veneno contra Adrián y se había alegrado cuando Marco rompió su relación de amistad con él, pero ahora se arrepentía.

—¿Escojo un sitio para vernos o lo escogéis Adrián y tú? —le preguntó cambiando de tema.

—Si la idea es un sitio donde no nos conozcan, lo escogeremos nosotros. No creo que tú vayas a saber dónde nos conocen o dónde no.

—Es verdad. Entonces, envíame un mensaje con el lugar y nos vemos allí. ¿A las nueve te parece bien?

—De acuerdo.

—Me voy entonces —dijo Alexei, que ya había acabado de secar al último de los perros y, en lo que se estaba convirtiendo en una costumbre, se fue antes de que tuviera tiempo de articular palabra, dejándola sumida en una gran confusión.

***

Alexei quiere que volvamos a quedar esta noche —le contó a su primo mientras comían.

—¿Dónde?

—En un sitio donde no nos conozcan a ninguno.

—En ese caso, mejor quedamos al otro lado de la ciudad. ¿Conoces algún buen restaurante en esa zona?

—Todos los que conozco me los ha recomendado alguien porque ya ha estado allí, así que correríamos el riesgo de encontrar a algún conocido.

—Bueno, entonces dejémoslo en manos del azar. ¿Qué tipo de comida prefieres?

—Un italiano, por supuesto —afirmó ella con una sonrisa.

Móvil en mano, Adrián buscó en Google un restaurante de comida italiana por esa zona de la ciudad.

—La Casa de Adriano. ¿Qué te parece?

—No me suena, así que será perfecto. Le mandaré un mensaje a Alexei. Si él tampoco lo conoce, nos veremos allí.

—Nicola. —su primo la detuvo antes de que saliera de la habitación para mandar el mensaje—. ¿Estás segura?

—Sí. Lo estoy.

—De acuerdo. No quiero que te hagan daño.

—Lo sé.

No sabía la razón por la que había querido estar a solas para mandarle el mensaje a Alexei; solo sabía que no quería hacerlo delante de Adrián.

Nic_17:00

¿Conoces un restaurante que se llama La Casa de Adriano?

151

Podemos quedar allí a las nueve.

Alex_17:02

No me suena.

Voy a preguntarle a Marco.

Un poco más tarde llegó su respuesta.

Alex_17:15

Marco dice que tampoco lo conoce.

Nos vemos allí a las nueve.

No pude dejar de pensar en ti.

Las últimas palabras de su mensaje la descolocaron. No quería que le dijera esas cosas, a pesar de lo cual no se atrevió a ponérselo en un mensaje. No quería darle pie a que le dijera nada más.

Horas más tarde se hallaba en su habitación sin ser capaz de encontrar qué ropa ponerse. No quería arreglarse demasiado para que no pensara pretendía gustarle; pese a que por otro lado, deseaba que se diera cuenta de la mujer que se había perdido. Al final, se decidió por un vestido de terciopelo verde que destacaba el color de sus ojos, con un escote que permitía ver el nacimiento de sus pechos pero sin resultar vulgar, que entallaba en la cintura y bajaba formando un vuelo que abrazaba sus caderas al caminar. Era un poco años sesenta.

Lo complementó con unos pendientes y un collar de esmeraldas. Ella no era consciente, que estos detalles, junto con el vestido, hacían que sus ojos verdes relucieran más aún, como si de gemas se tratasen. Cuando Adrián la vio no pudo hacer más que silbar.

—¡Guau! Estás preciosa.

Ella enrojeció de vergüenza.

—¿Estoy demasiado arreglada?

—No, querida, aunque si lo que quieres es que babee por ti toda la noche, con ese atuendo lo vas a lograr.

—No quiero que babee por mí.

—Pues entonces, cámbiate de ropa —le ordenó con seriedad.

Cuando vio que se daba la vuelta para hacer precisamente eso la detuvo diciendo:

—¿A dónde vas?

—A cambiarme.

—Ni de broma.

—Pero... tú has dicho...

—Nicola, eres una mujer muy hermosa. Incluso si llevaras un saco de patatas Alexei no dejaría de mirarte. Así que, a no ser que quieras cancelar la cena, irás así vestida.

Cuando llegaron al restaurante, Alexei y Marco ya estaban esperando en una mesa. Tal y como Adrián había vaticinado, en el momento en que Alexei vio a Nicola quedó impactado por su belleza. Cada vez que la veía le parecía más bella que la vez anterior.

—Adrián —saludó estrechándole la mano. A pesar de que le hubiese gustado mucho hacer lo mismo con Nicola, darle la mano o incluso un beso en la mejilla, no se atrevió por miedo a incomodarla.

—Hola —saludó mirándola a los ojos.

Ella no dijo nada, se limitó a saludarle con la cabeza.

—¿Lleváis mucho rato esperando? —preguntó Adrián.

—No —contestó Marco mirándole de una forma que le resultó extraña.

Adrián y Nicola se sentaron y un silencio incómodo se instaló en la mesa. Ninguno sabía muy bien qué decir. Si bien hace años habían sido amigos, ahora se miraban como extraños. Tratando de romper el silencio, Alexei le pidió a Marco que les contase sobre el nuevo programa que estaba diseñando, y antes de que se dieran cuenta, estaban enfrascados en una conversación sobre la dependencia que teníamos hacia la informática.

—Así que estáis diseñando a Skynnet —afirmó Adrián con humor.

—¿A quién? —Alexei no sabía de qué le hablaba.

—A Skynnet.

Al ver que seguía mirándole sin entender la referencia cinematográfica, le aclaró:

—*Terminator*... Schwarzenegger.

Alexei seguía mirándole sin saber de lo que le hablaba.

—Alexei no suele ver películas. No creo que haya visto *Terminator* —se burló Marco con una sonrisa.

—¿Cómo puede ser? ¡Dios mío! ¡Este hombre es un sacrílego!

Ella no pudo evitar reírse. Su primo, para algunas cosas, era un friki total. Incluso había roto con algún novio al descubrir que no había visto *Star Wars*.

A partir de ahí, la conversación derivó hacia otros temas y, sin darse cuenta, charlaban los cuatro de forma alegre. Alexei miraba a Nicola con una sonrisa, dándose cuenta de que la muchacha que amaba continuaba allí, bajo la superficie. No había desaparecido y él se iba a encargar de que volviera.

—Alexei, ¿eres tú?

—¿Mary? —preguntó él mirando a la joven que se acercaba. Era muy bonita, rubia, alta y delgada, con el cuerpo de una modelo.

—¡Dios mío, Alexei! ¡Estás cañón! Hace que no nos vemos... ¿nueve años?

—Diez.

—Tenemos que ponernos al día —le aseguró con una sonrisa coqueta mientras pasaba la vista por el resto de personas de la mesa, hasta que su mirada quedó fija en Nicola.

—¿*Santa Nicola*? —preguntó con ironía—. ¡No me lo puedo creer! ¿Dónde está tu último novio? Era... ¿Steven? ¿Ya se cansó de compartirte con tu primo?

Nicola se puso lívida al oír eso. Llevaba años oyendo comentarios de ese tipo y nunca se había molestado en desmentirlos; no obstante, oírlo de boca de esa mujer le dolió especialmente. Sabía que se había acostado con Alexei, se lo había contado a todo el mundo en su momento.

—Mary, creo que tu comentario ha estado fuera de lugar y que deberías disculparte con Nicola —exigió Alexei muy serio con voz dura.

Ahora fue el turno de Mary de enrojecer por la reprimenda.

—¿Así que así son las cosas? —preguntó mirándole con rabia—. Pues bien que me decías que era una puta cuando follabas conmigo.

Nicola ya no pudo soportarlo más y se levantó de la mesa abandonando el restaurante entre lágrimas. No sabía qué le dolía más: que se hubiera acostado con esa mujer en aquel entonces, después de lo que le había hecho, o que la insultara mientras lo hacía.

Adrián se levantó para correr detrás de Nicola, pero Alexei se lo impidió sujetándole por el brazo.

—Por favor —le susurró en tono suave—, déjame ir a mí. —Y luego, dirigiéndose a Mary, le soltó—: Que hace diez años echáramos un par de polvos no te autoriza a humillar a nadie que esté conmigo, así que haz el favor de desaparecer porque no quiero volver a verte nunca más —diciendo esto último salió corriendo del restaurante tratando de localizar a Nicola. No tardó mucho en encontrarla. Solo se había alejado cien metros. Estaba sentada en un banco, con la mirada perdida y lágrimas corriendo por sus mejillas sin que hiciese nada por detenerlas.

—Perdóname —suplicó al arrodillarse frente a ella.

Nicola se rio sin humor y replicó sin mirarle:

—¿Y por qué se supone que tengo que perdonarte? ¿Por llamarme puta mientras te la follabas? ¿O por follártela?

—Por ambos. Por todo —pidió él con dolor.

—No sé si podré. Me has hecho mucho daño. Durante unos segundos lo olvidé, aunque esto solo me lo ha recordado —respondió mirándole a los ojos.

—¡Nicola! —llamó Adrián, que en ese momento salía del restaurante con Marco—. Vámonos a casa.

Ella se levantó para irse. Al pasar a su lado Alexei intentó tomarla de la mano, no obstante, ella le apartó para que no la tocara y se fue, dejándolo a solas con sus remordimientos.

11

A la mañana siguiente el timbre de la puerta despertó a Nicola. La noche anterior se había ido del restaurante con Adrián y había dejado a Alexei sentado en un banco mirándola con tristeza. No había podido dormir en toda la noche, se la había pasado llorando, odiándolo por lo que le había hecho, y a sí misma por no haber sido capaz de olvidarle.

—¡Nicola! —Oyó la voz de su primo que la llamaba.

Cuando salió de la habitación y bajó por la escalera, se encontró con que estaba apoyado en la pared con cara de resignación mientras tres personas entraban y salían de la casa trayendo ramos y ramos de rosas de todos los colores: rojas, rosas, blancas, amarillas, naranjas e incluso negras.

—¡Qué demonios...! —Trató de que Adrián le explicase, pero este la mandó callar con un gesto, así que se sentó en las escaleras esperando a que aquellas personas terminaran. Cuando ya no cabían más en el pasillo, les fueron indicando los distintos lugares donde podían colocar las flores hasta que acabaran. Cuando al final lo hicieron, habían contabilizado trescientos cuatro ramos de rosas.

Había flores por todas partes: en la cocina, en el salón, en el pasillo, en el suelo, en la escalera... Adrián y Nicola no sabían dónde más colocarlas.

Uno de los chicos se acercó a Nicola y posó en su mano dos rosas amarillas junto con una nota:

Con estas dos te entrego 3650 rosas.

Una por cada día que no te he pedido perdón.

Juntas suman diez años de dolor.

Dolor por no tenerte.

Dolor por no ser capaz de olvidarte.

Te he amado durante diez años y estoy seguro de que te amaré hasta el día en que muera.

Dame una oportunidad.

No de aspirar a tu amor, ya que eso es imposible, aunque sí de aspirar a tu amistad.

Perdóname.

Alexei

La nota se escurrió entre sus dedos mientras lágrimas de dolor caían por sus mejillas. Soltó las dos rosas que aún sostenía entre las manos y corrió hacia su habitación. Una vez allí, dio rienda suelta a su llanto.

—Nicola —llamó su primo desde la puerta.

Al ver que no respondía y que solo se oían sus sollozos, entró al cuarto, se sentó junto a ella en la cama y mientras acariciaba su cabello murmuró:

—No pasa nada, cariño. Llora si lo necesitas.

Y así lo hizo. Lloró y lloró, hasta que poco a poco fueron disminuyendo los sollozos y terminó durmiéndose de agotamiento. Solo entonces, Adrián abandonó la habitación.

Alexei le envió varios mensajes al móvil durante todo el día. No contestó a ninguno de ellos. A los tres días de haber recibido las rosas, Alexei, cansado de que Nicola le ignorase, decidió llamar a Adrián.

—Soy Alexei. ¿Cómo está ella? —Fue lo primero que preguntó.

—No sé qué decirte. La afectó mucho tu nota.

—¿No le gustó?

—No lo sé. Solo sé que después de leerla se pasó todo el día llorando.

—No contesta a mis mensajes —le comentó Alexei con preocupación.

—Tampoco habla conmigo. Solo se sienta junto a la ventana sin decir nada. Tengo que obligarla incluso que coma.

—Voy a ir hasta allí.

—No. Déjala. Es evidente que no te quiere ver.

Alex_09:50

Necesito verte.

Habla conmigo.

El mensaje, junto con otros muchos, estaba en su móvil desde hacía días. No había querido contestarle. Se sentía muy dolida por todo, sin embargo, en ese momento tomó una decisión. Cogió el móvil y le envió un mensaje:

Nic_20:25

¿Por qué le hablaste a Mary de mí?

Él no se esperaba esa pregunta.

Pasaron unos minutos hasta que llegó la respuesta.

Alex_20:28

Porque soy un imbécil.

Porque estaba tan celoso que pensaba

que la única manera de arrancarte de mi corazón

eradegradarte.

Me pasaré los años que me quedan de vida suplicando tu perdón.

Nunca me perdonaré por mancillar lo más hermoso que tenía.

Tu corazón.

Gruesas lágrimas rodaron por sus mejillas. El dolor que sentía era tan profundo que parecía como si se le rasgarse el alma. Era como si todos estos años hubiera tenido un tapón en la herida y ahora, con sus palabras, se lo hubieran arrancado de cuajo. La sangre le salía a borbotones y se le iba escapando la vida. No le volvió a contestar. No podía. Aunque estaba cansada de sufrir, así que se vistió, se maquilló y fue a buscar a su primo.

—Salgamos a algún lado.

Si él se sorprendió cuando la vio, después de días encerrada en su habitación, no lo dio a entender. No dijo nada. Se limitó a ir a su cuarto para cambiarse de ropa y se fueron a una discoteca.

Nada más llegar, ella empezó a beber y bailar. Lo único que quería era embotar los sentidos y no pensar. Al poco tiempo estaba borracha, pero seguía sin poder sacarse a Alexei de la cabeza. ¿Por qué no la dejaba en paz? Poco a poco empezó a enfadarse más y más con él, hasta que la rabia era tan grande que sentía que moriría si no la dejaba salir. Se acercó a su primo trastabillando.

—Me voy —le anunció con voz pastosa.

—De acuerdo. Vámonos.

—No. —Le costaba hablar y pensar a la vez. No quería que Adrián la acompañase—. No voy para casa —le aseguró con esfuerzo. Le costaba unir las palabras.

—Estás muy bebida. Si no vas para casa te acompañaré.

—No —repitió sujetándose a él para no caer—, no quiee...ro que vengas. Voy a verrr a ese cabrón.

—¿De quién me hablas? Cariño, no estás para ver a nadie.

—Voy a verrr a Alexei y te... prohííbo que me acompañesss —masculló al tiempo que se balanceaba hacia los lados.

Adrián la sujetó para que no cayese.

—No estás para hablar con nadie. Déjalo para mañana, cuando se te haya pasado la borrachera.

—Suéééltame... voya blar con er —afirmó, soltándose de su agarre y tratando de alejarse de él.

—Nicola, escúchame. —Al ver que no conseguía que le hiciera caso, suspiró con derrota—. Está bien, por lo menos déjame que te acompañe.

—Hazz lo que quierrrass —murmuró ella dando bandazos hacia la puerta.

Mucho después, Nicola permanecía bajo la lluvia parada ante la puerta de la casa de Alexei. Su primo había insistido en acompañarla, sin embargo, ella se había negado a que bajase del taxi. Necesitaba hacer esto. Era consciente de que estaba borracha, aunque solo así había encontrado el valor para hacerle frente.

Estaba tan nerviosa que le temblaban las manos. La lluvia había cubierto su cuerpo. Elevó su rostro al cielo abriendo los brazos y se quedó inmóvil, dejándose empapar. Inspiró con profundidad y, cuando ya se sintió más tranquila y algo más sobria, llamó a la puerta y esperó.

—¿Quién es? —preguntó Alexei desde dentro.

Ella no dijo nada. Cerró los ojos y esperó.

Alexei abrió la puerta y se quedó paralizado cuando la vio. Ella no era consciente de ello, pero el verla empapada por la lluvia no solo no le restaba belleza, sino que le hacía desearla aún más. Estaba preciosa, con las mejillas enrojecidas y los labios temblorosos.

—Tócame —le exigió ella sin darle tiempo a decir ni una palabra. Temblaba. Si era producto del miedo o de la lluvia, Alexei no lo sabía.

—¡Tócame! —repitió al ver que él no se había movido del sitio.

Alexei levantó la mano y de forma lenta, como si temiera que fuera a huir, acarició su mejilla. Los temblores de Nicola se incrementaron y gruesas lágrimas empezaron a correr por sus mejillas mezclándose con el agua de la lluvia que cubría su rostro.

Al ver que le permitía tocarla, acercó su rostro para besarla, no obstante, ella se apartó de su lado tambaleándose.

—Te dije que me tocarasss, no que me besarasss —afirmó con voz pastosa.

—Estás borracha —murmuró Alexei con voz ronca, añadiendo, al ver que hacía amago de irse—: No te vayas, por favor.

Ella se quedó quieta frente a él. Alexei apoyó la frente en la puerta y cerró los ojos.

—Dime lo que tengo que hacer —susurró con desesperación—. Haré lo que haga falta para que me des una oportunidad.

—Quiero hacerlo —murmuró Nicola con tristeza y la cabeza un poco más despejada—, aunque no sé si podré.

Poco a poco se le iba pasando la borrachera y volvía a pensar con cierta claridad.

—Pasa, por favor. Estás empapada.

Entró con renuencia detrás de él permitiendo que la condujera hasta el salón.

—Espera aquí —le pidió él antes de salir del cuarto.

Nicola estaba helada. Temblaba y ya no sabía si era de frío o de nervios. Al cabo de un rato, Alexei volvió con un albornoz.

—Si me das la ropa, puedo meterla en la secadora. Puedes cambiarte en el baño que hay junto a la cocina.

Ella lo miró dudosa, sin atreverse a moverse del sitio.

—Nicola —le suplicó—, confía en mí. No te voy a hacer daño.

Al final, sin decir nada, cogió el albornoz y se dirigió al baño que le había indicado. Una vez allí se despojó de toda la ropa. Al ponerse el albornoz, el aroma de la loción de Alexei la envolvió, trayendo a su mente recuerdos de otra época. Una honda tristeza la invadió al recordar lo ilusionada que estaba con él; las noches de insomnio que había pasado pensando en sus besos. Se miró en el espejo y pasó un dedo por la cicatriz de la boca. ¿Cómo sería un beso de verdad? Lo de aquella noche no se podía calificar como tal. Los besos no eran dolorosos.

Con un objetivo planificado salió del baño con la ropa en la mano, se la entregó a Alexei el cual abandonó el salón por un instante para meterla en la secadora.

—¿Quieres tomar algo? —le preguntó cuando regresó a su lado.

Ella no dijo nada. No se había movido del sitio. Solo le miraba en silencio, de forma pensativa.

Alexei no sabía qué decir o qué hacer. Solo sabía que no quería que se fuera. Nervioso, se preparó una copa y cuando iba a tomársela oyó a Nicola.

—¿Sabes besar? —le preguntó en un susurro.

La sorpresa fue tan grande que se le resbaló el vaso de la mano para caer al suelo. Si bien no se rompió, se derramó todo el líquido sobre la alfombra. Él la observaba perplejo.

—¡Por supuesto que sé besar! —contestó anonadado.

—¿Sí? —preguntó ella pasando la lengua por la cicatriz del labio—. A mí no me besaste.

Alexei enrojeció de vergüenza. No recordaba nada de aquella noche, no obstante, pensar que le había hecho daño hasta el punto de dejarle esa cicatriz le provocaba náuseas.

—Sé besar —afirmó con voz enronquecida—. ¿Me dejarás que te lo demuestre?

—Tengo curiosidad —reconoció ella—. Nunca me han besado.

Justo cuando se inclinaba hacia ella para besarla, un susurro angustiado le detuvo.

—Prométeme que no me va a doler.

Cerró los ojos maldiciéndose a sí mismo.

—Te lo juro —le aseguró posando los labios en su boca.

Fue un beso dulce. Primero acarició sus labios con los suyos propios, con suavidad. Quería darle placer. El placer que él mismo le había negado hacía ya tanto tiempo. Los labios de Nicola estaban temblorosos así que trató de calmarlos y los lamió, con suavidad, para no asustarla. Cuando ya estuvo algo más calmada, la instó a separarlos e introdujo la lengua en su boca, de forma tentativa al principio, provocándola para que respondiera.

Con cuidado la acercó a su cuerpo y la abrazó con suavidad como si fuera una delicada flor. La pasión empezó a apoderarse de Nicola, que se encontraba extasiada antes las sensaciones. El cuidado con que la estaba besando contrastaba tanto con la violencia de la otra vez que, sin poder evitarlo, empezó a llorar de forma silenciosa.

Alexei, al notar la humedad cayendo por sus mejillas, interrumpió el beso, alejándose de ella.

—Lo siento —le susurró con tristeza.

—¿Por qué? —preguntó ella con voz ronca.

—Te he hecho llorar.

—Lloro porque ha sido precioso. Como siempre había soñado.

—¿De verdad? —No podía estar más sorprendido.

—Sí que has aprendido a besar —susurró ella mirando al suelo con vergüenza.

Alexei no se atrevió a moverse para no asustarla.

—Permíteme demostrarte que no soy ningún animal. Te amo, Nicola. Nunca he dejado de amarte, aunque te juro que lo he intentado. Por favor, dame una oportunidad.

—Está bien... Lo intentaré —susurró ella con una sonrisa temblorosa mirándole a los ojos. No sabía qué más hacer. Ella tampoco le había olvidado, por más que se había engañado a sí misma pensando que sí.

***

Adrián no quería volver a casa. Después de dejar a Nicola se sentía triste y melancólico, así que le dio al taxista la dirección de otra discoteca. Estaba preocupado por su prima, pese a que no temía que Alexei fuera a hacerle daño.

Cuando llegó a la discoteca, esta estaba abarrotada. Perfecto para lo que él pretendía, que era ligar con algún chico y, si tenía suerte, llevárselo a casa para echar un polvo.

Llevaba solo cinco minutos en el local cuando vio a Marco. Estaba en la pista de baile, acompañado de una rubia despampanante que no paraba de restregarse contra él. Desde que se habían vuelto a encontrar, los sentimientos que antaño tenía por él habían vuelto con fuerzas renovadas. Durante años los había desechado, puesto que estaba claro que no eran correspondidos. Por lo que había oído, se follaba a toda la que se le pusiera por delante.

Una oleada de celos le invadió, sorprendiéndolo. Le encantaría agarrar a esa rubia de los pelos y apartarla de su lado, sin embargo, no creía que él se lo fuera a agradecer. Se rio él solo imaginándose la cara que pondría su antiguo amigo si hacía lo que deseaba.

Pasados unos minutos en los que no pudo dejar de mirarle, Marco levantó la vista y, durante unos segundos, quedó paralizado cuando le vio. Entonces, apretó a la rubia contra su pecho y empezó a devorarle la boca sin apartar la mirada, como dedicándoselo.

No comprendía nada. Era como si lo estuviera haciendo para que él lo viera, ¿por qué? No queriendo seguir siendo testigo del espectáculo se giró para irse al otro extremo de la discoteca.

Marco vio cómo Adrián se giraba, alejándose de él y soltó con brusquedad a ¿Ana? ¿Lucía? No recordaba su nombre, ni le importaba. En realidad ni siquiera le apetecía besarla, no obstante, la forma en que Adrián le había mirado... no podía soportarlo. Quería incomodarle, que dejara de hacerlo.

—Déjame —rechazó a la chica, apartándola de su lado.

—¿Qué te pasa, cariño? Estábamos pasándolo muy bien —preguntó ella, sorprendida, mientras seguía restregándose contra él.

—No me toques —le gruñó, apartándole las manos.

Una sensación de ahogo le invadió: tenía que salir de ahí, no lo soportaba. En los últimos tiempos sentía una desazón tan grande que no sabía cómo eliminarla. Se alejó casi corriendo y se dirigió a la puerta que conducía al jardín interior de la discoteca. Necesitaba aire.

Cruzó la puerta a toda velocidad y se apoyó contra la pared respirando de forma trabajosa con los ojos cerrados. Al abrirlos, se sorprendió al ver a Adrián al otro extremo del jardín mirándole con fijeza. No se atrevió a moverse ni a decir nada. Adrián empezó a acercarse con lentitud sin dejar de mirarle y cuando estuvo frente a él, le besó.

Al principio la sorpresa le dejó paralizado: no sabía qué hacer. Una ola de deseo fue subiendo por su cuerpo hasta que, sin darse cuenta de lo que estaba haciendo, se encontró respondiendo a su beso con ardor. No era capaz de pensar, solo de sentir.

Adrián no podía creerse que estuviera devolviéndole el beso. No sabía el motivo por el que le había besado, solo sabía que era eso o morirse. No le importaba que estuvieran en un lugar público donde cualquiera pudiera verles, o quizás eso mismo era lo que le había impulsado. Cuando le vio entrar con una mirada de desesperación en el rostro, lo único que deseó fue abrazarlo y besarlo como jamás se había atrevido a hacer. Lo que nunca hubiera imaginado era que le fuera a devolver el beso.

Marco estaba envuelto en una bruma de deseo. Por primera vez en mucho tiempo se sentía en paz consigo mismo, como si ese fuera su lugar. El sonido de la puerta que daba acceso al jardín abriéndose le hizo volver a la realidad con estupor. ¿Qué coño estaba haciendo? Besándose con un tío. Era repugnante ¡Él no era homosexual!

Apartó a Adrián de un empujón, se limpió la boca con cara de asco, y cuando este intentó acercarse de nuevo, cerró el puño y le dio un golpe que lo tiró al suelo.

—¡Qué coño haces! ¡NO SOY UN PUTO MARICÓN! —gritó furioso.

Adrián se limpió la sangre que le salía del labio que le había partido al darle el puñetazo.

—Pues bien que me devolviste el beso —aseguró con ironía al tiempo que se ponía en pie.

Marco palideció al oírle y tuvo que hacer un esfuerzo sobrehumano para no abalanzarse sobre él y darle una paliza.

—¡No te vuelvas a acercar a mí! —rugió con rabia y, dándose la vuelta, se alejó furioso.

***

Cuando Nicola regresó a casa, se sorprendió al descubrir que su primo todavía no había llegado. Le mandó un mensaje para asegurarse de que estaba bien, aunque se alegró de que no estuviera en casa en ese momento: necesitaba tiempo para procesar lo que había pasado. Subió a su habitación recordando su conversación con Alexei.

—Necesito irme. Dame mi ropa —le había dicho mientras se limpiaba las silenciosas lágrimas que caían por sus mejillas.

—Está bien —acordó Alexei tras mirarla en silencio durante unos segundos que le parecieron interminables —. No creo que tengas la ropa seca.

173

—No me importa, me la pondré como esté. Me quiero ir —repitió mirándolo con firmeza. Ahora que ya estaba sobria se estaba arrepintiendo de lo que había pasado.

Alexei no se atrevió a contrariarla; no después de que había permitido que la besara, así que salió del salón para buscar la ropa que, tal y como había predicho, aún estaba húmeda. No había transcurrido el tiempo suficiente para que se secara por completo.

Se la entregó y cuando Nicola volvió del baño, ya vestida, cogió las llaves del coche para acompañarla.

—No quiero que me acompañes —le espetó ella con frialdad—. Llámame un taxi.

No quería que se acercara. Solo el pensar en estar metida en un coche con él le estaba provocando una ansiedad que le cortaba la respiración. Tenía que salir de esa casa lo antes posible.

Él apretó la mandíbula con rabia. Le daba la sensación de que estaba alejándose de él poco a poco, sin embargo, no le quedó más remedio que aceptar.

—Te llamaré mañana —le aseguró desde la puerta cuando llegó el taxi.

Ella asintió con la cabeza, sin fuerzas para decir nada. Aparentaba frialdad, pero por dentro estaba destrozada.

Llevaba diez años odiándole con todas sus fuerzas, y ese odio era el que le había permitido continuar adelante pese a tener el corazón y el alma rotos. Ahora sentía como si el amor que antaño había sentido por él resurgiese de sus cenizas; no obstante, ya no era la misma. No era esa niña ingenua que creía que el sol salía y se ponía a voluntad de Alexei, aunque también era verdad que él tampoco era el mismo. Poco quedaba de aquel joven impulsivo que se comía el mundo a su paso. Ahora era un hombre paciente con una férrea voluntad. Se lo había demostrado al dejarla ir sin protestar a pesar de que era evidente que no era eso lo que deseaba.

El sonido de la puerta la devolvió al presente indicándole que Adrián había regresado. Bajó con premura de la habitación para hablar con él. Ya se encontraba más tranquila y quería saber su opinión sobre lo que debía hacer con Alexei; que la aconsejara.

—Adrián, Tengo que contart... ¡Qué demonios te ha pasado! —exclamó escandalizada al ver el golpe que oscurecía su mandíbula.

—He hecho una tontería —reconoció él con una extraña sonrisa.

—¿Y en la tontería estaba implicado un puño? —preguntó mirándolo con disgusto—. Ven, vamos a poner un poco de hielo.

Tomándolo del brazo lo condujo hasta la cocina y cogió un trozo de hielo del congelador, lo envolvió en un paño de cocina y se lo dio para que lo sostuviera contra la mandíbula.

—He tenido... ¿cómo se dice? ¿Una... epifanía? —se mofó Adrián que aún continuaba con aquella extraña sonrisa.

—¿Una epifanía? ¿Estás borracho? —le preguntó con exasperación.

—Estoy sobrio, no obstante, me he dado cuenta de que ya no quiero seguir fingiendo ser algo que no soy.

Nicola se quedó inmóvil mirándole con sorpresa.

—¿Estás seguro? Quiero decir: me alegro. Sabes que desde hace tiempo te digo que has de vivir tu vida sin importarte lo que digan los demás, lo que me pregunto es ¿por qué ahora?, ¿qué ha cambiado respecto a hace unas horas?

—He visto el reflejo de mi cobardía y no me ha gustado.

Tras esas palabras se quedó silencioso, mirando al infinito. Ella no sabía qué decir; no entendía nada, aunque se alegraba por él. Quería que fuera feliz y solo cuando pudiera mostrarse al mundo cómo era realmente lo lograría.

—Bueno, ¿y ahora qué? —preguntó al ver que no decía nada más.

—Creo que lo primero que voy a hacer es tener una charla con mi padre, si bien me temo que no va a ser muy alegre —reconoció Adrián mientras reía con ironía. La mandíbula le dolía horrores, sin embargo, notaba una ligereza en el corazón. Hacía años que no se sentía tan bien y todo se lo debía a Marco. Lo que había pasado era el revulsivo que necesitaba para comprender que jamás sería feliz ocultando su homosexualidad. Y si a alguien le parecía mal, se podía ir a la mierda.

Al día siguiente lo primero que hizo nada más levantarse fue mantener con su padre una seria conversación. Esta vez no iba a dejar que se escondiera; que fingiera que no le entendía, como había sucedido la primera vez que le había querido contar sobre su homosexualidad.

—¿Cómo te ha ido? —preguntó Nicola cuando apareció en la cocina después de hablar con su padre por teléfono.

—¿Cómo crees? Al principio se quedó mudo, luego me aseguró que si era una broma no tenía gracia y, al final, que ya no era su hijo; que él no tenía ningún hijo maricón. En resumen, ha ido como esperaba.

—Lo siento, Adrián.

—No importa. He estado tantos años disimulando por complacerlos... Era hora de que lo aceptaran. ¿Te puedes creer que me aseguró que creía que se me había pasado? Como si fuera una moda o una enfermedad, pero lo más curioso es que, en vez de sentirme mal como pensé que me sentiría, me encuentro mejor que nunca.

—Entonces, me alegro —afirmó su prima con una sonrisa—. Quiero que seas feliz.

—Y lo seré. He dado el primer paso para ello.

—¿Y ahora qué?

—Ahora vamos a celebrarlo —anunció con entusiasmo, la cogió por la cintura y dio vueltas con ella mientras reía.

—¡Adrián! —gritó Nicola que también reía—. ¡Bájame! ¡Que me mareo!

Después de unas cuantas vueltas más, la bajó.

Estaba feliz, se sentía mejor que nunca y eso era algo que debía agradecer a Marco. Si no hubiera sido por lo que había sucedido la noche anterior nunca hubiera encontrado el valor para hablar con su padre y aún estaría fingiendo ser algo que no era.

12

Habían transcurrido varios días desde que Iván había estado en casa de Maya. No le había vuelto a ver desde entonces. Por un lado, se sentía aliviada y, por otro, notaba un dolor sordo en el corazón. No sabía lo que quería de ella, si bien estaba harta de sufrir por él. Le arrancaría del corazón como fuera.

Se detuvo delante de la puerta de la joyería e inspiró con profundidad antes de entrar. Llevaba toda la noche trabajando en los bocetos que iba a enseñarle al dueño. Hacía años que creaba joyas como *hobby*, no obstante, hasta ahora no había tenido el valor necesario para enseñárselos a nadie a nivel profesional. Esta sería la primera vez.

Alexei había visto alguno de sus bocetos y le habían parecido muy buenos, o eso le había dicho. Se había ofrecido a concertarle una cita con un diseñador de joyas que conocía. Maya estaba aterrorizada: temía que le dijera que no eran lo bastante buenos.

—Buenos días —saludó a la chica del mostrador—. Tengo una cita con el señor Petrov.

—Por supuesto, Nikolai está esperándole. Permítame que la acompañe.

La chica le condujo por un pasillo hasta lo que supuso era el taller en el que el señor Petrov realizaba las joyas. Al entrar le sorprendió encontrar a un hombre joven. Cuando habló con él por teléfono había supuesto que se encontraría a un hombre mayor, rondando los sesenta. Sin embargo, el hombre que estaba frente a ella aparentaba poco más de treinta años, iba vestido con unos vaqueros y una camiseta blanca.

—Soy Nikolai —se presentó extendiendo la mano—, y supongo que tú eres Maya.

—Sí, soy Maya —reconoció ella con una sonrisa estrechando su mano—. No eres como te había imaginado.

—¿Y cómo me habías imaginado? —preguntó con una sonrisa.

—Un poco más mayor, como el doble de edad.

Era un hombre muy atractivo, aunque no pudo evitar compararlo con Iván. Eran polos opuestos. Mientras Iván era alto, con su más de metro ochenta, Nikolai parecía bastante más bajo, como unos quince centímetros menos, y donde Iván era moreno, Nikolai era rubio. Mientras Iván era fuerte, Nikolai era delgado como un junco. Era como comparar un oso con un tigre, porque lo que sí transmitía era una energía y una vitalidad que, en el caso de Iván, parecía atenuada.

—¿Vemos los diseños? —le preguntó Nikolai señalando con la mano hacia una mesa que había en un lateral.

—Sí, por supuesto —aceptó ella, agarrando más fuerte los diseños que portaba.

Se acercó hasta la mesa, abrió el portafolios y le mostró uno a uno cada diseño. Él los pasaba en silencio sin decir nada hasta que Maya empezó a ponerse muy nerviosa: no sabía si le estaban gustando o no. Cuando llegó al último y seguía sin decir nada, recogió el portafolios, avergonzada, pensando en marcharse con rapidez.

—¿Tienes más? —preguntó Nikolai mirándola con fijeza.

—¿Perdona? —preguntó ella también con sorpresa. ¿Para qué quería saber si tenía más?

—Me han gustado mucho. Son innovadores. Tienen clase a la vez que son modernos. Si tienes más me gustaría echarles un vistazo.

Se quedó mirándole estupefacta: ¿le habían gustado?

—Por supuesto que tengo más —contestó con entusiasmo—. Llevo años diseñando como *hobby*, pero es la primera vez que se los enseño a un profesional.

—De lo cual me alegro —aseguró él con una sonrisa—. Si algún otro hubiera visto estos bocetos no estarías aquí ahora mismo enseñándomelos. Le voy a dar tus datos a mi abogado para que redacte un contrato que nos satisfaga a los dos. Si llegamos a un acuerdo me gustaría que empezáramos a trabajar lo más pronto posible.

La cabeza de Maya daba vueltas. No se podía creer que no solo le hubieran gustado los diseños, sino que quisiera contratarla. Cuando le indicó la cifra que estaba dispuesto a pagarle sintió que se le paraba el corazón. Era mucho más de lo que se hubiera imaginado. Gracias a Alexei no tenía que preocuparse del dinero, no obstante, saber que se ganaría su propio sueldo —y en una cantidad nada despreciable, además— la hacía sentirse muy bien consigo misma.

—De acuerdo —le contestó tendiendo su mano para cerrar el trato.

—Estaremos en contacto. Te acompaño hasta la puerta —le aseguró Nikolai, estrechando su mano con firmeza y mirándola a los ojos.

Maya estaba pletórica. Caminaba como en una nube. Salieron del taller y cruzaron la tienda, en la que ya había varios clientes a los que no prestó ninguna atención porque iba sumida en sus pensamientos. Nikolai le abrió la puerta de la tienda y se disponía a despedirla, cuando una voz los detuvo.

—¿Maya? ¿Eres tú?

Ella palideció al reconocer esa voz. ¡No podía tener tan mala suerte! De todas las personas que peor le caían en el mundo Sonya Lébedev era una de ellas.

—Hola, Sonya —respondió girándose hacia ella. No era solo que esa chica fuese una clasista que miraba por encima del hombro a todo el mundo, sino que, además, era una de las muchas amantes que había tenido Iván y, hasta donde sabía, todavía se acostaban de vez en cuando, o eso era lo que Sonya daba a entender cada vez que se veían.

—¿Puedes ayudarme? —le preguntó a Maya con una sonrisa torcida—. No me decido. Anoche Iván estaba tan agradecido que me va a regalar unas joyas. Ya sabes cómo es. Cuando le hago tan feliz como anoche, me ofrece lo que quiero. ¿Tú qué escogerías?

Se acercó al mostrador con el corazón lacerado. No pudo evitar que las garras de los celos le atenazaran el estómago. Disimulando como pudo, le aconsejó con educación.

—No creo que debieras ponerte lo que escogería para mí. Somos muy distintas físicamente. Lo que me sienta bien a mí, nunca te favorecería a ti.

Sonya la miró de forma pensativa.

—Quizás tengas razón. No tienes mi belleza, y con seguridad nada de lo que tú escogieras le gustaría a Iván —sentenció con superioridad.

Nikolai, que hasta ese momento no había dicho nada, se acercó también al mostrador.

—Señorita Lébedev, es un honor tenerla en mi tienda. Permítame que le enseñe algunas joyas que realzarán su belleza. Maya, por favor, no te vayas —le pidió al ver que se dirigía hacia la salida.

Ella no pudo evitar detenerse, pese a que lo que más deseaba era salir corriendo por la puerta. Haciendo un gran esfuerzo, permaneció donde estaba.

Nikolai estuvo enseñándole joyas a Sonya, si bien ninguna le convencía. Lo primero que preguntaba era el precio, en el momento que oía el coste, rechazaba la joya. Maya no decía nada, hasta que a la décima vez que dijo *no*, no pudo resistirlo más y le espetó:

—Si vas a rechazar las joyas por el precio, ¿por qué no dices cuánto quieres pagar?

Sonya la miró con cierto desprecio y aire de superioridad.

—Querida, ¿cómo se te ocurre pensar que lo voy a pagar yo? Ya te dije que lo pagará Iván. Es su manera de agradecerme. —La forma en que lo dijo provocó que a Maya se le revolviese el estómago cuando imágenes de cómo podía haber hecho feliz a Iván invadieron su mente—. No obstante, en algo tienes razón. Quiero los pendientes y el collar más caros de toda la tienda.

Nikolai sacó las joyas sin decir una palabra aunque intercambió con Maya una mirada sabedora. Era el conjunto más caro, pero no el más favorecedor para alguien con la piel morena y el pelo negro como Sonya. A pesar de que su padre era ruso, su madre era cubana, por lo que había heredado muchos de los rasgos de su madre, dándole un aspecto bastante exótico. Cuando se las probó, Nikolai y Maya intercambiaron sendas sonrisas por detrás: ya sabían lo que iba a decir.

—Es perfecto —afirmó ella—. Me lo llevo. Anótalo en la cuenta del señor Iván Romanov y que los envíen a su casa. No voy a quitarle el placer de que me los regale él mismo.

—Así se hará —acordó Nikolai acompañándola hasta la puerta.

Cuando, por fin, quedaron a solas hizo un gesto a Maya para que le siguiese. Al final del pasillo abrió una puerta que daba entrada a un cuarto cuyo interior albergaba una enorme caja fuerte.

—Espera aquí —le pidió. Se dirigió a la caja fuerte, la abrió y extrajo una bolsa de terciopelo de su interior, depositándola en la mesa que había junto a ella.

—Ábrelo —le ordenó mirándola con expectación.

Maya estaba intrigada por tanto misterio. Abrió la bolsa y al ver su contenido no pudo evitar soltar un jadeo de asombro.

—¿Eso es...? —preguntó con reverencia.

—Sí, es un diamante azul en bruto. Quiero que diseñes una joya especial con él y la combines con diamantes blancos. Quiero que sea la estrella de la colección y que la luzcas en la fiesta que voy a organizar para presentar la nueva temporada.

—¿Por qué yo? Además, no soy modelo —preguntó, aún conmocionada por la belleza de la piedra que tenía ante sus ojos.

Nikolai le lanzó una extraña mirada al tiempo que le decía:

—Quiero que esa fiesta sea también una forma de darte a conocer como mi nueva diseñadora. Lucir la joya es solo un añadido. Estoy seguro de que te favorecerá.

—¿Y el actual diseñador está de acuerdo?

—No le va a quedar más remedio, porque soy yo —aseguró con una sonrisa.

—¿Y para cuándo quieres que esté listo?

—En dos semanas.

—¿Dos semanas? ¡Te has vuelto loco! Eso es muy poco tiempo.

—Lo sé, a pesar de lo cual estoy seguro de que serás capaz de hacerlo.

—¿Por qué ahora? No me lo ibas a ofrecer hasta que llegó Sonya...

—Es cierto. Pensaba trabajar contigo para la próxima colección. No obstante, es verdad que aún no he encontrado el diseño perfecto para el diamante azul. Verte con Sonya; comprobar cómo estábamos en perfecta sintonía sobre lo que le quedaría bien y lo que no, unido a lo que percibí al ver tus bocetos, me ha hecho darme cuenta que eres la persona perfecta para hacerlo. —No pudo evitar reírse mientras recordaba—. Creo que nunca he visto una mujer con unas joyas menos favorecedoras.

—Es verdad —reconoció ella con una sonrisa. Era la única satisfacción que tendría: pensar que por lo menos no estaría hermosa. Cuando se comparaba con ella se sentía tan vulgar... Ahora que lo pensaba, casi todas las mujeres con las que salía Iván se parecían a Sonya. Eran muy distintas a ella. No recordaba haberle visto nunca con ninguna mujer rubia y de piel clara. Ese pensamiento le produjo una gran tristeza. Era evidente que nunca sería el tipo de mujer que le resultaba atractiva.

—Mañana te llamaré para que te hagas una idea de lo que quiero. —. Las palabras de Nikolai interrumpieron sus pensamientos.

—De acuerdo. Gracias por la oportunidad. No te defraudaré.

—Estoy seguro de ello.

Abandonó la tienda emocionada. Tenía mucho trabajo por delante. No se podía creer que no solo había obtenido el trabajo, sino que le había hecho el encargo de diseñar la pieza estrella de la colección y, además, quería que la luciera. En cuanto llegó a casa se puso a trabajar. Eso era lo que necesitaba: estar ocupada para poder olvidarse de Iván.

13

Alex_11:00

Quiero verte.

A solas.

Nicola miraba el teléfono sin atreverse a responder. Ahora, a la luz del día, no estaba segura de ser capaz de continuar adelante con lo que había empezado la noche anterior. Después de unos minutos de duda decidió contestar.

Nic_11:10

¿Dónde y cuándo?

Alex_11:11

¿Te gustan los musicales?

Podemos ir a cenar y luego ver *La Bella y la Bestia.*

Nic_11:11

De acuerdo.

Alex_11:11

Te recogeré a las siete y media.

Gracias.

Soltó el teléfono con un suspiro tembloroso. Esperaba no estar cometiendo un error. Faltaban muchas horas hasta la cita y, de pronto, sentía una impaciencia y unos nervios tan grandes que solo se le ocurría una manera de aplacarlos y hacer que el tiempo pasase más deprisa.

Desde que Alexei había vuelto a su vida no había vuelto a pintar. No se había sentido con fuerzas, aunque justo en este momento necesitaba plasmar sus emociones en la pintura. Se encerró en el taller y canalizó todos los sentimientos de rabia y dolor que albergaba estos días. Según iba volcando sus emociones se fue encontrando cada vez mejor.

Fue apenas consciente de Adrián, que en algún momento se acercó a preguntarle si quería comer y que, ante su negativa, decidió no insistir. Él sabía que cuando estaba dominada por la inspiración permanecía ajena a todo, sumergida en su mundo, así que cuando le dijo que no tenía hambre la dejó en paz.

No fue hasta horas después que se dio cuenta del tiempo transcurrido. Eran las cinco de la tarde y había quedado a las siete y media.

Salió del cuarto echando un último vistazo a su obra. No creía que fuera a exponerla jamás: era demasiado íntima. Mostraba sus sentimientos de forma tan descarnada que se sintió muy vulnerable contemplándola. No, no creía que fuera capaz de exponerla al mundo, pero había sido una liberación pintarla.

Salió del cuarto con el corazón más ligero. Se dio una ducha rápida y, aunque dudó mucho sobre qué ponerse, al final se decidió por un vestido largo de color negro que se amoldaba como un guante a su figura.

Mientras se maquillaba frente al espejo no pudo evitar recordar el beso que le había dado Alexei. Se pasó un dedo por los labios, recordando la ternura con la que le había besado y deseando que lo hiciera de nuevo.

¿Por qué con él podía sentir lo que no había podido con ningún otro? En estos años había salido con muchos hombres en un intento desesperado de pasar página, a pesar de que cada vez que alguno de ellos la tocaba o la besaba, una ola de repugnancia y un miedo irracional la invadían. Antes de que siquiera pudiera darse cuenta, se encontraba huyendo temblorosa. Después de múltiples intentos, solo dejó de intentarlo, y decidió que era mejor espantarlos con una actitud fría que acabó valiéndole el sobrenombre de *La reina del hielo*.

Por otra parte, fingir ser la novia de muchas de las parejas de su primo Adrián sirvió también para que muchos la considerasen una zorra. Sabía que se rumoreaba que su primo y ella se dedicaban a hacer tríos, y sabía de quién venía ese rumor: de Mary y el odio que le profesaba desde hacía años.

Terminó de maquillarse de forma ligera y, tras ponerse unas joyas discretas, se inspeccionó en el espejo, puso una de sus manos en el estómago y otra en el corazón. No sabía que era peor: lo rápido que este le latía o los nervios que le atenazaban el estómago. No creía que fuera a ser capaz de comer nada. Inspiró y espiró de forma pausada tratando de tranquilizarse, y poco a poco empezó a sentir cómo se deshacía el nudo que tenía en el estómago y cómo se ralentizaban sus latidos junto con su respiración.

—Puedes hacerlo, puedes hacerlo —se repetía una y otra vez.

De pronto el timbre de la puerta la hizo dar un salto.

—Ya está aquí —murmuró para sí misma de forma entrecortada, y sin tiempo al arrepentimiento, salió de la habitación.

Oyó un murmullo de voces, que le indicó que Alexei ya había llegado y debía estar hablando con su primo. Se detuvo un momento apoyándose en la pared. Las manos le temblaban, y no pudo evitar reírse con nerviosismo pensando que quizás lo que necesitaba era una copa, a fin de cuentas era lo que le había dado valor la noche anterior.

Tras unos segundos de incertidumbre en los que dudó entre si debía bajar o echar a correr en dirección contraria, decidió salir al encuentro de Alexei. Cuando bajó la escalera se sorprendió al descubrir que quien la estaba esperando era Marco, que parecía estar teniendo algún tipo de discusión con Adrián.

En el momento que se dieron cuenta de su presencia se separaron fingiendo una indiferencia que estaban muy lejos de sentir. Nicola se sorprendió con la escena, aunque no lo suficiente como para olvidar su propia angustia: no entendía la razón por la que no había venido Alexei.

—Hola, Marco. Pensé que eras Alexei.

—Hola, Nicola —la saludó con una sonrisa—. Estás preciosa. Alexei me pidió que te viniera a buscar. Si no, no me hubiera acercado hasta aquí —reconoció, mirando a Adrián a los ojos.

—¿Y se puede saber por qué no ha venido él en persona?

—No lo sé. Lo único que sé es el lugar al que te tengo que llevar.

—¿Y eso sería?

—Tengo órdenes estrictas de no decirte nada pero de asegurarme que lleves ropa de abrigo.

—¿Ropa de abrigo? ¿Para qué? —preguntó con sorpresa—. ¿No íbamos a ver un musical?

—Ya te he dicho que no te puedo decir nada.

—Está bien —aceptó con un suspiro—. Espera aquí —le pidió dándose la vuelta.

—¿A dónde vas? —preguntó él con sorpresa.

—A por un abrigo —respondió sin girarse.

Cuando volvió a bajar con el abrigo puesto, la tensión entre Marco y su primo era mayor que antes.

—¿Se puede saber qué os pasa a vosotros dos? —preguntó mirando a uno y otro.

—Nada —mintió Adrián con una tensa sonrisa—. Marco me hizo un favor y estaba agradeciéndoselo.

—Pues nadie lo diría. Estoy lista —afirmó mirando hacia Marco.

—Perfecto, princesa. Su carroza la espera. —Y tomándola de la mano se dirigió con ella hacía el coche que les aguardaba fuera.

Cuando Adrián abrió la puerta lo último que esperaba era ver a Marco. Después de lo que había pasado la última vez que se habían visto estaba seguro de que este preferiría tragar serrín que tener que mirarle a la cara y, sin embargo, allí estaba. Se notaba que le estaba costando un esfuerzo sobrehumano estar de pie frente a él y estaba convencido de que, si pudiera, le pegaría un puñetazo en la cara como la vez anterior. Quizás se lo mereciera.

—¿Está Nicola? —murmuró Marco en cuanto le abrió la puerta, evitando su mirada.

—Sí. Está esperando a Alexei. Parece ser que han quedado.

—Por eso vengo. Tengo órdenes de Alexei de llevarla a un sitio.

—Y tú siempre obedeces órdenes —replicó Adrián con ironía—. ¿Cuándo vas a hacer lo que realmente deseas?

Marco palideció al oírle y, con toda la frialdad que fue capaz de reunir, reconoció mirándole a los ojos.

—Si pudiera hacer lo que deseo ahora mismo, estaría rompiéndote la cara.

—¿Estás seguro? ¿Me la romperías? —preguntó Adrián, acercándose a él mientras este reculaba—, ¿o me la comerías?

Al oír esto último Marco sintió que se ponía duro como una roca. ¿Qué estaba mal en él? Tendría que estar asqueado por lo que le había dicho y en lugar de eso se había excitado, lo que le puso furioso. Las ganas de golpearle se incrementaron, sin embargo, antes de que pudiera ponerle una mano encima, una voz le sacó de sus pensamientos

—Hola, Marco, pensé que eras Alexei —saludó Nicola mientras bajaba las escaleras.

—Hola, Nicola —saludó Marco con una sonrisa—. Estás preciosa, Alexei me pidió que te viniera a buscar. —Aprovechó la circunstancia para alejarse de Adrián, mientras añadía mirándole a los ojos—. Si no, no me hubiera acercado hasta aquí. —Quería dejarle claro que no tenía ningún interés en él y que lo que había ocurrido el otro día era una aberración que bajo ninguna circunstancia se iba a repetir.

Cuando salió al exterior con Nicola, Marco se detuvo de forma dubitativa. Debía seguir las instrucciones de Alexei, pese a que no estaba seguro de que ella estuviera de acuerdo porque, con sinceridad, si se negaba, no sabía lo que podría hacer.

—Esto... Nicola —titubeaba mirándola con nerviosismo—. Antes de que subas al coche... Alexei me ha pedido...

—¿Qué te ha pedido? ¿Por qué estás tan nervioso?

—Es que... me ha pedido que te tape los ojos.

Ella se quedó inmóvil y le miró con estupor.

—¿Se puede saber a dónde me llevas que tienes que taparme los ojos para que no lo vea? ¿Y con ropa de abrigo?

—No te lo puedo decir, pero te juro que no es nada malo. —Se apresuró a añadir—: Si no te fías de Alexei, fíate de mí. Jamás le ayudaría a hacer algo que te perjudicara. Yo... quiero que sepas que hasta hace unos días no sabía lo que había pasado hace diez años.

—Lo sé. Nunca pensé que estuvieras de acuerdo con lo que pasó. Siempre imaginé que no lo sabías.

—Y así era. Yo... no he tenido la oportunidad de decírtelo, no obstante, quiero pedirte perdón.

—¿Por qué? Tú no hiciste nada.

—No, si bien estos años te traté como la peste. En mi descargo solo puedo decir que pensaba que habías traicionado a Alexei con Adrián —alegó con remordimientos.

—Lo sé. Siempre lamenté que eso estropeara tu amistad con él.

—No te negaré que influyó—continuó Marco mirando a lo lejos—, si bien mi amistad con tu primo no se deshizo solo por eso. Y ahora, hablando de otra cosa, ¿te voy a poder vendar los ojos?

—¿Qué harías si te dijera que no? —respondió ella con una sonrisa.

—Pues iría a buscar a Alexei y le diría que se cancela la cita. Ya le avisé de esa posibilidad.

—¿Y él que te respondió? —preguntó curiosa.

—Que merecía la pena el riesgo.

—Está bien —aceptó tras unos segundos de silencio—. Confío en ti. Véndame los ojos.

Pese a que era verdad que confiaba en Marco y no creía que fuera a participar en nada que supusiera un riesgo para ella, estaba asustada; a pesar de que a la vez se encontraba decidida a darle a Alexei una oportunidad. De ese modo estaría, a la vez, dándosela a sí misma. Afirmaba que podía ayudarla a superar los miedos que él mismo había provocado, y estaba dispuesta a dejarle intentarlo. Tras vendarle los ojos, Marco la ayudó a subir al coche e iniciaron el camino.

Tras lo que le pareció un tiempo interminable, notó que el coche se detenía. Lo que más le llamó la atención fue un sonido que parecía viento, aunque no con exactitud. Era incapaz de definirlo: corto pero intenso, se reproducía cada pocos segundos.

Marco le abrió la puerta ayudándola a bajar. Lo que más sorprendió a Nicola no fue el aire frío de la noche, eso ya se lo esperaba, sino la ola de calor que la alcanzó; como cuando te sitúas frente a una chimenea.

—¿Dónde estamos? —preguntó intrigada.

—En el campo.

—Ya —contestó riendo—, ¿dónde exactamente?

—Enseguida lo vas a averiguar. Ven —le pidió al tiempo que la cogía de las manos, guiándola y acercándola cada vez más hacia aquel extraño sonido. Según se fueron aproximando, se dio cuenta de que la ola de calor acompañaba al extraño sonido y entendió que era la expulsión de algún tipo de fuego lo que lo producía, pero aún no comprendía lo que podía ser.

—Ahora te encontrarás con tres escalones. Te ayudaré a subir.

—¿Dónde está Alexei?

—Aquí mismo, esperándote. —Oyó decir al propio Alexei.

El sonido de su voz la sorprendió, ya que parecía provenir de delante de ella. No entendía nada.

Marco subió con ella los tres escalones y cuando llegó arriba del todo, oyó la voz de Alexei que le decía:

—Ahora voy a cogerte por la cintura para ayudarte a bajar. No te asustes.

Antes de que pudiera replicar, notó las manos de Alexei en su cintura y, como si de la más delicada flor se tratase, la posó con suavidad en el suelo frente a él.

Nicola levantó las manos para quitarse la venda, sin embargo, él la detuvo con un susurro.

—Aún no —murmuró en su oído.

Nicola se quedó inmóvil y bajó las manos, al tiempo que preguntaba con frustración:

—¿Cuándo?

—En unos minutos. No te muevas.

Se alejó un poco de ella. Otra vez oyó ese sonido seguido del intenso calor y Nicola se tambaleó al notar cómo se movía el suelo bajo sus pies.

—¿Alexei? —gritó asustada.

—Ya puedes quitarte la venda. —La voz de Alexei sonó clara a su lado.

Cuando bajó la venda de los ojos, se arrepintió al momento de haberlo hecho y le miró horrorizada.

—¿Un globo? —gimió con un hilo de voz—. ¿Me has subido a un maldito globo? ¡Sabes que odio las alturas!

Empezó a sentirse aterrorizada. No se atrevía a mover un músculo temiendo la posibilidad de caerse al vacío.

Él la atrajo a sus brazos mientras le susurraba:

—¿A quién le tienes más miedo? ¿A mí o a las alturas?

Se abrazó a Alexei con todas sus fuerzas, hundiendo la cabeza en su pecho al tiempo que respondía con voz estrangulada:

—A las alturas.

—Eso pensé —aseguró abrazándola con fuerza.

—¡Eres un cabrón! —gritó con lágrimas en la voz mientras se aferraba a él aún con más fuerza.

—Lo sé, no obstante, estoy desesperado, y si poder tocarte y abrazarte ahora mismo va a suponer que luego me odies, habrá merecido la pena.

Se aferraba a Alexei como si la vida le fuera en ello, sin atreverse a mirar alrededor. Siempre había tenido miedo a las alturas y él lo sabía: años atrás le había contado lo mal que lo había pasado la única vez que se había subido a la noria.

—¿Cuánto tiempo va a durar esto? —preguntó con voz ahogada.

Le costaba un poco oírla ya que no apartaba la cara de su pecho, aferrándose a él con desesperación. Tal era su miedo que ni siquiera se había fijado en que no estaban solos en la cesta, sino que una mujer era la que capitaneaba el globo.

—Hasta que lleguemos a nuestro destino —le susurró al tiempo que la cogía entre sus brazos y se sentaba con ella en el único asiento que había.

—¿Qué haces? —gritó Nicola aterrorizada al ver que se movía, abrazándose a él con más fuerza—. ¡No sueltes el globo!

Alexei no pudo evitar reírse. Lo cierto es que estaba disfrutando. No tanto con el miedo de Nicola, sino con el hecho de que ella no era consciente de que no se había separado de él ni un milímetro desde que se había quitado la venda.

—Yo no sé manejar un globo. Para eso está nuestra capitana.

—¿Quién? —preguntó, incapaz de levantar la cara para mirar alrededor.

—Nuestra capitana. Se llama Denisse y es quien está manejando el globo.

—Hola, Nicola —saludó una voz femenina que trataba de contener la risa—. Creo que no estás disfrutando mucho con la sorpresa.

—Hola —respondió ella avergonzada—. No pienso ni mirarte.

—No pasa nada, lo entiendo —afirmó la mujer riéndose sin poder evitarlo—. No eres la primera persona que conozco que pasa miedo en este globo.

Nicola se sentía humillada. Aunque lo peor de todo era que no solo no se atrevía a soltar a Alexei, sino que se aferraba con desesperación por temor a que la soltara. Las manos de Alexei comenzaron a trazar un sendero por su espalda.

—¡No te atrevas! —gruñó Nicola, que estaba empezando a sustituir el miedo por el enfado. ¿Cómo se atrevía a utilizar su miedo a las alturas en su contra?

Él se quedó inmóvil. Sabía que había ido muy lejos y que se estaba jugando el futuro de su relación, así que no se atrevió a ir más allá. Se quedó inmóvil con Nicola aferrada a él hasta que, pasado lo que le pareció un tiempo interminable, le anunció:

—Hemos llegado.

El alivio invadió a Nicola, así como el enfado, sin embargo, como no se fiaba, prefirió no decir ni una palabra hasta que se hubiera bajado de esa máquina infernal. Tenía todos los músculos agarrotados de la fuerza y la tensión con la que se había aferrado a Alexei.

Se alejó de él en el momento en que la ayudó a salir de la cesta y pisar tierra firme.

—¿Nos vamos? —preguntó él tras despedirse de la mujer que había capitaneado el globo.

—¿Y a dónde se supone que vamos? —Quiso saber con toda la tranquilidad de la que fue capaz, teniendo en cuenta el enfado tan monumental que tenía.

—Al teatro, a ver el musical —le recordó sin ser consciente del humor de Nicola.

—¿Y se puede saber, hijo de la gran puta, de dónde coño has sacado que después de lo que has hecho voy a ir contigo algún sitio?

Se quedó helado al oír sus palabras. Ya contaba con que no le haría mucha gracia lo del globo, a pesar de lo cual, no se esperaba que se enfadara tanto.

—Yo... lo siento. Fue la única manera que se me ocurrió para ayudarte a superar tu reticencia al contacto. Sé que te arrepentiste de lo del otro día y no quería que volvieras a alejarme de ti y no permitieras que te tocara. Al enfrentarte a dos miedos, de forma inconsciente, tuviste que escoger cuál de los dos podías enfrentar y confiaba en que sería yo y mi cercanía. Lo único que pretendías era que perdieras el miedo a mi cercanía

Sus palabras la apaciguaron. Había pensado que era algún retorcido sentido de la diversión el que le había llevado a someterla a esa experiencia a sabiendas del miedo irracional que sentía hacia las alturas, no obstante, el saber que, en realidad, había pretendido ayudarla, había hecho que parte de su enfado desapareciera.

—Está bien —le aseguró un poco más tranquila—. Lo entiendo, pero, aun así, ahora mismo no estoy de humor para ir contigo a ningún musical.

—Vale —aceptó él de forma conciliadora—. Por lo menos, ¿vas a querer cenar?

—Depende.

—¿De qué?

—De a dónde pretendas llevarme.

—Tenía pensado que cenáramos en mi yate.

—¿Tienes un yate? —preguntó con interés.

—Sí. La idea era cenar allí y luego ir al teatro.

—¿Y por qué no un restaurante? ¿Pretendes tirarme al agua para ver si sé nadar?

—Porque no quería darte la oportunidad de que pudieras alejarte de mí —reconoció Alexei sonriendo al comprobar que se le había pasado parte del enfado.

—Me parece que estás jugando muy sucio —declaró ella tratando de mantener vivo su enojo.

—Nicola —susurró acercándose a ella aunque sin intentar tocarla—. Dame la oportunidad de enmendarme frente a ti. Sé que lo que te hice fue imperdonable pero, por favor, déjame intentarlo.

Se sentía desgarrada en su interior. Por un lado quería perdonarlo. Ojalá pudiera. Por otro lado sentía un dolor tan grande que se veía incapaz. Haciendo de tripas corazón, le miró a los ojos y solo asintió. En ese momento no se sentía capaz de pronunciar palabra.

Alexei le señaló una limusina que les estaba esperando. Le abrió la puerta del pasajero y, para su sorpresa, en lugar de sentarse a su lado, se sentó junto al conductor.

Se lo agradeció en silencio. Necesitaba unos minutos para serenarse. La noche iba a ser más difícil de lo que había pensado.

***

Después de dejar a Nicola con Alexei, Marco se fue en el coche y empezó a conducir sin rumbo fijo. Sentía un desasosiego muy grande en su interior. De hecho, llevaba mucho tiempo sintiéndolo: meses, años incluso, y en los últimos días se había incrementado de forma exponencial y sentía que iba a explotar.

Paró en un estacionamiento, frustrado, y cuando levantó la vista un cartel le llamó poderosamente la atención: El Space.

Estaba en el estacionamiento del mismo sitio donde había vuelto a hablar con Adrián después de tantos años. En ese instante comprendió que desde ese día no había vuelto a ser él mismo. Hacía mucho tiempo que se sentía incompleto, pero desde entonces se sentía mucho peor. Toda la culpa era de Adrián. ¿Cómo se le ocurría besarle? Como si él fuera un puto maricón.

Cuanto más pensaba en ello mayor era su enfado, así que decidió entrar en el local y echar un vistazo por si le veía. Si era así, se iba a enterar. Le soltaría todo aquello que no había podido reprocharle antes por la presencia de Nicola.

Adrián, en casa, no podía dejar de pensar en Marco y en las pocas palabras que habían intercambiado antes de que llegase Nicola. ¿Qué hubiera sucedido si ella no los hubiera interrumpido? Necesitaba un trago. Se vistió, decidido a acercarse hasta El Space. Buscaría a alguien para echar un polvo y así podría dejar de pensar en él.

Cuando llegó al club era pasada la medianoche, y aunque aún faltaban un par de horas para el cierre, el hecho de que fuese un día entre semana hacía que no hubiese mucha gente en el local, por eso pudo ver a Marco en el momento en el que entró.

Estaba en una mesa solo, bebiendo, y no parecía que fuese su primera copa.

—Hola, Marco —saludó acercándose a su mesa.

Marco, que en ese momento levantaba la botella de cerveza para beber un trago, no dijo nada. Se limitó a mirarle inmóvil durante un tiempo que a Adrián se le antojó eterno. Al final, con rabia, depositó la botella de cerveza encima de la mesa con un golpe seco y gruñó con furia:

—¡Eres un hijo de puta! —Y se abalanzó sobre él. Adrián le esquivó retrocediendo con rapidez hasta que golpeó la pared.

—Marco, tranquilízate. Estás borracho.

—¡Hijo de puta! —Volvió a repetir al tiempo que sujetaba a Adrián por el cuello de la camisa.

Cuando este pensaba que iba a volver a darle un puñetazo, en vez de eso le miró con fijeza y luego sucedió lo último que Adrián hubiera imaginado. Empezó a besarle con una rabia e intensidad que no pudo más que igualar enzarzándose en una lucha de voluntades, deslizándose por la pared mientras se comían la boca el uno al otro.

Adrián empezó a tantear en busca de la entrada al almacén que se encontraba justo en esa pared, sin dejar en ningún momento de besar a Marco. Cuando dio con ella, abrió la puerta como pudo, empujándolos a ambos al interior del almacén.

Marco le miraba enfebrecido. Al percatarse de que Adrián quería decir algo, le giró de un golpe cara a la pared.

—¡Silencio! —le ordenó mientras le mordisqueaba el lóbulo de la oreja.

Le bajó con violencia los pantalones y, separándole las nalgas, le penetró, brutal, caliente y hasta el fondo. Adrián jadeó por la sorpresa y el dolor que le produjo. Mientras, Marco empezaba con un movimiento implacable, las piernas separadas al tiempo que jadeaba en su oído.

—¿Esto es lo que quieres? —susurró con voz entrecortada—. ¿Qué te rompa el culo? Llevas tiempo pidiéndomelo.

—Sí. ¡Joder! ¡Sí! —exclamó Adrián excitado.

El bombeo continuó violentamente. Adrián apoyó las palmas de las manos en la pared con fuerza tratando de mantenerse a sí mismo en el sitio. Ya no sabía dónde empezaba uno y donde acababa el otro, hasta que los duros movimientos de cadera se congelaron durante un segundo y estallaron en un orgasmo simultáneo que los dejó agotados y temblorosos.

Marco no podía moverse. Aún sentía réplicas del orgasmo tan brutal que había sentido, si bien cuando la excitación que le había dominado comenzaba a apagarse, se apartó de Adrián mientras la vergüenza empezaba a invadirlo. Se apoyó en la pared con los ojos cerrados. ¿Qué coño había hecho? Se había convertido en un puto maricón.

Adrián se subió los pantalones en silencio, observando el cambio que se estaba produciendo en Marco.

—Eres un cobarde de mierda —le espetó, dándole la espalda para salir del cuarto.

—Y tú eres un puto maricón —soltó con rabia.

No pudo evitar reírse al oír el insulto.

—¿Eso es todo lo que se te ocurre? —ironizó mientras se daba la vuelta—. ¡Vete a la mierda! ¿Crees que no sé lo que estás pensando? ¡Oh! ¡Dios mío! ¡Qué he hecho! ¡No me gustan los hombres! —Imitó con burla.

Marco estaba lívido, sin embargo, no se atrevió a contradecirlo. A fin de cuentas, eso era lo que estaba pensando.

—Lamento desilusionarte, pero no te he drogado, ni embrujado. Eso que has sentido ha salido de ti y por si no sabías lo que era —prosiguió acercándose hasta quedar a un centímetro de distancia—, eso era deseo puro y duro. Cuando sientes que si no follas con esa persona te mueres. ¿Lo habías sentido alguna vez con una mujer? Seguro que no —le aseguró, pasándole la lengua por la mejilla.

—¡Yo no soy un puto maricón! —rugió Marco empujándole para alejarlo.

La rabia invadió a Adrián al tiempo que añadía:

—No. Seguro que no. ¡Ve y fóllate alguna de esas guarras con las que sueles andar! Porque ¿sabes? No fue para tanto. Polvos como este los echo yo todos los días.

Y con toda la dignidad de la que fue capaz se alejó de él. No podía decirle que le había destrozado el corazón y que jamás con ninguna otra persona había sentido lo mismo que con él. No le daría municiones para que le hiciera más daño.

14

Nicola miraba el mar que se extendía frente a ella con nerviosismo. En el momento en que habían subido al yate, Alexei había dado órdenes de que se avanzaran hacia mar abierto.

—Discúlpame un momento —le había dicho antes de dejarla en cubierta sumida en sus pensamientos—. Voy a hablar con la tripulación para que nos sirvan la cena.

Saber que no estaban solos en el barco la había tranquilizado un poco, sin embargo, aun así sentía la garganta seca por la ansiedad. Hacía un rato se había acercado una joven para preguntarle si deseaba algo y le había pedido un refresco. No quería tomar alcohol. Necesitaba la mente despejada.

—¿Qué piensas? —preguntó Alexei apareciendo por detrás de ella.

—En lo mucho que has cambiado —respondió con un suspiro—. Cuando te conocí eras más...

—¿Bruto? —la interrumpió con sequedad—. ¿Grosero? ¿Maleducado?

—No. Nunca fuiste maleducado, no obstante, sí eras más basto; menos sofisticado.

Alexei se situó a su lado, se apoyó en la barandilla y miró a la lejanía.

—Creo que nunca te conté sobre mi niñez.

—Me contaste que no habías conocido a tu padre hasta su muerte y que no sabías que era rico.

—Sí, pero no te conté que vivíamos en la pobreza hasta que mi madre empezó a prostituirse para que tuviéramos dinero para comer.

Ella le miró horrorizada.

—Tampoco te conté que con diez años empecé junto con Iván a trabajar para su padrastro haciendo recados, pequeños trabajos... hasta que acabamos siendo los encargados de cobrar las deudas que tenían con él.

—¿Qué tipo de deudas? —Estaba sorprendida con lo que le estaba contando. Se dio cuenta de que no sabía nada del pasado de su pasado o del de Iván, más allá de lo que ellos mismos habían contado a todo el mundo, que no era mucho.

—Prestaba dinero a intereses muy elevados—continuó con su confesión sin mirarla—. Si alguien se retrasaba con el pago nos enviaba a nosotros a cobrar la deuda. He hecho muchas cosas de las que no estoy orgulloso. No solo a ti. —La miró a los ojos buscando en su rostro ¿comprensión? Cualquier cosa menos desprecio. Quería que lo entendiera—. La primera vez que eché un polvo tenía trece años y ella cuarenta. Fue el regalo de cumpleaños del padrastro de Iván. A ella le gustaba el sexo duro. Me enseñó a follar con violencia y hasta que te conocí no sentí la necesidad de ser delicado con nadie. En realidad, ni siquiera sabía cómo hacerlo, a pesar de que quería intentarlo. Por eso... aquella noche... Hacía tanto que te deseaba que quería tratarte con ternura, sin embargo, temía no ser capaz, así que busqué una prostituta con la que desahogar mis frustraciones.

—¿Por eso actuaste así? —murmuró, tocándose de forma inconsciente con la mano la cicatriz de la boca.

Alexei le apartó la mano con delicadeza, la miró a los ojos y pasó un dedo con suavidad por la cicatriz.

—No trato de justificar lo que hice porque no tiene justificación. Solo quiero que sepas la razón por la que actué así. Con los años he descubierto que el sexo no ha de ser violento. Lo último que hubiera deseado jamás era hacerte daño. Precisamente eso era lo que quería evitar.

—Era tan ingenua... —reconoció ella con voz ronca—. Soñaba contigo, con que me besabas. En mis sueños tus besos siempre eran dulces y tiernos. Imaginaba que me decías lo mucho que me amabas.

—Y te amaba. Aún te amo —confesó él con ternura—. Por favor, déjame demostrártelo.

—¿Y cómo planeas hacerlo esta vez? ¿Vas a echarme arañas por encima? ¿O planeas tirarme al agua rodeada de tiburones? —

preguntó en tono de broma, apartándose de él y tratando de aligerar el ambiente. No quería que fuera tierno con ella, ni que le dijera que la amaba. Lo único que ansiaba era ser capaz de tener una relación con un hombre, si bien no con él. Con cualquiera menos con él.

La dejó alejarse. No quería presionarla, sin embargo, aunque ella aún no lo sabía, estaba dispuesto a volver a conquistarla.

—En esta ocasión tenía pensado que cenáramos y viéramos una película.

—¿*La naranja mecánica*? —preguntó con humor.

—Más bien pensaba en *Persuasión*.

Nicola sintió como si una mano invisible le estrujase el pecho.

—¿Por qué has escogido esa película? —le pregunto con un hilo de voz.

Porque yo tampoco he podido olvidarte —afirmó mirándola a los ojos al tiempo que le tendía la mano—. Ven.

Ella extendió su mano temblorosa y dejó que la guiase hasta el salón del yate donde estaba dispuesta la mesa. Durante la cena la entretuvo con anécdotas de su juventud. Supuso que las disfrazaba un poco para darles un toque de humor, pero en el fondo percibió lo dura que había sido su infancia.

—Fue Iván el que me convenció de que podíamos aspirar a algo más. Trabajando para su padrastro, poco a poco, ahorramos lo suficiente para montar nuestro propio negocio. No le hizo mucha gracia que nos fuéramos por nuestra cuenta, aunque al final nos lo permitió.

—¿Os lo permitió? No lo entiendo. ¿Por qué no os lo iba a permitir?

La miró con fijeza durante unos segundos. Quería que le conociese de verdad, que supiera realmente quién era él y quién había sido.

—Él era... es un delincuente —confesó corrigiéndose a sí mismo—. Si empezabas a trabajar para él te metías en un mundo del que no podías salir. Debido a la relación que mantenía con la madre de Iván nos permitió irnos, así que montamos una pequeña empresa dentro de la legalidad.

Nicola se hallaba sorprendida por todo lo que le estaba contando. Si esto se lo hubiera contado hacía diez años... quién sabe cómo hubiera reaccionado. En aquel entonces era muy joven e impresionable. Con toda probabilidad hubiera huido asustada.

—¿De qué era la empresa que montasteis?

—Bueno, al principio, era como una pequeña financiera —contestó con una extraña sonrisa.

—¿Una financiera? —Nicola no pudo evitar sorprenderse—. ¿Qué sabíais vosotros de...?

De pronto calló al darse cuenta del tipo de financiera que debían haber montado.

—Ya —asintió pensativa—. Cuando hablas de una empresa dentro de la legalidad, ¿qué quieres decir?, ¿qué en este caso no les dabais una paliza si no pagaban?

—Nunca nadie dejó de pagarnos —respondió él con seriedad.

—Ya, ya me imagino. —Estaba segura de que si la amenazase alguien como Alexei o Iván, jamás dejaría de pagar una deuda.

—No es lo que piensas —negó al notar un cambio en la expresión de Nicola—. No le prestábamos dinero a cualquiera. Tenían que cumplir una serie de requisitos. De forma habitual, eran mujeres trabajadoras con hijos a las que los bancos les negaban los préstamos por su precariedad laboral. Nosotros les prestábamos el dinero a un interés inferior a los bancos.

Ella le miraba con la boca abierta.

—No me lo creo. ¿Cómo es eso de que dejabais el dinero a un interés inferior a los bancos? ¿Y me estás diciendo que eso era un negocio?

—Iván y yo nos criamos en el mundo de la prostitución y te puedo asegurar que la mayor parte de las mujeres que se dedicaban a ello lo hacían por dar de comer a sus hijos. Los bancos no te suelen prestar dinero cuando tus ingresos tienen un origen oscuro, a no ser que seas multimillonario, en cuyo caso ni te preguntan. Nosotros se lo prestábamos y te puedo asegurar que jamás, ninguna de ellas, dejó de hacer frente a las cuotas. Al principio no teníamos muchos beneficios, si bien poco a poco fue aumentando nuestra clientela y al cabo de un año hubiéramos podido vivir solo de los intereses.

Trataba de asimilar todo lo que Alexei le estaba contando, pese a que le resultaba muy difícil. Cuando le había conocido se había presentado como el hijo pródigo que llevaba tiempo separado de su padre y que solo había regresado a raíz de su muerte. Todo lo que le estaba confesando le hizo darse cuenta de que en realidad no le conocía. Se había enamorado de la imagen que tenía de él, no del hombre de verdad. En su inocencia, se había inventado una suerte de príncipe azul que se había convertido en rana, sin embargo, ahora se daba cuenta de que era un hombre distinto a como lo había imaginado, más humano.

Algo se removió en su interior. Siempre había sido consciente de que era una privilegiada; que no todo el mundo podía vivir como ella y Adrián, sin preocuparse por el dinero. Tras la muerte de sus padres, si quisiera, podría incluso vivir toda la vida sin trabajar. Comprendía que había que tener una gran fuerza de voluntad para salir adelante cuando tenías todo en tu contra como parece ser que había sido el caso de Alexei y de Iván. No pudo dejar de sentir una cierta admiración por ellos, por todo lo que habían conseguido con su propio esfuerzo.

—Nos volvimos autodidactas —continuó Alexei—. Descubrimos que teníamos cualidades innatas para los negocios. Para otras cosas tengo la mente cuadriculada, no obstante, en cuestión de números, me resulta muy fácil entender los entresijos de cualquier negocio. Montamos esa primera empresa. Con los beneficios obtenidos, otra. Y luego otra más... y antes de que nos diéramos cuenta éramos casi millonarios.

—Y Marco, ¿cómo encaja en todo esto? ¿Es verdad lo que me contaste, que os conocisteis a través del gimnasio?

—Sí, es cierto.

—¿Él sabe todo lo que me estás contando?

—Sí. Una noche de borrachera Iván y yo se lo contamos. Desde entonces nos convertimos en amigos y, con posterioridad, en socios. Él quería independizarse de su familia. Aunque ya está bien de hablar de mí —se interrumpió con un suspiro, poniéndose en pie—. Si ya terminaste de cenar, pediré que lo recojan todo para que podamos ver la película.

De pronto, una sospecha cruzó por la mente de Nicola

—¿Por qué tienes esa película? ¿Acaso contabas con que no iba a querer ir al teatro?

—No. Yo… La tengo porque... me gusta

—¿Qué es lo que te gusta?

—La película.

—¿Quééé? —exclamó con incredulidad—. No me lo creo.

Ahora fue el turno de Alexei de enrojecer.

—Yo... la vi hace años —reconoció sin mirarla a la cara, avergonzado—. Una noche de borrachera pasé delante de un videoclub y vi el cartel de la película. Pensé en ti y en todas las veces que me habías contado lo mucho que te gustaba. En aquel entonces aún me engañaba a mí mismo pensando que te odiaba, cuando en realidad nunca he sido capaz de dejar de amarte. La compré para verla con otra mujer.

—No entiendo —replicó con confusión—. ¿Para qué la querías ver? ¿Y con otra mujer? Solo es una película.

—Pensándolo ahora me doy cuenta de que fue algo infantil —reconoció con una sonrisa triste en el rostro—. Me sentía dividido entre el amor y el odio. Esa película se convirtió en un símbolo para mí. Creía que si la veía con otra mujer te exorcizaría de mis recuerdos; pero cuando la vi no pude evitar sentirme identificado con el protagonista, con el dolor que debió sentir cuando ella le abandonó y con su incapacidad para olvidarla a pesar de los años trascurridos Así que, cada vez que el dolor me desgarraba por dentro, la veía y te odiaba un poco más y te amaba un poco menos.

Nicola le miraba en silencio con los ojos anegados en lágrimas. Lo que había descrito era lo mismo que había sentido ella durante todos estos años.

—Ven —susurró Alexei tendiendo su mano—. Vamos a verla.

—No puedo —respondió al tiempo que las lágrimas caían libres por sus mejillas.

—¿Por qué no?

—Porque duele demasiado —reconoció con voz ronca, ignorando su mano tendida.

—Las heridas deben doler para poder curar. Permíteme que cure el daño que yo mismo te he causado.

En esta ocasión, Nicola extendió su mano para alcanzar la de él sin poder evitar que la recorriera un escalofrío. Se dejó llevar hasta el sofá, sin embargo, cuando creía que Alexei iba a sentarse a su lado, él lo hizo en otro asiento: lo bastante alejado como para que no se tocaran, no obstante, lo bastante cerca para que ella pudiera hacerlo si así lo deseaba.

Como siempre que veía esa película, no pudo evitar llorar de tristeza al principio y luego de felicidad según se iba desarrollando la trama. En un momento determinado Alexei tomó un mechón de su cabello y empezó a acariciarlo. Al principio se había tensado al sentirlo, pero, poco a poco, al darse cuenta de que no pretendía nada más, fue relajándose, permitiendo que él continuara con sus caricias.

—¿Estás bien? —le preguntó Alexei cuando terminó la película.

—Sí. Gracias.

—Gracias, ¿por qué?

—Por esto. Por la cena, por la película, por no haber ido más allá.

—¿Y no me das las gracias por el paseo en globo? —preguntó él con malicia.

Le miró en silencio durante unos segundos pensativa.

—Creo que tenías razón —reconoció al final.

—Razón... ¿en qué?

—En lo del globo. Me obligaste a acercarme a ti. Si no me hubiera visto forzada por la situación quizás no lo hubiera hecho.

—Eso pensé.

—¿Y ahora qué?

—Ahora te voy a llevar a casa... ¡en coche! —Se apresuró a añadir con una sonrisa.

Ella no pudo evitar reírse también. Después de todo, la noche no había sido tan dura como había imaginado. Quizás al final Alexei la ayudase a superar sus miedos y, por fin podría, tener un futuro con algún otro hombre.

***

Marco estaba convencido que lo de Adrián había sido un puto error; le debían haber echado algo en la bebida... Él no era ningún maricón.

Por eso, en ese mismo instante se encontraba en el callejón de un club cualquiera, follando con una tía cualquiera. Empujaba con furia dentro de ella en un intento de sacarse a Adrián de la cabeza. Lo conseguiría, aunque para ello tuviera que follarse a todas las zorras de la ciudad. Intensificó sus movimientos, no entendía la razón por la que le estaba costando tanto, si bien al final logró correrse dentro de ella.

—Joder, ¡vaya polvo! Me has destrozado —acertó a decir la rubia sin nombre mientras le acariciaba el brazo con sus manos de manicura perfecta.

No pudo evitar sentir un regusto amargo en la boca. No sabía qué le sucedía, sin embargo, no se sentía mejor, sino mucho peor. Las náuseas le invadieron y, sin poder evitarlo, vomitó salpicando los zapatos de la rubia.

—¡Ehh! ¡Cuidado! ¡Casi me manchas los zapatos! —gritó ella con asco apartándose de un salto—. Será mejor que no bebas más. Te iba a decir si querías echar otro polvo en tu casa, no obstante, creo que no estás en condiciones.

—No —acertó a decir asqueado de sí mismo—. Será mejor que me vaya.

Adrián sentía como si tuviera un puñal atravesándole el pecho. Al segundo de salir del Space se arrepintió de lo que le había dicho a Marco. A fin de cuentas, ¿quién era él para tacharle de cobarde cuando hasta hace dos días él también fingía ser heterosexual? Decidido a disculparse con él, dio la vuelta justo a tiempo para verle arrancar con el coche. Creyendo que se dirigiría a su casa le siguió. Sería lo mejor. En su apartamento podrían hablar y aclarar las cosas entre ellos.

Si bien pronto tuvo claro que Marco no iba hacia su casa. Cuando vio el club en el que se detuvo la bilis le subió a la garganta. Conocía ese lugar: era famoso porque en él podías conseguir con facilidad sexo anónimo y sin compromiso.

Sintiendo como si llevara una piedra en el pecho, le siguió hasta el interior del local. Una vez allí Marco se dirigió a dos mujeres que estaban en la barra, susurró algo al oído de una de ellas y cuando ella asintió se dirigieron hacia una puerta trasera.

Adrián observó toda la maniobra como en trance. No se lo podía creer. Hacía solo unos minutos que había estado en su cuerpo y ahora iba a mancillar ese momento follando con la primera mujer que se había encontrado. Necesitaba cerciorarse. Aún albergaba la esperanza de que en el último momento no lo hiciera; que se arrepintiera; que aceptara que lo que había sucedido entre ellos había sido inevitable.

Hace diez años se había enamorado de él y hoy se había dado cuenta que aún no le había olvidado.

Le bastó entreabrir la puerta para oírlo. Los jadeos y las embestidas le atravesaron los oídos, el corazón y el alma. Se apoyó en la puerta, cerrando los ojos. Por un lado quería huir para no oírlo y, por otro, una fuerza invisible le mantenía inmóvil en el sitio, esperando quizás, un arrepentimiento; algo que le demostrara que Marco era consciente del tremendo error que estaba cometiendo. Pero nada de eso sucedió. Solo el jadeo final cuando alcanzó el orgasmo, que le atravesó como un rayo sacándolo del sopor en el que estaba sumido; el mismo que le permitió apartarse de la puerta para irse del local con el corazón lacerado y jurándose que le iba a arrancar de sus pensamientos y de su corazón.

15

Nicola abrazó a su primo por la espalda mientras apoyaba la cabeza en su hombro. Estaban en una fiesta en el yate de Alexei y era evidente que ninguno de los dos se estaba divirtiendo.

—¿Qué te pasa? Hace días que no eres tú mismo.

Adrián correspondió a su gesto acariciando su brazo con ternura.

—Lo sé. No te preocupes por mí, se me pasará. Mejor, cuéntame de tu relación con Alexei. ¿Le has perdonado?

Un suspiro en su espalda hizo que se girase para mirarla.

—¿Pregunta difícil?

Ella le devolvió una sonrisa insegura.

—Respuesta difícil más bien. Quisiera perdonarlo, aunque no me siento capaz.

—Entonces, ¿se puede saber qué hacemos en una fiesta en su yate?

—Eso mismo me estaba preguntando yo. Desde el día que me llevó a ese infernal viaje en globo, me dejó en casa y no he vuelto a saber de él. Ni una llamada. Ni un mensaje. Y hoy, de pronto, me llama Marco en su nombre para invitarme a la fiesta. Ni siquiera se digna a llamarme él.

Adrián se tensó al oír el nombre de Marco.

—¿Marco está aquí? No me habías dicho que había sido él quien te había invitado. Di por hecho que se trataba de Alexei.

—No. No fue él y para colmo, desde que llegamos, ni siquiera se ha acercado a saludarnos. ¿Qué pretende? No entiendo nada.

—Quizás te está dando espacio. Él ya hizo su movimiento: te pidió una oportunidad. Va siendo hora de que decidas si se la vas a dar. Piénsalo. Yo ahora mismo me voy a buscar una copa y a relacionarme. ¿Quieres que te traiga algo?

—No, gracias.

—Te dejo entonces para que pienses lo que le vas a decir cuando le veas.

Nicola se quedó a solas con sus pensamientos. Llevaba muchos años con un agujero en el sitio donde debía encajar el corazón y no sabía cómo hacer que dejara de doler, aunque lo que más deseaba era poder perdonarle.

Unas risas llamaron su atención y, al girarse, vio a Alexei con una rubia colgada de su brazo que le miraba extasiada. Era ella la que se había reído. Sintió cómo las garras de los celos la aprisionaban cortándole la respiración. Sorprendida, notó una humedad por sus mejillas y se dio cuenta de que eran lágrimas. ¿Por qué?, ¿por qué lloraba?, ¿qué le importaba que él pareciera tan feliz mientras ella sentía como si se desgarrara por dentro?, ¿qué estaba mal en ella? Ni ella misma lo sabía. Tan solo tenía la certeza de que le faltaba el aire. Necesitaba huir de allí.

Dándose la vuelta sin mirar apenas, empezó a correr para salir del yate mientras una voz la llamaba. No sabía quién era ni lo que quería, si bien no importaba. Lo único que importaba era escapar.

Al llegar a la rampa de bajada al muelle, ralentizó sus pasos y trató de aquietar su corazón; no obstante, cuando ya creía que podría salir, uno de los hombres de seguridad se interpuso en su camino.

—Perdone, señorita, pero tengo órdenes estrictas de que no abandone el barco.

—¿Órdenes de quién? —preguntó con toda la dignidad de la que fue capaz, aunque ya sabía la respuesta a su pregunta.

—Órdenes mías —susurró Alexei a su espalda.

Un temblor recorrió su cuerpo sin que pudiera evitarlo.

—Nicola. —Oyó que la llamaba al tiempo que tomaba uno de los mechones de su cabello y lo acercaba a sí mismo para olerlo—. Violetas —murmuró con fascinación—. ¿Alguna vez te dije que adoro este olor? Me volvía loco cada vez que lo notaba en algún lugar porque me recordaba a ti. ¿Sabes lo que he pedido que planten en el jardín de mi casa?

—¿Qué? —balbuceó ella con voz ronca a la vez que se giraba hacia él para que se viera obligado a soltarle el cabello.

—Violetas. Cientos de violetas de todos los colores.

Nicola se cubrió la cara con las manos.

—¿Por qué me haces esto? —murmuró ahogando un sollozo.

—Ya sabes el motivo, a pesar de que no lo quieres aceptar. Ven conmigo.

Ella bajó las manos que cubrían su rostro secándose las lágrimas que lo habían empañado. Alexei la miraba con ternura.

—¿Quieres saber por qué no te he llamado en todos estos días?

Movió la cabeza afirmativamente. No se atrevía a hablar. No sabía si le saldría la voz.

—Quería darte tiempo para que procesaras lo que había pasado, para que descubrieras si estabas dispuesta a darme una oportunidad. ¿Lo estás?

—No lo sé —murmuró, por fin había encontrado su voz—. Quisiera poder decirte otra cosa, pero no lo sé.

Ahora fue el turno de Alexei de suspirar.

—Está bien, no pasa nada. Acompáñame.

—¿A dónde?

—Quiero enseñarte una cosa que quizás te ayude a decidir.

Y sin decir más comenzó a caminar esperando que ella le siguiera. Durante unos segundos se quedó paralizada sin saber qué hacer, si bien al ver que él se alejaba sin mirar atrás se apresuró a alcanzarle.

Pensó que iban a volver a la fiesta que se celebraba en cubierta, pero en lugar de eso la condujo por un pasillo lateral y bajaron unas escaleras hasta que Alexei entró en un cuarto dejando la puerta abierta para que ella le siguiera.

Nada más entrar lo primero que vio fue la gran cama que presidía el cuarto. Por el tamaño de la misma era evidente que era el camarote de Alexei.

Retrocedió unos pasos, asustada, esperando para ver qué era lo que pretendía, no obstante él solo la ignoró, y se introdujo por una puerta lateral de la habitación a lo que ella supuso que debía ser el baño.

—¿Alexei? —llamó con voz temblorosa. Al ver que no respondía, se introdujo un poco más en el camarote y volvió a llamarle.

—¿Alexei? ¿Qué haces?

—Buscaba algo —le respondió con las manos en la espalda apoyado de lado en el quicio de la puerta del baño mientras la miraba de una manera extraña.

A Nicola le temblaban las manos y notaba la garganta seca. Esta situación la empezaba a asustar. Había dado un par de pasos en el interior del cuarto, pero echaba continuas miradas hacia la puerta de salida preparada para huir a la menor provocación.

—Estás asustada —susurró Alexei —. No tienes motivos. No te voy a hacer nada.

—Entonces, ¿por qué me has traído hasta aquí?, ¿qué quieres? —preguntó nerviosa.

—Quiero que seas tú la que hagas lo que desees. —Y diciendo eso lanzó un par de objetos encima de la cama.

Ella quedó paralizada y empezó a temblar al darse cuenta de que eran dos relucientes esposas. Se giró con rapidez preparada para huir cuando las siguientes palabras de Alexei la dejaron inmovilizada en el sitio.

—Son para que me las pongas —oyó decir a su espalda.

—¿Quééé? —balbuceó Nicola, que no podía parar de temblar.

—Quiero que me esposes a la cama y hagas conmigo lo que quieras con la seguridad de que no te voy a poder tocar.

Se dio la vuelta en el acto para mirarle con asombro.

—¿Qué has dicho?

—Ya lo has oído —repitió mientras se despojaba de su chaqueta para quedarse solo con la camisa. Se acercó con lentitud hasta la cama, se quitó los zapatos y se tumbó en ella al tiempo que dejaba las esposas a su lado.

—¿No tienes curiosidad? —le preguntó con voz ronca.

—¿Curiosidad sobre qué? —preguntó ella, lamiéndose los labios que sentía resecos.

—Sobre mí. Sobre los hombres. ¿No te gustaría poder tocar a un hombre con total seguridad sabiendo que él no podrá hacer lo mismo contigo?

Empezó a respirar con dificultad. De pronto, un mundo de posibilidades se abría ante ella.

—Tú decides —exhortó Alexei desde la cama—. Puedes cerrar la puerta y quedarte, o puedes huir de nuevo.

Nicola le miró a los ojos durante un tiempo hasta que, al final, se dirigió hacia la puerta y la cerró echando el pestillo.

Alexei suspiró, apoyando la cabeza en la almohada y cerrando los ojos. Quería aparentar ser lo menos intimidante posible. Sabía que parecía un gigante comparado con ella y no quería asustarla. Solo pensar en lo que le había hecho hace años le producía náuseas. Pensar en el miedo que debía haber pasado, en el dolor... le daban ganas de golpearse a sí mismo, pero necesitaba recuperarla. Era como el aire: lo necesitaba para vivir.

Durante estos diez años había malvivido. Ahora era consciente de ello. Desde el momento en que había descubierto la verdad tenía los sentimientos a flor de piel. La deseaba y, por encima de todo, la amaba, así que haría lo que fuera necesario para que ella le amara también.

Nicola se acercó a él despacio, con temor. No estaba muy segura y temía que todo fuese un engaño. Cogió las esposas con manos temblorosas, echando continuas miradas a Alexei con el objeto de comprobar que no se movía para abalanzarse sobre ella.

Sujetó una de sus grandes manos y un temblor recorrió su cuerpo. Con rapidez enganchó la mano esposada al cabecero y se apartó a toda velocidad. Sentía como si el corazón se le fuera a salir del pecho por la rapidez de los latidos. Se limpió las manos sudorosas contra el vestido y se acercó por el otro lado para esposar la otra mano.

Cuando hubo acabado se alejó para mirarle. Él abrió los ojos y la miró de una forma que la hizo temblar de pies a cabeza.

—Cierra los ojos —urgió con un gemido. No quería que la mirara. No de esa manera. Él la obedeció sin decir nada. Nicola empezó a buscar en los cajones hasta que encontró lo que buscaba.

—Te voy a vendar los ojos —susurró.

La miró con sorpresa durante unos segundos para después cerrar los ojos sin decir nada, dándole su permiso.

Con manos temblorosas se acercó hasta él. Para poder vendarle tuvo que inclinarse sobre él. El tintineo de las esposas la asustó, provocando que diera un salto y se alejara con rapidez. Alexei se había puesto tenso al notar que ella le tocaba y eso había provocado el movimiento, no obstante, se encontraba otra vez inmóvil.

Nicola posó una mano en su propio pecho, tratando de ralentizar los latidos de su corazón. Cuando ya se sintió un poco más tranquila se acercó de nuevo a él y le vendó los ojos. Se alejó un poco para mirarle y quedó impactada. A pesar de estar tumbado e inmovilizado, la imagen era poderosa. Era como ver a un tigre enjaulado, en reposo, esperando una caricia; pese a que no se podía acariciar a un tigre sin arriesgarse a una dentellada.

—¿Y ahora qué? —murmuró ella sin saber muy bien qué hacer a continuación.

—Ahora puedes hacer lo que quieras —respondió él con voz ronca.

Estaba excitado. A lo largo de su vida había realizado múltiples perversiones con sus compañeras de cama, si bien nunca había permitido que ninguna le atara. Aunque en este momento, sabiendo que era su amada la que ostentaba ese poder sobre él, estaba duro como una roca. Si decidía irse dejándolo ahí esposado, iba a tener que darse un montón de duchas de agua fría, aparte de la humillación de tener que pedir ayuda para liberarse.

Se acercó a él despacio. Consciente de que no la podía ver ni tocar, se permitió el lujo de mirarle con tranquilidad de arriba abajo. Tenía treinta y siete años, sin embargo, era evidente que se cuidaba. El día que habían estado en el albergue, cuando se había mojado la parte de arriba, la camisa se había vuelto transparente, permitiéndole así adivinar sus músculos; pero ahora podía verlos de verdad.

Posó una de sus manos sobre el pecho de Alexei y este se tensó con un siseo. El sonido de las esposas la detuvo, pese a lo cual, en esta ocasión no quitó la mano. Vio como esta se elevaba al ritmo de la respiración de Alexei, que notó alterada. Muy despacio, la fue bajando por su pecho hasta llegar a su cintura. Según descendía su mano, él se iba tensando más y más, no obstante, en ningún momento trató de moverse.

Eso la animó y, acercando la otra mano, botón a botón, comenzó a desabrochar la camisa.

—Joder. —Oyó que él murmuraba.

Cuando terminó de desabrochar la camisa, la abrió por completo y ahí sí pudo admirar la firmeza de su pecho de músculos bien definidos. Con un dedo empezó a recorrerlos, trazando su forma, mientras pequeños temblores sacudían a Alexei, que apretaba los dientes con fuerza tratando de no moverse. A pesar de que cada vez le resultaba más difícil. El placer que estaba sintiendo, saber que era ella quien se lo estaba proporcionando... haría que se corriera en los pantalones como un adolescente.

Nicola, ajena a estos pensamientos, se sentía cada vez más envalentonada. Tenía veintisiete años y hacía diez que había dejado de tener fantasías sexuales. Aunque aún experimentaba sueños románticos. Soñaba con encontrar a un hombre que la amara sin el componente sexual. Sin embargo, ahora, en este preciso momento, volvía a sentir deseo y se lo debía a él, al hombre que más daño le había provocado.

No se atrevió a bajar más allá de la cintura. No era tan valiente para eso, pese a que quizás fuera su última oportunidad de tener a un hombre como él a su entera disposición, así que no iba a desaprovecharla.

Apoyando las palmas de las manos en su pecho comenzó a acariciarle despacio, sorprendiéndose de la suavidad de su cuerpo. Siempre se había imaginado que sería áspero. Observó sus tetillas y, al ver que se habían puesto duras, quedó fascinada. Acercó su boca a una de ellas y, antes de darse tiempo para arrepentirse, comenzó a lamerla.

Él dio un brinco que casi la tiró de la cama.

—¡Joder, Nicola! —Jadeó con fuerza.

Sintiéndose envalentonada con su reacción, continuó lamiéndolas de forma pausada. Primero una y luego la otra, provocando que él se retorciera de placer hasta que empezó a agitarse, un fuerte jadeo salió de su boca y se quedó inmóvil de nuevo. Alexei temblaba, aún conmocionado por lo que le acababa de suceder. Se había corrido encima sin poder evitarlo, como cuando era un crío.

Ella le miraba extasiada. Haber sido testigo de su orgasmo la había excitado de tal manera que, sin poder evitarlo, empezó a tocarse a sí misma hasta que también se corrió con un fuerte grito, cayendo desmadejada junto a él.

Alexei no se atrevía a decir ni a hacer nada. Oírla llegar al orgasmo había sido más de lo que era capaz de soportar. Estaba otra vez excitado, pero esperaba que ella no se diera cuenta.

—Nicola —susurró tras unos minutos en los que solo se oía el sonido de sus respiraciones.

—¿Dónde están las llaves? —preguntó ella, con voz alterada, alejándose de él.

—En el baño. Nicola... —Oyó como ella se levantaba para dirigirse al baño y, al cabo de unos minutos, notó cómo le soltaba una de las manos y le daba las llaves.

—Toma. Suéltate tú.

Al darse cuenta de que ella se alejaba, se arrancó la venda de los ojos con la mano libre y trató de soltarse el otro brazo con la mayor rapidez que pudo, no obstante, estaba tan alterado que era incapaz de meter la llave en la cerradura. Tan solo pudo verla de espaldas mientras huía a toda velocidad de la habitación.

—¡Nicola! ¡Nicola! ¡No te vayas! —gritó con fuerza.

Cuando por fin logró soltarse, echó a correr tratando de alcanzarla antes de que abandonara el yate, sin importarle las exclamaciones de sorpresa de la gente al verle correr descalzo, con la camisa abierta y una sospechosa mancha en los pantalones.

Cuando llegó a la pasarela de desembarque la vio meterse en un coche e irse sin mirar hacia atrás. Pensó en perseguirla, pero se dio cuenta que era mejor así. Necesitaba tiempo para procesar lo que había pasado. Se lo daría.

16

Maya llevaba una semana trabajando en los diseños. Estaba entusiasmada. Mil y una ideas bullían en su cabeza luchando por salir. Había acondicionado uno de los cuartos de la casa como estudio para trabajar en sus creaciones y se pasaba allí día y noche tratando de crear una colección completa de piezas para Nikolai. Se había sumergido en el trabajo, dando rienda suelta a su creatividad en un desesperado intento de no pensar más en Iván, y le estaba funcionando.

Durante estos días había acudido en reiteradas ocasiones a la casa a buscarla, pese a que en todas ellas no le había abierto la puerta. No entendía lo que pretendía, no obstante, sabía que no le hacía ningún bien verle: solo servía para alimentar el enfermizo amor que sentía por él y ya estaba harta de ser esclava de sus sentimientos.

Con un suspiro, finalizó los últimos esbozos de su boceto y lo observó con orgullo. Era el diseño del diamante azul. Esperaba que Nikolai estuviera de acuerdo con ella cuando lo viera.

Desde que había empezado a trabajar para él, hablaban por teléfono casi todos los días. Para ella era importante conocer lo que Nikolai quería transmitir a través de su colección, puesto que su trabajo consistía en plasmar esa idea en sus diseños. Cuanto más le conocía, más le gustaba cómo era y parecía que se trataba de algo mutuo. La última vez que habían hablado incluso la había invitado a cenar; pero la imbécil que había en ella se había negado, aunque no iba a volver a cometer ese error; si la volvía a invitar, le diría que sí.

Había decidido que debía seguir adelante y olvidarse de Iván de una vez por todas. Su relación con Alexei había sido su primer intento en ese sentido, y a pesar de que no había salido bien, no quería decir que no lo pudiera volver a intentar.

El sonido del timbre la arrancó de sus pensamientos.

—¿Maya? —Oyó la voz de Nikolai llamándola, ya que su taller se encontraba junto a la entrada.

Había escogido ese cuarto para trabajar no solo porque la iluminación y el tamaño eran perfectos, sino por su cercanía a la entrada, ya que cuando se ponía a trabajar perdía la noción del tiempo y en un cuarto más alejado no se hubiera enterado cuando le llamaran.

—Un segundo. Ahora te abro —contestó en voz lo bastante alta como para que le oyera.

Se echó un rápido vistazo en el espejo que presidía la habitación, comprobando que estuviera bien peinada. Pasándose la mano por el pelo con nerviosismo, se alisó la ropa en un vano intento de disimular que no se había cambiado de ropa desde ayer. La verdad era que se había pasado la noche en vela trabajando en sus creaciones.

—Hola —saludó con una sonrisa al abrir la puerta—. No te esperaba.

—Me imagino —asintió él sonriendo a su vez—. Supuse que estarías tan enfrascada en el trabajo que te habrías olvidado de comer, así que pensé en pasar por aquí e invitarte a cenar.

Le sorprendió que la conociera tan bien en tan poco tiempo.

—Tienes razón. —Sonrió con timidez antes de continuar—: Necesito cenar. No he comido en todo el día. ¿Por qué no pasas y llamo para que nos traigan algo?

—No —negó él cortante—. De eso nada.

—¿Por qué? —preguntó con sorpresa—. ¿No querías cenar conmigo?

—Sí —respondió con seriedad mirándola a los ojos—. Pero no para que te quedes encerrada en casa. Vine para que saliéramos a cenar fuera y te cambiaras de ropa, ya que por lo que veo no lo has hecho en días —añadió mientras la recorría de arriba abajo, detalle que provocó que cruzara los brazos avergonzada.

—Quiero que subas, te arregles y salgamos a cenar, y quiero que durante todo el rato que estemos juntos no hablemos de trabajo ni una sola vez. ¿De acuerdo? —preguntó él a la vez que le levantaba el rostro, acariciándola con un dedo al situar la mano bajo su barbilla.

Maya se quedó petrificada en el sitio. Ningún hombre la había mirado con esa intensidad. Un molesto recuerdo de Iván observándola con desesperación y ardor cruzó por su mente, no obstante, lo desechó con rapidez.

—De acuerdo —aceptó, y antes de que le diera tiempo a reaccionar, notó un dulce beso en los labios.

—Perdona —le rogó él con una mirada arrepentida—. No pude resistirme.

No supo qué decir. La había pillado por sorpresa. Con el sabor de Nikolai en sus labios, se preguntó qué se sentiría siendo amada y deseada, y en ese momento tomó una decisión: antes de que acabase la noche tendría la respuesta.

—Voy a arreglarme. Puedes esperar en el salón —le pidió al tiempo que señalaba hacia el mismo—. No tardaré.

—De acuerdo. Tómate tu tiempo —contestó él con una sonrisa.

Maya se dirigió hacia la escalera, pero cuando apenas había subido dos escalones, se le ocurrió preguntar:

—¿Dónde vamos a ir? ¿Tengo que ir muy arreglada?

—No sé. La verdad es que aún no había pensado en ningún sitio. ¿Tienes alguna preferencia?

—Pues sí. La verdad es que me gustaría ir a una hamburguesería.

Él la miró con asombro.

—¿Una hamburguesería? ¿No te gustaría más un restaurante elegante de esos en los que pagas mucho y comes poco?

Ella empezó a reírse a carcajadas.

—Lo cierto es que mis favoritos son más bien de los que comes mucho y pagas poco.

—Creo que nos vamos a llevar muy bien —confirmó él devolviéndole la sonrisa.

Maya se dio la vuelta y subió las escaleras a toda velocidad.

—Seré lo más rápida que pueda.

—Miedo me da cuando una mujer dice eso. —Oyó que Nikolai murmuraba con resignación.

Entró en su habitación como una tromba, desvistiéndose a toda velocidad. Se dio una ducha rápida, se vistió y maquilló. Todo ello en unos asombrosos cuarenta y cinco minutos. Cuando volvió a bajar al salón se encontró con Nikolai acomodado en el sofá leyendo una revista.

—Bueno, no está mal —aseguró sonriendo al tiempo que miraba el reloj—. Menos de lo que pensé.

—¿Y cuánto pensabas que iba a tardar?

Levantándose con una sonrisa maliciosa dio una vuelta a su alrededor inspeccionándola de arriba abajo.

—¿Para conseguir este nivel de belleza? —preguntó a la vez que se acercaba por detrás—. Horas —susurró en su oído provocando un escalofrío que la recorrió por entero.

Diez minutos después, tal y como le había pedido a Nikolai, estaban en una hamburguesería para cenar.

Antes, durante todo el camino Maya no se había atrevido a decir ni una palabra. Nikolai, consciente de su incomodidad, empezó a cogerle las patatas del plato, tratando de arrancarle una sonrisa.

—Quita tus manos de mis patatas —amenazó al ver que no hacía más que robárselas.

—Las mías eran más pequeñas —replicó él con una sonrisa.

—Mentiroso. Los menús son iguales. Estas son mis patatas y no te pienso dar ni una —garantizó poniendo una mano encima del plato para que él no pudiera coger ninguna.

—Vale, vale —acordó él de forma conciliadora levantando las manos en señal de rendición—. ¡Dios mío! ¿Qué es eso? —exclamó señalando algo a la espalda de Maya.

En cuanto ella se giró para mirar a lo que se refería, aprovechó y le cogió todas las patatas del plato para echarlas en el suyo.

—No veo nada —comentó ella girándose de nuevo hacia él—. ¡Ladrón! —exclamó al ver que le había dejado el plato vacío.

—Ahora tendremos que compartirlas —le confirmó él mirándola de forma angelical.

Ella no pudo evitar reírse.

—De acuerdo. Las compartiremos.

Nikolai era un compañero muy ameno que la tuvo toda la noche entretenida contándole anécdotas de su trabajo.

—¿Hace mucho que conoces a Sonya? —le preguntó en un momento determinado, como por casualidad; como si no se muriera de curiosidad por saberlo desde el día que se habían conocido.

A ella no le extrañó la pregunta, solo lo que había tardado en hacérsela.

—Hace un tiempo que la conozco. Tenemos amigos en común.

—¿Y se puede saber quiénes son esos amigos en común?

—Uno es Alexei Kovac, el que me consiguió la entrevista contigo. Era mi prometido —aclaró con una tímida sonrisa—, y otro un amigo llamado Iván.

—Conozco a Alexei hace un tiempo. Hemos tenido algún negocio en común, sin embargo, no sabía que había estado prometido. ¿Y por quién era la escena del otro día? ¿Por Alexei? ¿O por tu amigo Iván?

—No, por Alexei no —negó Maya con rapidez—. Él no tiene nada que ver con Sonya.

—Entonces es por tu amigo Iván, que supongo que es Iván Romanov, el mismo que paga las facturas de Sonya. ¿No es socio de Alexei?

—Sí —admitió ella enrojeciendo.

—¿Y cuál es la historia? O la tengo que adivinar.

—La historia es que Sonya e Iván llevan años teniendo una relación, más seria por parte de ella que por la de él.

—¿Y tu papel en esta historia?

—Yo no tengo ningún papel. Sonya está celosa de cualquier mujer que se relacione con Iván.

—¿Y no tiene motivos para sentir celos de ti?

—No. Él no siente nada especial por mí —reconoció sin poder evitar que un matiz de amargura se trasluciera de sus palabras.

—Pese a que tú sí sientes algo especial por él —afirmó él con firmeza.

—¿Acaso importa eso?

—No lo sé. ¿Importa?

Al ver que se quedaba silenciosa y pensativa, decidió cambiar de tema volviendo a entretenerla con divertidas anécdotas.

El resto de la noche trascurrió en un ambiente de agradable camaradería hasta que llegó la hora de irse. Después de cenar la acompañó hasta la puerta de su casa dando la noche por finalizada.

Cuando ya se encontraba dispuesto a despedirse de ella, esta le sorprendió con una petición.

—Quédate.

Él se quedó inmóvil. No sabía qué decir. Eso no se lo esperaba.

—¿Qué quieres?

—Quiero saber lo que se siente.

—¿Lo que se siente? No te entiendo. Lo que se siente con qué.

—Yo... —Maya era incapaz de mirarle a los ojos, con la vista fija en el suelo—. Tenías razón: estoy enamorada de Iván —reconoció en un susurro.

—Algo así me imaginaba.

—Llevo enamorada de él desde que era una niña, no obstante, él solo me ve como una hermana. Jamás me va a corresponder.

—¿Y Alexei? ¿Te dejó cuando lo supo?

Ella negó con una sonrisa

—Alexei tiene sus propios problemas. Él está enamorado de otra persona. Empecé mi relación con él en un vano intento de formar una familia y olvidar a Iván, pero en estos días me he dado cuenta de algo.

—¿De qué?

—He tenido mucho tiempo para pensar, en él, en mí, en nuestra relación a lo largo de estos años, en su reacción al saber que Alexei y yo habíamos roto, y al final me he dado cuenta de que eso es lo que él desea, que pertenezca a otro hombre. —Finalizó levantando la mirada.

Nikolai no entendía a dónde conducía esta conversación.

—A Iván le gusta colocar a las personas en compartimentos: el amigo, la esposa, la hermana... Él necesita que yo pertenezca a otro hombre para poder dejarme en el compartimento de hermana, sin embargo, no se lo voy a permitir. No voy a volver a comprometerme con otro hombre al que no ame. No le voy a facilitar las cosas.

—¿Y cuál es mi papel en esta historia? ¿Qué es lo que quieres de mí? Yo no estoy buscando una relación duradera con ninguna mujer.

—No. No volveré a comprometerme con otro hombre a no ser que me enamore de él. Eso ya lo probé y no funcionó

—Entonces, ¿qué es lo que quieres?

—Sexo sin compromiso —anunció con valentía.

—Eso es algo que te puedo ofrecer sin problema —aseguró él con voz ronca—. Me parece bien.

—¿Entonces?

—Entonces... acepto. —Y procedió a besarla con pasión.

Las sensaciones inundaron a Maya. Aunque ya la habían besado con anterioridad, nunca con esa pasión. Su prometido se había limitado a besos castos, y los pocos un poco apasionados que había intercambiado con anterioridad habían sido con jovencitos inexpertos que sabían tan poco como ella. Pero ese no era el caso de Nikolai, más que besar la devoraba y con rapidez se vio arrastrada por la pasión.

Él interrumpió el beso de forma tan brusca como lo había iniciado, dejándola jadeante y ansiosa. La miró unos segundos buscando en su rostro ¿arrepentimiento, quizás? Al no encontrarlo pareció quedar satisfecho. La cogió en brazos mientras cruzaban el umbral de la casa y subió con ella la escalera. Al llegar al piso superior, solo preguntó:

—¿Tu habitación? —ella le indicó una puerta. Se dirigió hacia la misma sin soltarla hasta que se encontraron en el interior.

—Es tu última oportunidad —murmuró acariciándole la mejilla.

—Mi última oportunidad, ¿para qué?

—Para echarte atrás.

No respondió. De pie frente a él, se limitó a bajar el vestido, quedando en ropa interior, mientras Nikolai la miraba con ardor.

—Eres muy hermosa. Más de lo que había imaginado.

—Desnúdate —pidió ella.

Sorprendido y encantado con su atrevimiento, se despojó de sus ropas ante la mirada curiosa de Maya.

—No te muevas —le ordenó ella dando una vuelta a su alrededor acariciándole. Jadeó con asombro al ver su polla endurecerse aún más con sus caricias.

—¿Puedo? —le preguntó a la vez que extendía la mano para posarla en su masculinidad.

—No —gimió él con un jadeo ahogado—, a menos que quieras que me corra en tu mano.

Eso hizo que se detuviera.

—Ven —le pidió, la cogió de la mano y la condujo hasta donde la quería tener—. Déjame primero que te de placer.

Estaba asustada y excitada a la vez. Nikolai la ayudó a tumbarse en la cama y, poco a poco, fue recorriendo su cuerpo con besos que la excitaron. Durante un momento, con los ojos cerrados, dejándose llevar por las sensaciones imaginó que era Iván el que estaba en la cama con ella; el que la amaba.

—Di mi nombre —susurró él con voz dura dejando de acariciarla.

—¿Qué? —Se sentía confusa. Estaba envuelta en una bruma de sensualidad que no le dejaba pensar.

—Que digas mi nombre —repitió él con más suavidad—. Abre los ojos y mírame. Quiero que sepas con exactitud con quién estás.

Abrió los ojos con sorpresa y vio su mirada dolida. Él lo sabía. Sabía que durante un momento había estado pensando en otro hombre. Se sintió avergonzada.

—Lo siento —murmuró con pesar.

—Aún puedo irme si quie... —No pudo terminar la frase porque Maya le silenció con un beso.

—No quiero que te vayas. Bésame y no dejes que piense en nadie más que en ti. —le pidió con desesperación.

—Me aseguraré de ello —le garantizó y procedió a amarla con una pasión que le impidió pensar en nadie más.

—Mírame a los ojos y di mi nombre —le exigió cuando la penetraba por primera vez—. Quiero que sepas que estás conmigo. No permitas que la sombra de ningún otro invada la habitación.

—Nikolai —susurró—. Nikolai... —Y ya no pudo pensar en nadie más en lo que quedaba de noche.

***

La luz de la mañana se filtraba por la ventana. Adrián abrió los ojos con esfuerzo. Le pesaban una tonelada. Giró la cabeza con lentitud y sintió como si le taladraran el cerebro. No recordaba mucho de la noche anterior.

251

Después de dejar a Nicola para que pensara sobre su relación con Alexei, recorrió el yate buscando a Marco, pero cuando lo encontró, deseó no haberlo hecho. Estaba en un rincón magreándose con una mujer. Ella lo tenía contra la pared. Como si lo hubiera presentido, Marco abrió los ojos y miró al lugar donde él se encontraba. Sin apartar la mirada, besuqueó el cuello de la mujer y le susurró algo al oído para, a continuación, desaparecer con ella tras una puerta. Todo ello sin dejar de clavar sus ojos en los de Adrián ni un segundo.

El corazón le sangró sin que pudiera hacer nada por evitarlo, si bien en esta ocasión no se castigaría siendo testigo de ello. Mejor se emborracharía. Quizás, si embotaba los sentidos lo suficiente, dejaría de doler.

Era lo último que recordaba: una sucesión de tragos; uno tras otro; ver salir a Marco y a la mujer del cuarto en el que se habían metido arreglándose la ropa; ella con una sonrisa satisfecha y él con cara de... ¿desesperación? que cambió por una sonrisa en cuanto le vio.

No importaba. Marco no se aceptaba a sí mismo ni sus deseos, y no estaba seguro de que mereciera la pena luchar por él. Bastante le había costado a él dar el paso. Sin embargo, lo que los diferenciaba a ambos era que él si se había aceptado a sí mismo, sabía quién era y lo que deseaba, aunque disimulara ante los demás, pero Marco no. ¿Cómo iban a aceptar los demás algo que no era capaz de reconocer él mismo?

Tratando de alejar los recuerdos de la noche anterior, se incorporó con lentitud, sintiendo un pinchazo agudo en las sienes, lo que le provocó un gemido.

—¿Estás bien?

La sorpresa que le produjo oír esa voz desconocida hizo que moviese la cabeza con violencia, haciendo que todo girase a su alrededor.

—Dios, ¿quién coño eres tú y qué haces en mi habitación?

—Es evidente que tienes resaca. No me extraña, con todo lo que bebiste anoche. A pesar de que en algo te equivocas. No estamos en tu habitación, sino en la mía.

Eso hizo que Adrián abriese los ojos que había cerrado para tratar de mirar a su alrededor.

—¿Tú habitación? —Un gemido volvió a salir de sus labios mientras cerraba los ojos de nuevo—. Creo que bebí demasiado anoche.

—Entonces deja que me presente. Soy Lucio Lombardi.

—¿Lombardi? ¿Cómo Marco?

—Sí. Soy su infame primo. La oveja negra de la familia.

—¿Nosotros...? —preguntó al darse cuenta de que lo único que tenía puesto eran los calzoncillos.

—¿... Follamos? —Terminó Lucio por él—. La verdad es que no. Estabas demasiado borracho para eso y no parabas de hablar de mi primo. Cuando follo con alguien espero por lo menos que piense en mí mientras lo hacemos.

—Entonces, ¿por qué estoy en tu habitación medio desnudo? —gimió tratando de recordar lo ocurrido sin conseguirlo

—Porque me pediste que te sacara de la fiesta, pese a que estabas tan borracho que no pude obtener una dirección inteligible para llevarte, así que decidí traerte a mi casa. Justo antes de entrar vomitaste y manchaste toda tu ropa, así que... o te desvestía o aguantaba tu mal olor.

—Supongo que tengo que darte las gracias —murmuró con un suspiro.

—Pues no estaría mal, la verdad. Toma, aquí tienes tu ropa. Te la he lavado —le dijo tendiéndosela—. Vístete. Mientras tanto te prepararé algo para desayunar. —Y salió de la habitación sin darle tiempo a decir nada más.

Se vistió con lentitud ya que, cada vez que se movía un poco más rápido de la cuenta, miles de agujas le taladraban el cerebro. Salió de la habitación y se dejó guiar por los sonidos y el olor de la comida hasta localizar la cocina.

Lucio estaba de espaldas a él y Adrián, por primera vez desde que había despertado, se permitió observarle con tranquilidad. No estaba seguro de su edad. Le parecía que rondaba los cuarenta. Con un cabello frondoso poblado de canas, le recordaba un poco a Sean Connery. Alto y elegante, parecía más inglés que italiano. Hablaba de una forma sosegada y, por lo poco que había visto de él, parecía que iba siempre de punta en blanco. Era un hombre muy atractivo y, ahora que conocía su parentesco, se daba cuenta del parecido físico con su primo.

—Huele muy bien —afirmó, haciendo que Lucio se girara hacia él al oír su voz.

—Espero que te guste. Son tortitas con nata y... ¿café? —preguntó señalando la cafetera.

—Sí. Café estaría bien —aceptó mientras partía un trozo de tortita y sonreía al comérselo.

—Veo que la comida te pone de buen humor —afirmó Lucio al ver que empezaba a reírse solo.

—No, no es eso. Es que tengo una prima que tiene la teoría de que cada vez que tengo que darle malas noticias le hago tortitas, y estaba pensando en lo que diría si me viera aquí, contigo.

—Pues yo la única mala noticia que tengo para darte es que tu amor por mi primo te va a hacer sufrir.

—Lo sé, ya estoy sufriendo —reconoció mirándolo pensativo—. Marco nunca te mencionó. No sabía que tenía un primo...

—¿Homosexual?

—Sí.

—Quizás sea porque hace años que fui repudiado por la familia. Soy un sucio secreto del que prefieren no hablar. No hemos hablado desde que él tenía seis años

—¿Qué es lo que pasó? —preguntó con curiosidad.

—Es una historia un poco truculenta, no obstante, creo que es el motivo por el que no acepta su homosexualidad. Era un niño cuando ocurrió y le debió afectar en profundidad.

—¿Qué es lo que pasó con exactitud?

—¿De verdad quieres saberlo?

—Sí Si es la razón por la que no acepta lo que es, por supuesto que deseo saberlo. Cuéntame.

—Ahora no va a poder ser. Aunque me gustaría que siguiéramos charlando, tengo cosas que hacer y tú deberías ir a tu casa a darte una ducha y cambiarte de ropa. Si quieres conocer la historia, ven a comer. Te prometo que después de un buen vino te contaré lo que quieras.

—De acuerdo —acordó levantándose de la mesa. No iba a perder la oportunidad de descubrir lo que pudiera de Marco. —Gracias por el desayuno, estaba riquísimo.

—Pues espera a probar la comida —afirmó Lucio con una gran sonrisa—. ¿Quedamos a las dos?

—De acuerdo. Creo que tengo que llamar a un taxi para ir a casa. No tengo ni idea de dónde he dejado el coche. Con seguridad lo habrá usado mi prima para volver a casa después de la fiesta.

Tiempo después, en un taxi camino a casa, echó un vistazo al móvil y vio que tenía varios mensajes de Nicola. En cuanto entró en la casa subió a su habitación para hablar con ella. Al no encontrarla supuso que estaría en su taller pintando.

En cuanto abrió la puerta tuvo que agacharse para evitar que un pincel lleno de pintura le alcanzase de pleno, seguido de un grito de frustración.

—Vale, vale... No volveré a desaparecer sin avisar —Se rindió mientras levantaba las manos en señal de rendición.

—¡Adrián! —gritó su prima al verle, abalanzándose sobre él para abrazarlo—. ¡He estado tan preocupada! Temía que te hubiera pasado algo.

—Por favor —suplico al tiempo que la apartaba con gesto de dolor—. No me grites. Tengo un dolor de cabeza brutal y me estás embadurnando de pintura.

—Agradece que solo te manche de pintura —señaló en voz baja con un dedo amenazador dirigido hacia él—. Me has dado un susto de muerte. No contestabas al móvil.

—Anoche pillé una borrachera tan grande que ni siquiera recuerdo nada. Esta mañana me desperté en casa de Lucio, un primo de Marco.

—¿Lucio Lombardi? —preguntó ella con sorpresa.

—¿Lo conoces?

—Y tú también o, por lo menos, su fama.

—¿Su fama? No sé de qué me hablas.

—Es Lucio de *Habla con Lucio*.

—¿El programa de radio? —replicó él con asombro—. ¿Es ese Lucio? No sabía que era primo de Marco. Nunca me lo habías contado.

—Me enteré hace poco. Lo leí en una revista. Le preguntaban si tenía alguna relación con Benedetto Lombardi y él contestó que era su tío.

—Hay algo que no te he contado —afirmó Adrián con seriedad.

—Dime.

—Será mejor que te sientes.

—Vale —acordó intrigada.

—Yo... estoy enamorado de Marco.

—Pero Marco no es...

258

—¿Homosexual? Eso es lo que él quiere creer, sin embargo, no hubiéramos echado un polvo si eso fuera cierto.

Ella le miraba boquiabierta.

—¿Marco y tú...?

—Sí. Y ahora el muy cabrón no solo finge que nada ha pasado —reconoció cada vez más cabreado—, sino que se está follando a todas las zorras que se encuentra.

—Yo... no sé qué decir. —Nicola se quedó estupefacta ante lo que le estaba contando.

—Ayer me emborraché porque fue la única forma de soportar verle con otra mujer, y cuando me desperté está mañana estaba en casa de su primo. Dice que pasó algo hace muchos años que provocó que Marco reniegue de su homosexualidad. Me ha invitado a comer y prometió contármelo.

—Entonces, tendrás que ir.

—Y tú, ¿no tienes algo que contarme? —quiso saber con preocupación.

—¿Cómo qué?

—Como el motivo por el que lanzabas un pincel lleno de pintura contra la puerta.

—Estaba enfadada conmigo misma —reconoció avergonzada.

—¿Por qué?

—Porque hice algo de lo que me arrepiento.

—¿Debo saber? —preguntó él con curiosidad.

—Mejor no. Ya tienes bastante con lo tuyo. Anda, date una ducha y cámbiate de ropa: hueles a alcohol que tumbas. ¿Qué hiciste? ¿Tirarte todas las copas encima?

—Ni idea. La verdad es que no recuerdo nada, aunque casi mejor. Seguro que hice el ridículo más absoluto. Según Lucio no paré de hablar de Marco.

—Todavía no me puedo creer lo de ustedes dos —reconoció meneando la cabeza con estupor—. En todos estos años, él ha tenido muchas novias.

—Lo sé —afirmó Adrián con tristeza—. Él dice que no es homosexual. Necesito saber si merece la pena luchar por él; si algún día voy a tener una oportunidad o debo renunciar. Espero que lo que me cuente Lucio me sirva para saber lo que debo hacer.

—Yo también lo espero —respondió su prima, abrazándole—. Te mereces ser feliz.

17

Con la luz del día, Maya se despertó y al principio no sabía dónde estaba. Notó una presencia a su lado y se sorprendió, hasta que la inundaron los recuerdos de la noche anterior. Una mano acarició su hombro con suavidad y se giró con una sonrisa.

Nikolai la miraba en silencio, sin dejar de acariciarla.

—Buenos días —musitó ella con voz somnolienta.

—Buenos días —correspondió Nikolai—. ¿Has dormido bien?

—Como los ángeles —respondió al tiempo que se desperezaba—. Gracias.

—Gracias, ¿por qué?

—Por hacerme sentir especial.

—Es que lo eres —le aseguró depositando un tierno beso en su nariz.

—A eso me refiero —asintió ella entre risas—. Me muero de hambre ¿Quieres desayunar?

—No estaría mal. Me han obligado a hacer mucho ejercicio y estoy agotado. —Se burló de forma juguetona—. Lo menos que puedes hacer es alimentarme.

—¿Así que estás agotado?

—Destrozado más bien.

—Yo que te iba a proponer una cosa... —La voz de Maya sonaba insinuante a la vez que deslizaba su mano bajando por el torso de Nikolai hasta depositarla en su cintura—. Pero si estás tan cansado...

—No tanto —la interrumpió él al tiempo que cogía su mano y la guiaba un poco más abajo—. Creo que un poco de ejercicio no me vendría mal.

Pasó otra hora antes de que abandonaran la habitación.

—¿Y ahora qué? —preguntó ella mientras desayunaban.

—Ahora nos terminaremos el desayuno.

—Me refiero a...

—Sé a qué te refieres —le interrumpió, acariciándole el rostro con ternura—. Tú decides lo que quieres. Podemos tener una relación de amistad o ir más allá, lo que tú prefieras.

—Quiero ser sincera contigo. Aún no sé lo que quiero. Solo que ya no voy a esperar a Iván, aunque tampoco deseo tener una relación para no estar sola.

—Yo también quiero ser honesto contigo. Me gustas mucho. Lo de anoche fue maravilloso, sin embargo, no estoy enamorado de ti aunque en el poco tiempo que te conozco te haya cogido mucho aprecio. Creo que podemos ser... ¿Cómo lo llaman?

—Amigos con derecho a roce —respondió ella con una sonrisa.

—¡Eso! Amigos con derecho a roce. Me gusta.

—De acuerdo. Seremos lo que tú quieras que seamos. ¿Vemos los bocetos cuando acabemos de desayunar? —preguntó cambiando de tema—. Creo que he encontrado el diseño perfecto. El que necesita tu diamante azul.

—Estoy deseándolo —afirmó él con ternura, cogió su mano y depositó un beso en ella.

Un poco más tarde, Nikolai miraba admirado el dibujo que tenía en sus manos.

—Es perfecto —murmuró con reverencia—. Sabía que lo conseguirías. —La abrazó y le dio un dulce beso en los labios—. Espera a verlo en ti, quedará perfecto. Ven, vámonos —la instó a seguirle tirando de ella hacia la calle.

—¿A dónde quieres llevarme? —protestó ella riendo y clavando los talones para impedir que la arrastrara fuera del cuarto.

Al ver que oponía resistencia, Nikolai desistió de arrastrarla y, cogiéndola con firmeza por los hombros, le explicó mientras la miraba con pasión.

—Nos vamos a ver a Sergei. Es un modisto amigo mío. Se tarda unos días en crear el vestido perfecto

—¿Perfecto para qué?

—Para que luzcas mis joyas. No creerías que te iba a permitir vestirte con cualquier cosa. Si vas a llevar joyas dignas de una diosa, has de ir vestida como tal.

En el momento en que pronunció estas palabras, la soltó con lentitud retrocediendo al tiempo que le recorría el cuerpo de arriba abajo, como evaluándolo.

—Eso es —murmuró.

A Maya la cabeza le daba vueltas.

—¿El qué?

—Tienes el cuerpo, la cara, el cabello... dignos de una diosa—admiró mirándola con reverencia—. El motivo de la fiesta será el Olimpo. Los modelos irán como dioses y diosas del Olimpo y tú serás Hera.

—¿Y quién hará de Zeus? —preguntó con humor.

—Yo. Por supuesto. ¿Quién más? —contestó él con solemnidad.

—Cierto. ¿Quién más? —asintió con una carcajada—. No obstante, creía que ya estaba planificada la presentación de las joyas. ¿Vas a cambiarlo ahora todo?

—Por supuesto —aseguró con firmeza—. Mi colección solo es digna de la perfección y ahora estoy seguro de haberla encontrado. Hoy voy a enseñarte una lección muy importante.

—¿Cuál es?

—Que el dinero mueve montañas.

Y tenía razón.

Insistió en que le acompañase porque quería que ella conociera los entresijos que rodeaban al montaje de una exposición. No solo pretendía que en un futuro le ayudara con los diseños de sus joyas, sino también con el de las próximas exposiciones.

En primer lugar, visitaron a Sergei, el modisto al que Nikolai le iba a encargar la creación del vestido. Le explicó lo que quería que llevara Maya, esta estaba fascinada mientras observaba a un Nikolai poseído por la inspiración, que hablaba a toda velocidad, acompañando sus explicaciones de bocetos que dibujaba en una pequeña libreta que portaba a todos lados. Hizo que le tomaran las medidas y convenció a su amigo para que confeccionara el vestido en una semana. A continuación, la llevó de un sitio a otro para planificar el resto de los detalles necesarios para la exposición. Cuando ya creía que iba a caer desmayada de cansancio, puesto que Nikolai no había permitido que pararan ni un minuto, este concedió a ambos un descanso y propuso que fueran a comer.

A pesar de lo cual, incluso mientras comían, no paraba de darle vueltas a nuevas ideas. Sacó la libreta y se detenía a cada instante para una idea nueva. Maya se sentía abrumada: nunca había conocido a nadie tan apasionado como él.

No podía evitar compararlo con Iván. Este jamás se dejaba arrastrar por sus sentimientos, siempre se mostraba frío e indiferente, solo en el episodio del avión y el día que fue a buscarla a casa le vio dejarse arrastrar por las emociones. En ambas ocasiones no solo no había estado frío, sino que incluso... Desechó con rapidez aquellos pensamientos dañinos. Había roto para siempre con el pasado. A partir de ahora miraría solo hacia el futuro. Aún no sabía si sería sola o acompañada, no obstante, iba a disfrutar de la vida hasta el último minuto. El primer paso ya lo había dado. Se había entregado a otro hombre, sin buscar una relación a largo plazo, y lo había disfrutado.

Miró a Nikolai con una sonrisa. Él había seguido hablando sin ser consciente de que durante unos minutos no le había escuchado, sumergida en sus propios pensamientos.

—¿Ya has acabado? ¿No quieres más? —preguntó Nikolai al ver que no comía.

—No. La verdad es que no tengo mucha hambre.

—Perfecto —afirmó levantándose con agilidad—. Entonces, podemos continuar.

***

A las dos de la tarde, Adrián se paseaba con nerviosismo mientras esperaba que el primo de Marco le abriera la puerta.

—Eres puntual —le saludó Lucio con una sonrisa.

—No me dijiste lo que ibas a poner para comer, así que te traje una botella de vino tinto y otra de blanco —le explicó Adrián al tiempo que le tendía ambas botellas.

Él las tomó con un gesto de aprobación al ver la etiqueta.

—Veo que entiendes de vinos.

—Mi familia es dueña de varios viñedos. Me crie haciendo catas.

—Pasa. Tomaremos el tinto. Espero que no seas vegetariano o vegano porque hay carne para comer.

Adrián no pudo evitar reírse al oírle.

—No te preocupes. Soy más bien carnívoro.

—Creo que tú y yo nos vamos a llevar muy bien —respondió Lucio con humor invitándole a pasar

—¿Así que eres el Lucio de *Hablando con Lucio*? —preguntó el primo de Nicola cuando empezaron a comer.

—Sí. ¿Escuchas mi programa?

—La verdad es que no, sin embargo, mi prima sí, y al hablarle de ti, enseguida se dio cuenta de quién eras. ¿Cómo te animaste a hacer un programa así? ¿Eres psicólogo?

—Sí. Trato de ayudar a la gente con sus problemas.

—Tendrás miles de anécdotas para contar.

Lucio estaba encantado de hablar de su programa, pese a que también quería saber cosas de Adrián, así que entre anécdota y anécdota le hacía alguna pregunta personal. Antes de que ninguno se hubiera dado cuenta habían pasado dos horas en animada conversación y la comida había concluido.

—Haré café y te contaré la historia que deseas escuchar —le aseguró Lucio apreciando los esfuerzos que había hecho Adrián para no hablar de Marco en toda la comida.

—Los padres de Marco y los míos han sido amigos desde hace muchos años —comentó Adrián con curiosidad—. ¿Por qué ni Nicola ni yo habíamos oído hablar nunca de ti? Ella se enteró de que erais primos a través de una entrevista que te hicieron hace años en una revista.

—Como te comenté esta mañana, soy un sucio secreto del que mis padres nunca han querido hablar.

—¿Por qué estabas en la fiesta si dices que hace años que no hablas con Marco? No creo que él te invitara.

—No. Mi primo y yo hemos coincidido en contadas ocasiones, no obstante, nunca hemos pasado del saludo. Me invitó Alexei. Es dueño de la emisora de radio en la que emiten mi programa.

Adrián le miró con fijeza. Ahora que sabía que ambos eran primos, se daba cuenta del parecido físico, no obstante, su personalidad no podía ser más diferente. Marco era un poco como Clark Kent, con ese aire tímido y de buen chico, y un permanente aire de melancolía. Sin embargo, Lucio era diferente: no se avergonzaba de su homosexualidad, al contrario, la exhibía con orgullo, como una seña de su identidad y eso hacía que le admirase por ello.

—Lo que te voy a contar sucedió hace muchos años. En concreto hace veintitrés. —le confesó Lucio mirándole de arriba abajo antes de continuar. —Si tienes la edad de Marco, eras un niño.

—¿Cuántos años tienes?

—Más que tú, seguro —contestó con una sonrisa—. ¿Cuántos me echas?

—¿Cuarenta? —preguntó de forma dubitativa.

—Justo y clavado. Hace veintitrés años el tema de la homosexualidad no era como ahora y menos en un pueblo pequeño. A pesar de que mis padres tenían una casa en la ciudad, vivíamos habitualmente en una hacienda situada en un pueblo rodeado de viñedos. Mi padre era el dueño absoluto de todo lo que nos rodeaba.

—He oído hablar de la hacienda, si bien nunca la he visitado.

—Después de lo que pasó, creo que los padres de Marco no han querido volver nunca, aunque no me extraña. Si te ha resultado difícil a ti reconocer tu homosexualidad hoy en día, no quieras imaginar las dudas y el sufrimiento por los que yo pasé. Con doce o trece años empecé a tener deseos, sin embargo, pronto comprendí que no estaban provocados por las mujeres. En el colegio empecé a sentirme atraído por alguno de mis compañeros. No comprendía lo que me pasaba. Era distinto al resto, pero no entendía la razón. En aquella época la homosexualidad todavía era tabú. No se hablaba de ello y menos a los niños, no obstante, yo necesitaba contarle a alguien lo que me pasaba y que me ayudara a entenderlo.

—¿Qué hiciste?

—Hablar con la única persona que pensé que me ayudaría a entender lo que me sucedía: mi madre.

—¿Cómo reaccionó cuándo se enteró?

Una sonrisa triste cruzó su mientras recordaba.

—No reaccionó. Se limitó a mirarme horrorizada. Se lo contó a mi padre y este decidió que me curaría.

La manera en que lo dijo le produjo escalofríos a Adrián.

—Me llevó al cobertizo, me arrancó la camisa y empezó a darme latigazos hasta que se cansó. Decía que tenía el mal en el cuerpo, pero que conseguiría sacármelo.

—¿Y tu madre se lo permitió? —Estaba horrorizado. Él, que se quejaba de su padre solo porque había renegado de él.

—Mi madre fue testigo de ello. Mientras él me azotaba, ella rezaba. Estuve encerrado en mi cuarto hasta que se me curaron las heridas. En el colegio mintieron y dijeron que estaba enfermo. En cuanto me pude levantar, mi padre me llevó a un prostíbulo y me obligó a acostarme con una prostituta. Fue asqueroso, no pude hacer nada, lo hizo todo ella, no obstante, lo peor fue que consiguió que me corriera. Sentí como si me hubieran violado. A partir de ahí traté de controlar mis sentimientos y jamás volví a mencionar el tema.

—Es horroroso lo que me has contado, a pesar de lo cual no entiendo cómo eso ha podido afectar a Marco. Si tú tenías doce o trece años, él tendría... ¿dos o tres?

—No. Eso no fue lo que le afectó. Solo estaba poniéndote en antecedentes para que pudieras comprender lo que pasó con posterioridad. Pasaron cuatro años en los que fingí que todo era normal, que estaba «curado», hasta que conocí a Luigi. Aquel verano, mis tíos trajeron a Marco para que pasara las vacaciones en nuestra casa. Querían irse de viaje y mi primo tenía seis años. Era un niño muy inquieto y ruidoso.

—¿Marco?, ¿inquieto y ruidoso? —Adrián no pudo relacionar esa imagen con el Marco que él conocía, ni siquiera de adolescente había sido así.

—Cómo te imaginarás —continuó Lucio—, Luigi también era homosexual. Era el hijo de unos turistas que habían alquilado una casa cercana. Trabamos amistad y, poco a poco, nuestros sentimientos empezaron a evolucionar. —Una sonrisa melancólica se dibujó en su rostro mientras recordaba—. Éramos dos adolescentes con las hormonas revolucionadas y más preguntas que respuestas. Empezamos a vernos en secreto para besarnos y acariciarnos. Sus padres lo sabían y lo aceptaban. ¡Qué ingenuo fui en aquella época! A pesar de lo que me había pasado, aún pensaba que podíamos tener una relación. Fantaseaba con que mis padres aceptarían cómo era y viviríamos todos juntos. ¡Divina juventud! —murmuró con una triste sonrisa.

—Supongo que os descubrieron y tus padres no lo aceptaron.

—El capataz de la hacienda empezó a sospechar. Mi padre le había pedido que me vigilara por si volvía a descarriarme, como él decía. Una tarde decidió seguirnos. Nos pilló con los pantalones bajados y digamos que en cierta actitud impropia. Aunque en aquel momento no dijo nada, corrió a decírselo a mi padre y esperaron a que volviera a casa para darme una lección que jamás olvidaría.

En cuanto entré me cogieron entre cuatro, me desnudaron y me llevaron ante mi padre, que estaba avergonzado y escandalizado. Me aseguró que ya no era su hijo; que su hijo no era una aberración; que si no me podía curar, por lo menos evitaría que mi mala semilla se reprodujera.

Al oír eso una horrible sospecha se formó en la mente de Adrián.

—¿Qué te hicieron? —murmuró con voz ahogada.

—Me castraron y obligaron a Marco a presenciarlo —confesó con voz rota—. En cuanto me recuperé hui de casa y no he vuelto jamás.

Sentía ganas de vomitar al imaginar la dantesca escena. No solo por la barbarie que habían cometido con Lucio, sino por el trauma que debía haber supuesto para un niño de seis años presenciar eso. No le extrañaba que renegara de la homosexualidad.

—¿A dónde fuiste cuando huiste de tu casa?

—A casa de Luigi. Al final pude cumplir mi sueño de vivir con él y con sus padres, que quedaron horrorizados cuando descubrieron lo que había pasado.

—¿No lo denunciaron a la policía?

—Lo intentaron, sin embargo, estamos hablando de hace veintitrés años. Eran unos turistas con un hijo «rarito» y mi padre era íntimo amigo del capitán de policía. Les dijeron que un padre tenía que hacer lo que creyese necesario para educar a su hijo y que no se volviera un pervertido. Los padres de Luigi temieron que le hicieran algo así a su hijo y huyeron, aunque lograron, a través de un joven que trabajaba en la hacienda, darme un número de teléfono. Si estaba dispuesto a huir también, ellos me ayudarían, y así lo hicieron. En cuanto tuve oportunidad cogí el poco dinero que tenía y escapé de casa. Lo primero que hice fue llamarles, vinieron a buscarme y me llevaron a vivir con ellos.

—¿Tus padres no te buscaron?

—Creo que les hice un favor. No querían saber nada de mí y no sabían qué hacer conmigo. Era una vergüenza para ellos. No sé cómo hubiera acabado la cosa si no me hubiera ido, quizás ahora mismo estaría muerto.

—¿Los padres de Marco estuvieron de acuerdo con eso?

—Con honestidad, no lo sé. No sé si llegaron a descubrir lo que pasó o no. Para todo el mundo soy el hijo rebelde que huyó de casa y, bueno, es una historia que yo también mantengo. A mí también me avergüenza lo que pasó, si bien por otros motivos.

—Si eso hubiera sucedido hoy día, tu padre estaría en la cárcel, y no solo él, sino todos los que participaron en esa barbaridad.

—¿Amas a Marco? —interrumpió Lucio.

—Sí. ¿Por qué lo preguntas?

—Porque vas a tener que luchar mucho si quieres ayudarle a superar lo que pasó.

—¿Alguna vez hablaste con él de aquello?

—Estuve años sin verle. Piensa que los padres de Luigi temían a mi padre. Él era rico y poderoso, y no estaban seguros de que no me fuera a buscar, así que nos marchamos a vivir al otro extremo del país. No volví hasta veinte años después. Llevaba tiempo ejerciendo la psicología y, a través de un amigo, me enteré de que buscaban un profesional como yo para un programa de radio. Me presenté, me escogieron y cuando mi programa empezó a funcionar, coincidí en una fiesta con Marco. Traté de acercarme a él, pero me insultó y me trató con desprecio. Por las cosas que me dijo es evidente que no solo no recuerda lo que pasó, sino que le han llenado la cabeza de historias retorcidas. Lo que tengo claro es que si reniega de su homosexualidad tiene algo que ver con lo que ocurrió.

—¿Y qué pasó con Luigi?

—Eso es otra historia —declaró poniéndose en pie—. Quizás algún día te la cuente. Ahora, ¿qué te parece si vamos a dar una vuelta y tomamos algo?

Al ver que Adrián dudaba, se levantó y se dirigió hacia la puerta invitándole a que le acompañara.

—Si después de lo que te he contado te da reparos estar conmigo lo entenderé. A fin de cuentas te saco unos cuantos años. Quizás preferirías pasar el rato con alguien de tu edad.

Adrián le detuvo agarrándole del brazo.

—Lo que me has contado me demuestra que eres una persona digna de admiración —le confirmó mirándole a los ojos—. Soy yo el que me siento avergonzado.

—¿Por qué?

—Porque todos estos años escondiendo lo que soy, sufriendo por el qué dirán, me resultan ridículos al lado de lo que tú has pasado y tú, sin embargo, no solo no te avergüenzas de tu orientación sexual, sino que la aceptas con naturalidad. Me haces sentir como un niño frente a un hombre.

Lucio le acarició el rostro con ternura.

—Eres un encanto. No me extraña que le gustes a mi primo. Quizás lo que él necesite sea ayuda profesional, ¿lo entiendes? No sé hasta dónde le pudo afectar lo que vio, si bien si te parece, podemos presionarle un poco.

—¿Cómo?

—¿No estás cansado de que te restriegue sus conquistas?

—¿Y tú cómo sabes que hace eso? —preguntó con extrañeza—. ¿No decías que no tienes relación con él?

—Ayer en la fiesta le observé con atención. Todo ese espectáculo con la rubia lo montó solo para ti.

—¿Cómo lo sabes?

—Porque comenzó justo cuando llegaste y su comportamiento cambiaba cuando tú mirabas y cuando dejabas de hacerlo.

—¿Y cómo pretendes presionarlo?

—Bueno, si te parece bien, podemos fingir una relación. Sentir el aguijonazo de los celos no le vendría mal. Quizás eso le haga reaccionar.

Adrián no estaba seguro de que fuera a funcionar, a pesar de lo cual, estaba dispuesto a intentar lo que hiciera falta.

—¿No tienes pareja?

—Si la tuviera no te plantearía esto.

—No, supongo que no. ¿Y tú qué ganas con todo esto?

—¡Ah! —exclamó Lucio riendo—. Inocente, pero no tonto. ¿No crees que lo haga por la bondad de mi corazón?

—¿Teniendo en cuenta que nos acabamos de conocer? No.

—Está bien. Digamos que he roto una relación hace poco y me interesa que mi anterior pareja piense que he rehecho mi vida.

—¿Qué buscas? ¿Hacerle sufrir?

—No, quiero que se olvide de mí y siga adelante. Si piensa que estoy con otra persona quizás se dé cuenta de que no merezco la pena y se olvide de mí.

—No creo que sea tan fácil, pero... como quieras. Por mi parte, podemos intentarlo. No tengo nada que perder.

—Bien. Entonces, empecemos, ya mismo. ¿Qué te parece si vamos al club del que eres socio? Te aseguro que si te presentas conmigo será toda una declaración de intenciones. En primer lugar, de tu homosexualidad.

—De acuerdo, entonces. Vamos, el club nos espera.

Una hora después estaban sentados en una mesa del club, cogidos de la mano. La gente que pasaba se les quedaba mirando sin atreverse a saludar a Adrián. Estaban tan sorprendidos de verle en actitud cariñosa con otro hombre que no sabían ni qué decir.

—Hola, padre —saludó Adrián al ver pasar a su progenitor, quién estaba intentando hacer verdaderos esfuerzos por fingir que no le había visto.

Nico Ferrani se puso lívido al oír que su hijo, sentado en una mesa y de la mano de otro hombre, lo llamaba.

—Estoy seguro de que en este club hay normas respecto a esto —señaló mirando con desprecio sus manos unidas. No esperaba que su hijo hubiera dado rienda suelta tan pronto a esa homosexualidad a la que se refirió en su última conversación.

—Pues aunque te parezca sorprendente, padre... no las hay. No están prohibidas las demostraciones de afecto entre las parejas —le anunció su hijo con humor.

—Sabes que no me refiero a eso —le replicó con furia.

—Sé a la perfección a qué te refieres. Sin embargo, no, no hay normas respecto a esto.

—Supongo que mañana entregarás tu renuncia —proclamó su padre, evitando en todo momento mirar hacia Lucio.

—¿Mi renuncia? ¿Qué renuncia? —preguntó Adrián fingiendo no saber a qué se refería.

—Pues a la de la empresa, por supuesto. No pretenderás seguir trabajando como relaciones públicas de la empresa en estas circunstancias.

—Pues lamento decirte que eso es lo que pretendo.

—¿No vas a renunciar? —preguntó su padre rígido de furia—. Entonces tendré que despedirte.

—Bueno —contestó mientras bebía un trago de su copa de forma despreocupada—. Buena suerte con eso. Quizás deberías consultar antes con tus abogados.

—¿Qué quieres decir?

—No sé. Un juicio por despido improcedente a consecuencia de la condición sexual de tu propio hijo... No creo que sea buena publicidad para la empresa. No obstante ¿qué sé yo? Solo soy el mejor relaciones públicas, que has tenido jamás.

La furia de Nico Ferrani era palpable, tanto como su indecisión. Sospechaba que quizás fuera cierto lo que afirmaba su hijo, a pesar de que se negaba a aceptarlo.

—Lo consultaré con los abogados —masculló con furia.

—Hazlo. Nos vemos mañana en la oficina y me cuentas —replicó con una sonrisa dándole a Lucio un beso en la boca que provocó que su padre estuviese a punto de sufrir un infarto.

—Tú no eres mi hijo —rugió con furia antes de marcharse.

Lucio miraba a Adrián con asombro.

—Has tardado, pero cuando decides hacer algo, lo haces con contundencia, ¿no?

—Estoy harto de fingir. Es como cuando haces un agujero a un dique, aunque trates de taponarlo, la fuerza del agua te lo impide.

Es lo que yo siento: una marea en mi interior que me impide volver a fingir lo que no soy. Ya no lo puedo hacer otra vez. ¿Lo entiendes?

—Te envidio.

—¿Tú me envidias a mí? Pues te puedo asegurar que no tienes motivos para ello.

—Te envidio por tu fuerza, tu juventud. A tu lado me siento como un anciano. Llevo años viviendo mi vida como he querido y, sin embargo, jamás he sentido esa pasión. Te envidio a ti y envidio a mi primo.

—¿Quién es? —preguntó Adrián mirándole con interés.

—¿Quién es quién?

—La persona por la que estás haciendo esto; la que quieras que te olvide.

Lucio lanzó un suspiro cansado.

—¿De verdad quieres que te aburra con mi vida?

—Tú sabes por qué lo hago yo, creo que lo más justo es saber por qué lo haces tú —respondió mirándole con interés.

—Es por Luigi.

—¿Luigi? ¿El de tu historia?

—Sí. No te conté que nuestra relación continuó a lo largo de los años, hasta hace seis meses.

—¿Qué pasó hace seis meses?

—Que rompimos.

—¿Puedo saber por qué?

—Él quería tener un hijo y yo no. Al final, al ver que yo no cedía aseguró que no le importaba, no obstante, yo sé que es mentira. Sabía con certeza que eso iba a destrozar nuestra relación, así que preferí dejarle libre para poder empezar de nuevo con otra persona que desee ser padre tanto como él.

—¿Qué cojones me estás contando? ¿Ahora eres adivino? —preguntó Adrián con indignación—. Que yo me entere: cómo estás seguro de que, con el tiempo, él te iba a dejar, preferiste dejarlo tú antes. ¿Es eso?

—Básicamente, sí —aceptó Lucio con rigidez.

—Eres un gilipollas.

—Tú no lo entiendes.

—No. No lo entiendo, en eso tienes razón. Si yo tuviera conmigo a Marco, te puedo asegurar que jamás le dejaría ir.

—Quiero que él tenga lo que más desea y eso es tener un hijo.

—¿No quieres tener un hijo? o ¿no puedes… —le costó un poco terminar la frase—... por lo que te hicieron?

—No. No es por eso, a fin de cuentas no podemos ser padres los dos. Aunque yo no pueda, él sí podría. No. En realidad no quiero tener hijos. No me veo educando a nadie. Me gustan los niños pero en casa de otros. Creo que no sería un buen padre.

—Pienso que, en el fondo, lo que tienes miedo es de llegar a ser como tu propio padre.

—Jamás seré como ese cabrón —afirmó con ferocidad.

—Creo que Marco no es el único de la familia Lombardi que necesita ayuda profesional.

—¿Qué quieres decir?

—Que creo que aún sigues traumatizado por lo que te pasó. ¿Lo has hablado con Luigi?

—Esa fue la razón por la que rompimos. Él opina lo mismo que tú. Quería que fuera a un psicólogo. Como si lo necesitara, ¡yo mismo soy psicólogo!

—No entiendo cómo puedes ser tan inteligente para unas cosas y tan obtuso para otras. A tu primo lo has calado desde el principio y, sin embargo, no eres consciente de que tú también tienes problemas. ¿Te das cuenta que tienes algo que muy poca gente posee y lo estás mandando a la mierda?

—Creo que ya hemos hablado bastante de mí —cortó con incomodidad—. Hablemos de lo que vamos a hacer para que Marco acepte su homosexualidad. Te puedo asegurar que en un par de días el que va a sufrir va a ser él viéndote con otra persona.

Adrián decidió dejar el tema. A fin de cuentas, no era la persona más adecuada para darle lecciones a nadie de cómo debía vivir su vida.

18

Marco miraba con furia a Lucio y a Adrián. Estaba en un restaurante con Alexei, si bien desde que había entrado y los había visto le resultaba imposible dejar de mirarlos. No se podía creer la poca vergüenza que tenían, paseándose como si tal cosa por todas partes.

Desde la fiesta en el barco, se habían dejado ver juntos sin ningún pudor. Eran la comidilla del club. Nadie podía creerse que Adrián fuera homosexual y que no le importara demostrarlo por ahí, tocándose continuamente como si no pudieran mantener las manos alejadas el uno del otro. Era repugnante.

—Podría ser su padre —escupió con furia intentando leer la carta del restaurante, y sin ser capaz de hacerlo.

—No le saca tantos años —le contradijo Alexei con cansancio quien a su vez también trataba de leer la carta para poder pedir, pero le resultaba imposible concentrarse, ya que los continuos comentarios de Marco le distraían. Llevaban diez minutos en el restaurante y lo único que había oído era lo repugnante que era esa relación y los supuestos motivos por los que, según él, él primo de Nicola y su propio primo, no deberían estar juntos—. A mí me parecen dignos de admiración —afirmó ganándose con ello una mirada furiosa de su amigo.

—¿Admiración? ¿Admiración? ¿Y qué coño de admiración puede haber en esa relación contra natura?

Alexei dio un golpe en la mesa con la carta del menú al tiempo que le respondía con enfado:

—Me parece increíble oírte decir eso. Es de tu primo de quién estamos hablando y Adrián en algún momento fue tu amigo. ¿No te puedes alegrar de que sean felices?

—No deberían estar juntos —respondió Marco con furia.

—¿Por qué, si se puede saber? Y no me vengas con que son homosexuales porque nunca te he tenido por una persona tan retrógrada. Siempre te has jactado de ser diferente a tu padre y tu tío, no obstante, con esos comentarios, te estás comportando tal y como ellos lo harían.

Cuando vio que iba a abrir la boca para rebatirlo, lo interrumpió:

—Y no me vengas con la chorrada de la diferencia de edad. Si no supiese que es imposible, pensaría que estás celoso —afirmó para, acto seguido, sumergir de nuevo la cabeza en la carta del menú.

El silencio sepulcral que le acompañó hizo que Alexei levantara la cabeza para mirar con fijeza a su amigo, que había enrojecido y a su vez fingía examinar la carta.

—Marco.

—¡Qué! —respondió su amigo sin apartar la vista del menú.

—Marco —repitió Alexei.

—¡Quééé! ¿Qué coño quieres que te diga? —gritó dejando de fingir que leía y lanzando al suelo la carta, de tal manera que todos a su alrededor se quedaron en silencio, observando el drama que se desarrollaba frente a sus ojos. Solo Lucio y Adrián les ignoraron, tan sumergidos parecía que estaban el uno en el otro que no les permitía ser conscientes de nada de lo que sucedía a su alrededor. Darse cuenta de que ni siquiera su exabrupto había hecho que le prestasen la más mínima atención enfureció de tal manera a Marco que se levantó para abandonar el local.

—Se me ha quitado el hambre —le aseguró a Alexei antes de dirigirse hacia la puerta de salida.

Adrián, desde el otro extremo del restaurante, vio a Marco abandonar el lugar con un peso en el corazón. Removiéndose en su asiento hizo un gesto como si fuera a levantarse para ir detrás de él.

—Ni se te ocurra —le exigió Lucio sujetándole del brazo.

—No iba a hacer nada —le mintió soltándose de su agarre.

—No. Solo ibas a correr detrás de él echando a perder todo lo que hemos logrado.

—¿Y se puede saber qué hemos logrado? —respondió con un suspiro cansado—. Porque, de momento, lo único que hemos conseguido es que esté cabreado conmigo. Ya ni siquiera me habla.

—Lo que está es muerto de celos. Que pruebe su propia medicina.

—No tengo claro que sean celos.

—Lo son. Créeme, lo son.

Hacía días que Alexei no sabía de Nicola. Desde lo ocurrido en el yate no había vuelto a verla. No quería presionarla. Deseaba que fuera ella la que diera el siguiente paso, si bien estaba empezando a creer que esto nunca ocurriría.

Frustrado por la situación y enfadado porque Marco le hubiese dejado tirado, escribió con furia una nota en una servilleta y, acercándose a Adrián se la dio en la mano.

—Toma. Dale esto a Nicola —le pidió, dándose la vuelta y saliendo él también del restaurante.

Adrián desdobló la servilleta, en la que se podía leer, destacada en rotulador rojo, una sola palabra:

COBARDE

***

Nicola estaba furiosa. Adrián le había entregado la servilleta con una sonrisa maliciosa en cuanto llegó a casa. Llevaba días intentando convencerla para que llamase a Alexei, pero ella no podía. No después de lo que había pasado. No se veía con fuerzas para hacerle frente. No le había contado a su primo nada de lo ocurrido; no se atrevía. Sin embargo, esto: ¿cómo se atrevía a decir que era una cobarde?, ella, ¿una cobarde?, ¡y él un cabrón!

Estaba tan furiosa que las manos le temblaban mientras tecleaba, no obstante, se las arregló para enviarle un mensaje.

Nic_17:10

CABRÓN

Escribió esa única palabra.

Se mordía las uñas dando vueltas a la habitación mientras esperaba que él contestase. Sabía que había visto el mensaje segundos después de enviárselo, a pesar de lo cual no contestaba. Cuando ya no pudo aguantar más la espera, le llamó. Un tono, dos tonos... pero no contestó.

Con un grito de frustración lanzó el teléfono al otro extremo de la habitación. Llevaba días enfadada, angustiada. Lo que había pasado no solo no la había liberado en forma alguna del influjo que Alexei había producido en su vida, sino que sentía como si la hubiera unido a él mediante cadenas invisibles.

Quería gritar, romper cosas, pese a que ya lo había hecho y no había servido de nada. Llorar tampoco. Solo sabía que el pesar que sentía en el corazón ya no era un dolor sordo, hasta cierto punto soportable, sino que se había convertido en un escozor que la ahogaba. ¿Y el cabronazo ese se atrevía a llamarla cobarde? Se iba a enterar.

Furiosa, pasó como una exhalación frente a Adrián, mientras gritaba:

—Enseguida vuelvo.

Subió al coche y a los pocos minutos estaba llamando a la puerta de la casa de Alexei. Aún notaba la furia corriendo por sus venas. En el momento en que este abrió la puerta, se abalanzó sobre él y empezó a darle golpes en el pecho con furia.

—¡CABRÓN! ¡CABRÓN! —gritaba mientras le golpeaba.

Alexei casi ni sentía los golpes. No obstante, verla tan enfadada le alegró: era evidente que aún sentía algo por él, aunque fuese furia. Dejó que le golpeara hasta que el agotamiento provocó que los golpes se fueran distanciando para, al final, detenerse y comenzar a sollozar. Le acarició el pelo con ternura rezando para que no le rechazara.

—Nicola —murmuró—. Amor mío, ¿qué te ocurre?

Oírle llamarla así fue más de lo que pudo soportar. Llevaba varios días en un estado de nervios tan grande que colapsó y se derrumbó desmayada a sus pies.

Cuando despertó, estaba tumbada en una cama en un cuarto desconocido. Alexei dormía en un sofá junto a la cama. No sabía cuánto tiempo había estado inconsciente, solo podía presuponer que mucho, ya que a través de la ventana de la habitación pudo ver que ya había oscurecido. Trató de levantarse sin hacer ruido, buscando sus zapatos para poder marcharse. Pasado un rato, incapaz de encontrarlos, decidió renunciar y abandonar esa casa incluso descalza.

—No te vayas. —La ronca voz de Alexei la detuvo cuando se disponía a abandonar la habitación.

—Tengo que irme —afirmó con voz rota sin darse la vuelta. No podía mirarle.

Un dedo acarició su brazo, trazando sencillas figuras que le produjeron escalofríos haciendo flaquear su resolución.

—Déjame marchar —murmuró mientras temblaba.

—No puedo —susurró él, acercando su cuerpo al de ella de tal forma que, si bien no la tocaba más que con un dedo, el calor que desprendía la bañaba, llenándola de sensaciones que la dejaron húmeda y temblorosa.

—Quiero irme —murmuró sin moverse del sitio.

—No te vayas —susurró Alexei acercando la boca a su cuello y lamiéndolo, despacio, con ternura, provocando en ella unas sensaciones que jamás había sentido. Los temblores se incrementaron y el deseo estalló en el mismo centro de su cuerpo, deseando más, sin saber muy bien de qué.

Al ver que no solo no se apartaba de él, sino que de forma inconsciente se acercaba buscando su contacto, posó las manos en su cuerpo, acariciándola pero sin poseerla, más bien adorándola como a una diosa; como a la dueña de su corazón.

Nicola empezó a jadear por el deseo. Las sensaciones amenazaban con ahogarla y no sabía cómo contenerlas.

La abrazó con ternura y poco a poco, despacio para no asustarla, la giró hasta que la tuvo frente a él. Ella no había abierto los ojos en ningún momento. No quería ver, solo sentir. Tenía miedo de que si abría los ojos y le veía, el miedo la invadiría de nuevo.

—Nicola, mírame —le pidió, posando un dedo en su barbilla y levantando el rostro para que le mirara; no obstante, ella se negó a hacerlo.

—No quiero —murmuró con angustia.

—Como desees —aceptó él al tiempo que volcaba todo su amor en un beso. Un beso que supo a dolor, y también a perdón. Posó las manos en sus pechos y ella le correspondió con un jadeo ahogado. Deslizó la lengua por su cuello, descendiendo poco a poco hasta llegar al nacimiento de sus pechos, introduciéndola entre ellos y mordisqueándolos con suavidad.

Un rayo de deseo atravesó a Nicola desde el punto que le torturaba con su boca, descendiendo hasta el mismo centro de su femineidad. Notó cómo la humedad se deslizaba entre sus piernas, separándolas de forma instintiva, invitándole en silencio a poseerla.

Alexei trataba de contenerse para no asustarla, a pesar de que estaba tan duro que hasta le dolía. Introdujo una de las manos a través del escote, liberando uno de sus pechos y lamiéndolo hasta que se convirtió en un duro botón.

La otra mano fue deslizándose con suavidad por el cuerpo de Nicola, introduciéndose entre sus piernas, buscando.

Cuando notó cómo la mano de Alexei tiraba de su ropa interior apartándola, un recuerdo surgió de un resquicio de su mente, arrojándola con crueldad a la realidad de lo que estaba ocurriendo y sacándola del sopor en el que estaba sumida.

—¡No! —gritó angustiada sin poder evitarlo, apartándose de forma brusca al tiempo que le empujaba temblorosa y aterrorizada.

—¡No! —Volvió a gritar al dar Alexei un paso al frente intentando acercarse a ella—. ¡No me toques! —Estaba a un paso de romperse en pedazos.

Él bajó las manos que había levantado para intentar alcanzarla y la miró con tristeza.

—Perdóname.

—Quiero irme —murmuró mientras silenciosas lágrimas caían por sus mejillas.

—Está bien. ¿Dejarás que te lleve?

Asintió de forma breve antes de añadir con voz ronca.

—Pero no me toques.

293

Él se juró que, aunque le fuera la vida en ello, no la tocaría.

Nicola se arregló la ropa en silencio, poniéndose los zapatos que Alexei le tendió. Los había guardado en un armario y por eso no había sido capaz de encontrarlos. La acompañó en silencio hasta el garaje, abriéndole la puerta del coche y procurando no tocarla en el proceso.

La llevó en coche hasta su casa, cada uno sumido en sus propios pensamientos. Cuando llegaron, en el momento en que él detuvo el coche, Nicola hizo además de bajarse sin pronunciar una palabra.

—Espera. —La detuvo con voz suave—. Quiero verte mañana.

Ella cerró los ojos e inspiró con profundidad.

—De acuerdo —accedió con un temblor en la voz, descendiendo del coche sin mirar hacia atrás.

Alexei observó en silencio cómo se alejaba mientras apoyaba la cabeza en el respaldo del asiento en un gesto de cansancio.

—Gracias, Dios mío —murmuró con un suspiro.

***

Al día siguiente, a primera hora de la mañana, Alexei se presentó en casa de Nicola. No se atrevió a llamarla por teléfono por miedo a que le pidiera que no fuera. La noche anterior habían acordado verse, sin embargo, no quería darle tiempo a que cambiase de opinión.

Cuando Adrián abrió la puerta y comprobó que era él, le lanzó una sonrisa maliciosa.

—Pasa, Alexei. No sabía que ibas a venir hoy. Mi prima está en el salón. Creo que voy a acompañarte, va a ser divertido —le aseguró sin dejar de sonreír.

Le parecía un poco sospechosa la actitud de Adrián. Según se iban acercando al salón le sorprendió el sonido de una conversación; no obstante, lo que más llamó su atención fue el sonido de la risa de Nicola. Cuando entró, ella aún continuaba riendo y un desconocido la tenía cogida de la mano.

—Nicola —llamó con voz acerada por los celos. Ella se giró con sorpresa y al ver quién era soltó la mano del desconocido mientras le miraba avergonzada.

El hecho de que ella sintiera vergüenza le hizo preguntarse quién era ese hombre y el motivo por el que permitía que la tocara.

—Creo que no conoces a nuestro vecino Patrick —anunció Adrián con diversión en la voz. Era evidente que estaba disfrutando con la situación.

—¿Y tú eres? —preguntó Patrick tendiéndole la mano a Alexei.

—Alexei —masculló, dándole la mano y sin dejar de mirar a Nicola—. Así que eres su vecino ¿y has venido por...?

Patrick sonrió con amabilidad al tiempo que volvía a sentarse junto a Nicola.

—He venido a ver a la dueña de mi corazón. Quería pedirle si podía devolvérmelo. Estuve de viaje y lo dejé aquí con ella.

Ella avergonzada no se atrevió a mirarle a la cara, lo que hizo que Alexei se cabrease: ¿por qué no le miraba? Adrián, mientras tanto, se había apoyado en el quicio de la puerta y observaba toda la escena con una gran sonrisa.

—Pues coge tu puto corazón, lárgate con él, y no vuelvas —masculló con furia tratando de aguantarse las ganas de partirle la cara al tipo.

El silencio que acompañó a sus palabras solo se vio interrumpido por las risas de Adrián. Patrick le miró con la boca abierta por la sorpresa, posando sus ojos de forma alternativa en Alexei y en Nicola.

—¿Quién habías dicho qué eras? —preguntó con curiosidad.

—Alexei. El dueño del corazón de Nicola. —respondió con voz acerada, mientras mantenía sus ojos fijos en la mujer que amaba.

Ella no le había mirado ni una sola vez desde que había entrado. Al oír sus palabras enrojeció aún más, si es que eso era posible.

—Vale —aceptó el vecino con lentitud, mientras seguía con sus ojos posados en Nicola. Al ver que ella no decía nada para negarlo, se levantó y cogiendo de nuevo su mano depositó un suave beso en ella.

—Me voy, princesa. Si necesitas ayuda con el gorila ese, me avisas.

Alexei tuvo que echar mano de toda su fuerza de voluntad para no arrastrar al tipo y sacarlo de la casa a patadas.

—Lo siento, Patrick —le consoló Adrián, dándole palmaditas en la espalda mientras lo acompañaba a la salida y dejaba a Alexei y a Nicola a solas en el salón.

—Nicola, mírame —pidió Alexei. Al ver que ella le ignoraba, se acercó despacio y se arrodilló frente a ella.

—Amor mío. —Cogió su mano despacio y la puso en su propia mejilla, cerrando los ojos. Al entrar hubiese querido interrogarla, que le explicara quién era ese tipo, por qué permitía que la tocara, de qué se reía... si bien el hecho de que no hubiese dicho nada cuando había declarado ser el dueño de su corazón, le hinchó el pecho de alegría e hizo que se olvidara de todo lo demás.

Ella empezó a temblar sin poder evitarlo. La visita de su vecino la había sorprendido en pleno desayuno. Tal y como él mismo había contado, había estado de viaje y siempre que volvía lo primero que hacía era visitarla. Siempre decía lo mismo, que era la dueña de su corazón, que la amaba, no obstante, eso se lo decía a todas. Cuando le conoció le cohibía su actitud. Pronto se dio cuenta de que no era en serio, aunque Alexei no lo sabía.

Al verle entrar se había sentido culpable, más que nada porque pensó que él podría malinterpretar la situación, como así había sido. Cuando afirmó que era el dueño de su corazón... debería haberse indignado, haber gritado que era mentira, que nunca le había entregado su corazón, pero se había sentido incapaz.

—Ven conmigo —le pidió Alexei acariciándole el rostro con un dedo. La caricia vino acompañada de una corriente que le recorrió el cuerpo entero y le hizo contener un jadeo. Él no había soltado su mano y tiraba de ella tentándola. No se sintió con fuerzas para decir que no. No podía.

En silencio, con las manos entrelazadas, salieron de la casa. Alexei la guio hasta su coche, se puso al volante y condujo hasta que llegaron a su propia casa. Una vez allí, detuvo el coche y se giró hacia ella.

—Quiero que entres conmigo —le rogó, dándole la oportunidad de irse si así lo deseaba.

Sabía que no solo le estaba pidiendo que entrase con él en la casa, le estaba pidiendo algo más; mucho más. En ese momento supo que tenía que dárselo. En el último mes se había sentido más viva que en los últimos diez años. No sabía lo que pasaría, no obstante, sí sabía que no quería volver a sentirse como antes; como muerta en vida.

Sin decir nada, se bajó del coche y se dirigió hacia la casa. Él la siguió sin decir nada tampoco. Entraron en silencio y Nicola se dirigió hacia el salón, frotándose las manos con nerviosismo.

—¿Qué quieres comer? —preguntó Alexei acercándose por detrás.

—¿Qué? —preguntó a su vez ella con voz temblorosa.

—Que qué quieres comer —repitió, tomando un mechón de sus cabellos, cerrando los ojos y oliéndolo con un anhelo que le provocó dolor físico—. No tenemos prisa —murmuró con una voz que sonó como una caricia—. Quiero que te quedes conmigo y no te vayas nunca, así que primero tendré que alimentarte.

Ella lanzó una sonrisa temblorosa sintiendo que parte de sus nervios se disolvían.

—Yo pensé... —empezó a decir girándose hacia él, pero al notar lo cerca que él estaba y la forma en la que la miraba se quedó sin aliento y no pudo continuar.

—¿Pensabas que iba a lanzarme sobre ti como una bestia? —le preguntó con suavidad.

Nicola enrojeció.

—No. Solo que... yo creí...

—¡Shhh! —le interrumpió a la vez que posaba un dedo en sus labios—. No digas nada. No hace falta. Solo dime lo que quieres comer.

—La verdad es que no tengo hambre.

—En ese caso pediré lo que yo quiera —aseguró con una sonrisa sacando su teléfono.

—¿Vas a llamar a la cocinera por teléfono? —preguntó con extrañeza.

—No —contestó él riendo—. Voy a llamar a un restaurante para pedir que nos traigan algo.

—¿Y el servicio? ¿No tenías gente trabajando en la casa?

Ahora fue el turno de Alexei de mirarla avergonzado.

—La verdad es que la gente que viste aquel día en la casa, la había contratado solo para aquella ocasión. Temía que si te decía que no había nadie más en la casa, te negaras a venir a comer.

—Y tenías razón. No creo que hubiera venido.

Mientras Alexei pedía algo para comer, ella recorrió la casa con calma. Nunca la había visto entera. En realidad solo la había visitado en dos ocasiones anteriores. La primera, no hacía mucho, cuando había comido allí con Adrián —aunque le daba la impresión que habían pasado siglos desde entonces— y el día de la fiesta, hacía ya diez años. En aquella ocasión, además del jardín, tan solo había visto la biblioteca.

Sin darse cuenta, sus pasos se detuvieron delante de la puerta de la misma. El corazón le latía desacompasado y le costaba respirar. Quiso abrir la puerta, no obstante, al levantar la mano para girar la manilla, se dio cuenta que le temblaba y que, pese a estar delante de la puerta, tenía la sensación como si esta se alejara y no fuera capaz de alcanzarla.

—Ya no está —murmuró Alexei a su espalda.

—¿El qué? —preguntó con la voz entrecortada.

—La biblioteca. Ha desaparecido. Hice que se la llevaran.

—¿Cómo puedes hacer que se lleven una biblioteca? —Estaba tan sorprendida que su voz sonó firme a pesar de los nervios que la atenazaban.

—Si conseguía que volvieras a esta casa, quería que nada te recordara a aquella noche. Abre la puerta —le pidió, al tiempo que cogía su mano para ayudarla a abrir.

Ella cerró los ojos con temor. Incluso con lo que acababa de escuchar, temía que la atenazaran los recuerdos.

—Abre los ojos —susurró él con suavidad tirando de ella hacia el interior de la estancia.

Poco a poco, con temor, abrió los ojos y dejó escapar un jadeo de sorpresa. Lo que era la biblioteca había desaparecido y pese a que adoraba los libros, lo que vio era incluso más maravilloso. En vez de estantes llenos de libros, contempló una habitación vacía de muebles, excepto por un caballete con un lienzo en el centro de la estancia, junto con un sillón y un taburete, y en las paredes colgados muchos de sus cuadros.

—¿Cómo…? —Estaba tan sorprendida que no pudo acabar la frase. Había pintado algunos de ellos hacía mucho tiempo. ¿Cómo había podido adquirirlos en un plazo tan breve?

—Los compré hace años —reconoció mientras la abrazaba con cuidado, con temor a que ella se apartara.

—Pero... yo creía... —Aún no daba crédito a lo que estaba viendo.

—Ya te he dicho que nunca dejé de amarte. Me engañaba a mí mismo. Me decía que los necesitaba para no olvidar lo mucho que te odiaba, sin embargo, en realidad me servían para recordar lo mucho que te amaba. Cuando le pedí a Iván que me consiguiera invitaciones para la exposición le hice creer que nunca había visto tu obra —le susurró al oído mientras le pasaba la lengua por el lóbulo de la oreja haciendo que se estremeciera—. No obstante, los tenía en mi dormitorio. Los contemplaba mientras follaba con otras.

Se quedó helada al oírle decir eso y él la apretó contra sí con más fuerza para que no se alejara, mientras continuaba:

—Una vez que acababa, cuando volvía a estar solo con mis recuerdos, me masturbaba mientras los miraba, pensando en ti.

La crudeza de sus palabras primero la horrorizó, pese a que luego, al imaginárselo solo en su cuarto, masturbándose mientras pensaba en ella, se excitó.

Sin darle tiempo a procesar lo que le estaba contando, este continuó susurrándole al oído:

—Mi mayor fantasía sería poner una cama en este cuarto para poseerte rodeada de tus cuadros, tal y como llevo años imaginando. —Nicola tuvo que tragar con fuerza para poder hablar y, aun así, la voz le salió ronca. Estaba tan excitada que tenía la garganta seca.

—¿Y por qué no la has puesto?

—Porque tenía miedo de asustarte y que te fueras.

Se giró hacia él con un sollozo ahogado y le abrazó. Él la acarició con ternura y le habló al oído de lo mucho que la amaba, mientras poco a poco fue quitándole la ropa. Le bajó la cremallera del vestido, deslizándolo por los hombros, depositando tiernos besos en cada punto que iba descubriendo en su cuerpo. Ella temblaba. El vestido cayó al suelo y Nicola cerró los ojos.

—Abre los ojos, amor mío —le pidió mientras ella negaba con temor—. No tienes nada que temer. No va a pasar nada que tú no quieras. —Ella abrió los ojos y cuando miró a Alexei quedó impactada por lo que leyó en su mirada: amor y deseo a partes iguales. Él se arrodilló frente a ella y la abrazó por la cintura.

—¿Qué haces? —preguntó Nicola, que aún temblaba.

—Lo que debí hacer hace tantos años: adorarte como a una diosa, como a la dueña de mi corazón.

Nicola notó cómo el amor de Alexei la inundaba y por primera vez en mucho tiempo se sintió completa. Se sintió capaz de perdonar.

—Bésame. Bésame como soñaba.

Y así lo hizo. La besó como debería haber hecho hacía tantos años y ella lloró todo el tiempo.

—¿Por qué lloras, amor mío? —le preguntó asustado porque le estuviera haciendo daño.

—Porque te amo y nunca he sido más feliz.

La cogió en brazos y se la llevó al dormitorio. Cruzó el umbral con ella en brazos y la bajó despacio sin dejar de abrazarla.

—Mira —le ordenó, girándola hacia una de las paredes. Allí, presidiendo la habitación colgaba la última obra de Nicola, aquella que había pensado que jamás podría enseñar a nadie.

—¿Cómo...?

—Tu primo me la dio. Me contó que le pediste que la guardara; que no querías exponerla al público. Pero cuando la vio, pensó que la tenía que tener yo. A fin de cuentas, ¿no era para mí? —le preguntó con emoción en la voz sin dejar de abrazarla.

Ell no pudo evitar llorar porque había depositado toda su rabia y todo su amor en la obra y el resultado reflejaba sus sentimientos de forma descarnada. Por eso no había querido que nadie lo viera.

La cogió en brazos mientras sollozaba y la echó en la cama, cubrió su cuerpo de besos, calmando sus temores, demostrándole lo mucho que la amaba y, cuando al final la poseyó, ambos quedaron impactados por las sensaciones.

Había estado con muchas mujeres, pero jamás se había sentido como en ese momento: completo. Podría morir en ese momento y no le importaría. Jamás había sido tan feliz. Ella sintió como si la arrastrase la marea y, cuando creía que iba a ahogarse, hubiera encontrado la luz. Gimió y gritó sin poder evitarlo al ritmo de las embestidas, hasta que una explosión invadió todo su cuerpo dejándola temblorosa y sin aliento. No podía pensar, solo sentir.

Cuando Alexei sintió el orgasmo de Nicola trató de aguantar. No deseaba terminar, no obstante, le resultó imposible. Empujó un par de veces más y se derrumbó sin aliento. Sentía como si le hubieran robado la vida.

—Cásate conmigo —le pidió en el momento que recuperó su voz.

Nicola miró hacia él con temor en la mirada.

—¿Por esto? —preguntó con la voz enronquecida.

—No —negó mirándola con ternura—. Porque te amo. Porque hace diez años ya quería casarme contigo. Porque la vida sin ti es oscura y triste. Porque me robaste el corazón y necesito recuperarlo.

Ella tenía miedo. Era tan feliz que sentía terror solo con pensar que nada de esto fuera real. Alexei cogió su mano, y abriéndosela, depositó un beso en su palma.

—Permíteme que te ame lo que nos queda de vida. Sé mi esposa, mi amante, mi vida entera.

No era capaz de hablar. Tal era el cúmulo de emociones que la desbordaban que no le salía la voz. Solo le abrazó.

—¿Eso es un sí? —preguntó él mientras le acariciaba el pelo.

Pasó un rato hasta que ella por fin encontró su voz.

—Sí.

19

Marco miraba el atardecer por la ventana de su apartamento, sin verlo en realidad.

—¿Qué miras? —Unas manos de uñas cuidadas acariciaron su pecho mientras un cuerpo caliente le abrazaba por detrás, restregándose contra él en un intento de conseguir alguna respuesta.

No se inmutó. Continuó mirando por la ventana con indiferencia.

—Si ya has acabado, vístete y vete.

—No sé por qué te aguanto —replicó Juliette con furia—. Un día me hartaré de ti y te mandaré a la mierda.

—Estoy deseando que llegue ese día —murmuró mientras bebía del vaso de *whisky* que sostenía en la mano. Necesitaba algo que le anestesiara. Se repugnaba a sí mismo. Acababa de echar un polvo, no por placer, sino para demostrar que había superado el deseo malsano que sentía por Adrián. Si bien no era más que una mentira de mierda y él no era más que un puto farsante.

Diez minutos después de que Juliette abandonara el apartamento, tocaron al timbre. Pensando que ella se había olvidado algo abrió la puerta:

307

—Coge lo que sea que hayas olvidado y lárgate de una puta vez. Quiero estar solo.

Sin embargo, con sorpresa vio que al otro lado de la puerta no se encontraba Juliette como pensaba, sino su primo Lucio. Al principio no supo qué decir. Hacía años que no hablaban. Este había abandonado su casa siendo él muy pequeño. Apenas tenía recuerdos de aquella época, solo sabía lo que le habían contado: que había intentado abusar de un niño y por eso le habían echado.

Hacía unos años este se le había acercado para tratar de retomar algún tipo de relación, no obstante, él se había negado. Había crecido oyendo a su tío contar horribles historias sobre la incapacidad de su primo para satisfacer sus apetitos sexuales, y ahora se daba cuenta de que él era igual, por eso ninguna relación le satisfacía.

—¿Qué quieres? —preguntó con acritud. Aún estaban frescas en su memoria las imágenes de su primo y Adrián en el restaurante.

—Tengo que hablar contigo.

—¿De qué? Dudo que tú y yo tengamos algo de que hablar

—Quisiera hablar contigo de...

—No tengo nada que hablar contigo sobre Adrián —cortó Marco con furia.

—¿Puedo pasar? No he venido a hablar de Adrián.

—Entonces, ¿qué coño quieres?

—¿Puedo pasar?

—Si no hay más remedio... —aceptó con resignación apartándose para que pasara.

—Quizás quieras ponerte algo encima —sugirió Lucio señalando su pecho desnudo.

—Ahora vuelvo —masculló de malas maneras mientras se dirigía al dormitorio para ponerse una camiseta.

—Veo que has estado ocupado —prosiguió su primo, lanzando una mirada conocedora a la cama revuelta.

De pronto, mientras se vestía, imágenes de Lucio y Adrián follando como lo había estado haciendo él hace apenas media hora le asaltaron, provocándole malestar físico.

Su primo se paseaba con tranquilidad por el salón mientras examinaba las fotos que decoraban la estancia. Se detuvo frente a una imagen que mostraba a Marco de pequeño reposando en el regazo de un joven. Ambos sonreían a la cámara.

—Salvatore —murmuró Lucio cogiendo la fotografía y mirándola con tristeza—. Nunca le volví a ver. Siempre albergué el temor de que mi padre descubriera que me había ayudado y le hubiera hecho algo a él también.

—¿Algo a él también? ¿De qué hablas?

Lucio no solo ignoró sus preguntas, dejándolas sin respuesta, sino que, a su vez pronunció, la suya propia.

—Adrián me contó que sigue trabajando para la familia, ¿es cierto?

Antes de que Marco pudiera contestar se oyó el ruido de la puerta principal que se abría.

—¿Ya se fue la zorra? —preguntó una voz masculina desde la entrada—. Estuve esperando hasta estar seguro de que no me la encontraba, ya sabes que...

Las bolsas que llevaba cayeron al suelo al reconocer a la persona que se encontraba junto a Marco.

—¡Lucio! —exclamó con sorpresa.

—Hola, Salvatore —respondió Lucio con una sonrisa triste—. Vine a preguntarle a Marco por ti, sin embargo, jamás imaginé que te encontraría en persona.

Después de todas las historias que Marco había oído sobre las actitudes depravadas de su primo, supuso que Salvatore se escandalizaría de que le hubiera permitido entrar en su casa. Por lo que Marco sabía, ya trabajaba para ellos en la época en la que Lucio aún estaba en la casa, pero su sorpresa fue mayúscula al comprobar que no solo no se escandalizaba con la presencia de su primo, sino que una vez repuesto de la sorpresa inicial, corrió a abrazarle con lágrimas en los ojos.

—Lucio, ¡Dios mío! —exclamó abrazándole con fuerza.

—Salvatore ¡Cuánto te he echado de menos! —exclamó con emoción—. Jamás pude agradecerte todo lo que hiciste por mí. Me salvaste la vida.

—Me alegro. Me enteré de tu regreso, a pesar de que nunca me atreví a buscarte. No sabía si querrías verme.

—Por supuesto que hubiera querido. Yo nunca me puse en contacto contigo porque no quería comprometerte. No sabía si mi padre había llegado a descubrir quién me había ayudado.

—Creo que siempre lo supo, aunque no le importó.

—Ya. En realidad le hiciste un favor. No sabía qué hacer conmigo.

Marco escuchaba la conversación que se desarrollaba ante sus ojos con estupefacción, ¿De qué demonios hablaban?

—¿Alguien me puede explicar de qué coño habláis?

—No recuerda nada —aseguró Salvatore mirando a Marco.

—No me extraña —afirmó Lucio—. Tuvo que ser muy traumático para él. Estuvo días sin hablar. Y cuando volvió a hacerlo, jamás lo mencionó.

—¿Sabéis que estoy en la habitación? —preguntó Marco indignado—. ¿Podéis hacerme puto caso de una vez y dejar de fingir que no os oigo?

—Eras muy pequeño —recordó Salvatore mirándolo con tristeza—, si bien fuiste testigo de algo que tu mente prefirió no recordar.

—¿Testigo de qué?

—Del motivo por el que me fui de casa —añadió su primo.

—Querrás decir del motivo por el que te echaron. Lo sé todo. Mi tío me lo explicó en reiteradas ocasiones.

—Marco... —Salvatore le miraba avergonzado.

—¿Qué pasa? ¿Cómo puedes abrazarle después de las cosas que hizo? ¡Intentó abusar de un niño! Así es esta gente, se dejan arrastrar por sus deseos antinaturales.

—¿Eso te dijeron? —preguntó Lucio con tristeza—. ¿Qué intenté abusar de un niño?

—¿Acaso lo niegas?

—Marco... —insistió Salvatore—. Eso no es cierto.

—¿Qué eso no es cierto? ¡Qué coño dices! Llevo años oyendo los retorcidos actos de mi primo ¿y ahora vienes a decirme que no es cierto? ¡De qué coño vas!

—Cuando eras pequeño no podía contradecir a tu tío. Me hubiera despedido, y cuando ya fuiste mayor, no vi la necesidad de contarte la verdad. No pensé que Lucio y tú os volvierais a encontrar. A tu primo no le echaron de casa: tuvo que huir y yo le ayudé a hacerlo.

—Le echaron... huyó... ¡Qué diferencia hay! Es un maldito degenerado.

—Creo que deberías contarle la verdad —sugirió Lucio mirando con tristeza a Marco—. Creo que el ocultarle lo que pasó le ha hecho más mal que bien.

Se acercó a su primo y le aseguró con firmeza:

—Llevas mucho tiempo luchando contra tus deseos, quizás temiendo ser como yo. No sé qué clase de historias te habrán contando sobre mí, aunque supongo que no serían las mejores, no obstante, quiero que sepas que no hay nada malo en ti, y si no te aceptas a ti mismo jamás serás feliz.

—¿Se puede saber de qué vas? —Marco se indignaba aún más por momentos—. ¡Dándome putos consejos! ¡No sabes una mierda de mi vida!

—Vine porque Adrián me contó que Salvatore trabajaba en esta casa. Supuse que si yo venía a contarte la verdad no me creerías, pero si lo hacía Salvatore sería más probable que lo creyeras.

Marco se acercó a su primo de forma amenazadora.

—¡Me tienes hasta los cojones! Di de una puta vez lo que hayas venido a decir y lárgate.

Por segunda vez en poco tiempo Lucio se encontró recordando su historia; esa historia que tanto se había esforzado en olvidar.

—No me demoraré contándote cómo descubrí mi homosexualidad. Los sentimientos que me invadieron, las dudas... porque supongo que tú también lo has pasado.

—¿Qué cojones dices? ¡Yo no soy un puto maricón! —replicó con los dientes apretados con furia.

Lucio le ignoró para continuar con su historia.

—Solo te diré que, con doce años, le hablé a mi madre de mis sentimientos. En aquellos momentos no entendía lo que me pasaba y pensé que ella me ayudaría a aclararme. Y vaya si me ayudó. —Una agria carcajada salió de su boca antes de continuar—. La solución de mi padre fue darme latigazos mientras yo le suplicaba que parara. Solo lo hizo cuando le juré que jamás volvería a decir o a sentir nada de eso. Como si fuera posible controlar los sentimientos —terminó con tristeza—. Supongo que eso sí serás capaz de entenderlo.

Claro que lo entendía. Llevaba años luchando contra su propia naturaleza. Años pensando que era un degenerado. Nada de lo que había hecho para reprimir sus sentimientos le había servido. Pero no se podía creer la historia que su primo le estaba contando.

—No te creo —le replicó con enfado—. No sé por qué te estás inventando esta historia sacada del Medievo, sin embargo, no te creo ni media palabra.

—Pues deberías —intervino Salvatore—. Porque es la verdad.

—¿Qué le dieron latigazos por ser homosexual? Mi tío puede ser un capullo integral, a pesar de lo cual no creo que llegara a esos extremos.

—Eso no fue nada, Marco —afirmó Salvatore—. Lo peor vino después. ¿Quieres que siga yo? —pregunto dirigiéndose a Lucio.

—Será lo mejor. Quizás si lo oye de tu boca se lo crea.

—Empecé a trabajar para tu tío un año después de lo que te cuenta tu primo —continuó Salvatore.

—¿Entonces cómo sabes que es verdad lo que cuenta si ni siquiera trabajabas en la casa en aquella época? —inquirió Marco con escepticismo.

—Porque yo mismo vi las marcas del látigo. Un día entré en su cuarto mientras se cambiaba y las vi. No me atreví a preguntarle y él no me contó nada. También se avergonzaba.

—Entonces, ¿cómo supiste lo que había pasado?

—Me lo contó la misma persona que le dio los latigazos. Una noche que había bebido en exceso, se mostraba orgulloso: decía que lo había curado. Fue Mauro, supongo que lo recuerdas. Era la mano derecha de tu tío.

Al oír ese nombre, no pudo evitar que un escalofrío le recorriese el cuerpo. Nunca le había gustado aquel hombre. De niño le tenía pavor. De hecho, fue la causa de que sus padres dejaran de llevarle a la hacienda.

Como bien decía Salvatore, era la mano derecha de su tío. Siempre acompañándole como una sombra. No recordaba con claridad sus rasgos, ya que era un niño la última vez que le vio, si bien recordabael miedo que le tenía, hasta el punto de que se orinaba encima cada vez que le veía. Su padre le había pedido a su tío que lo despidiera, a lo que este se había negado, así que sus padres habían decidido que no volviera a visitar la hacienda, como así había sido.

—Un verano llegó un matrimonio a la isla con su hijo de dieciséis años —continuó Salvatore—. Lucio y él se enamoraron y comenzaron una relación a escondidas. Mauro los descubrió, y como te imaginarás no le hizo ninguna gracia que volviera, como él citó; «a las andadas».

Un sudor frío inundó a Marco. No quería oír el final de la historia, cualquiera que este fuera. No sabía por qué empezaba a sentirse mareado y la bilis le subía a la garganta.

—No me encuentro bien —reconoció sentándose con pesadez en una silla.

—¿No recuerdas nada? —pregunto su primo.

—¿Nada de qué? —El malestar de Marco aumentaba por momentos.

—De lo que me hicieron.

—¿Y por qué iba a recordar nada? —Se cubrió la cara con las manos en un gesto de derrota.

—Porque lo presenciaste.

—¿Y se puede saber qué presencié? —Estaba harto de todo esto, solo quería que le dejaran en paz.

—Viste cómo me castraban —reconoció Lucio con voz tensa.

Marco apartó las manos de la cara con lentitud y miró a su primo con horror.

—¿Qué has dicho?

—Que me castraron y te obligaron a presenciarlo. Por eso creo que no eres capaz de reconocer ante ti mismo que eres homosexual. Creo que el ver lo que me hicieron te traumatizó hasta ese punto.

Salvatore miró a Lucio con sorpresa: ¿Marco homosexual? No podía ser. Tenía que estar equivocado, porque si eso fuera cierto, él era el culpable de que viviera ocultándolo al haber guardado silencio durante todos estos años.

—¿Marco? —preguntó con suavidad—. ¿Qué está diciendo Lucio? ¿Es cierto?

—¡Chorradas! —respondió con furia sin apartar la mirada de su primo—. Lo único que dice son chorradas. Si eso era lo que me querías contar: ¡Bravo por ti! —se burló con amargura—. Y ahora,

317

¡lárgate de mi puta casa! —gritó poniéndose en pie—. Aunque... pensándolo bien... —se corrigió, mirando también a Salvatore con furia—. ¡Largaos los dos de una puta vez!

—Será lo mejor —estuvo de acuerdo Lucio. Cogió el brazo de Salvatore y le hizo un gesto para que se dirigiera hacia la puerta para abandonar el apartamento—. Vámonos, tiene muchas cosas en las que pensar.

Marco se dejó caer al suelo con desesperación mientras ellos abandonaban la casa. El dolor de cabeza que tenía se había incrementado. Se cogió la cabeza con las manos. ¿Qué coño había pasado? ¿Cómo podía creer una historia tan surrealista? Y a la vez, ¿cómo podía no creerla? Trató de recordar, si bien un pinchazo agudo en las sienes se lo impedía.

Estaba harto de todo; de sufrir; de odiarse a sí mismo. ¿Podría ser que lo que pasó le hubiera afectado hasta tal punto? Pensar que eso fuera posible le produjo una extraña tranquilidad. Por primera vez en su vida sintió que quizás no había nada malo en él, solo miedo, puro y sencillo a la vez. Miedo a que si aceptaba su verdadera naturaleza le podría pasar lo que le había ocurrido a su primo.

Inspiró y espiró varias veces tratando de calmarse y, poco a poco, la tensión que sentía en las sienes disminuyó. Hizo lo único que se le ocurrió en ese momento. Cogió el teléfono y, sin darse tiempo a arrepentirse, marcó un número.

—Padre, necesito hablar contigo...

***

Marco miraba a su padre sin saber muy bien cómo iniciar la conversación. Cuando le había llamado tenía muy claro lo que le iba a decir, a pesar de que ahora, frente a él, tenía la mente en blanco, se le atascaban las palabras en la garganta y no sabía qué decir.

Benedetto Lombardi era un hombre imponente. Los años le habían tratado bien. Aún conservaba gran parte del atractivo que había tenido de joven, si bien la fuerza y el vigor que le habían caracterizado se habían diluido un poco en el tiempo; pero su presencia seguía impactando, sobre todo a aquellos que le veían por primera vez. Alto, con su más de un metro y ochenta centímetros, fuerte, con unos brazos como árboles, aún lucía una abundante cabellera teñida de plata.

Cuando Marco era pequeño adoraba a su padre. Sabía que con él a su lado jamás nada malo le podría pasar. Sin embargo, en algún punto del camino se habían perdido. Su padre siempre había pretendido marcarle el destino a seguir, despreciando todos sus sueños de futuro. Por eso, en cuanto le fue posible, abandonó la empresa familiar y se independizó.

Esto último había sido posible gracias a la sociedad que había formado con Alexei e Iván. Aun así, su padre había tratado de intervenir en su vida a través de Juliette, la hija de un socio de uno de sus múltiples negocios. Desde hacía años trataba de convencerlo para que se casara con ella.

Marco no se imaginaba cómo reaccionaría ante lo que le iba a decir.

—Tu madre y yo te hemos echado de menos estos meses: ya no vienes a casa, apenas sabemos de ti y ahora, de pronto, en mitad de la noche, me llamas porque te urge hablar conmigo en persona. ¿Qué te ocurre? —le preguntó su padre con extrañeza.

Se sintió culpable porque lo que le recriminaba era cierto: cada vez le costaba más relacionarse con sus padres.

—Hoy vino a verme mi primo Lucio.

Su padre le miró con asombro.

—¿Tu primo? Dios mío. ¿Cómo está? ¿Ha hablado con su padre? Nunca ha superado que su hijo se fuera de casa.

—¿Me lo estás diciendo en serio, papá? ¿Vas a hacerte el tonto? Me lo ha contado todo.

Su padre palideció al oírle.

—¿Y qué es ese todo que te ha contado?

Marco le miró con tristeza.

—Hasta que he llegado aquí y he visto tu cara, aún no me lo creía; no obstante, ahora me doy cuenta que toda la historia es verdad.

—No creí que necesitaras saberlo —reconoció su padre con tristeza.

—¿Qué no necesitaba saberlo? —se rio con amargura—. Papá, perdona que te lo diga, pero no tienes ni puta idea de lo que necesito saber. ¿Estabas de acuerdo?

—De acuerdo, ¿con qué?

—¿Con qué coño va a ser? Con lo que le hicieron. ¡Joder! ¿Con qué si no? ¿Es verdad que lo presencié todo?

—Sí

—¿Y no te pareció importante que lo supiera?

——No parecías recordar nada. Tu madre y yo creímos que era lo mejor para todos.

—¿Para todos? ¿Incluso para él? ¿Intentasteis ayudarle siquiera?

—¡Por supuesto que lo intentamos! —protestó su padre ofendido—. Cuando regresamos del viaje nos dijeron que se había ido. Mi hermano me contó que habían tenido una discusión y había huido por su propia voluntad. En ese momento aún no habíamos descubierto la verdad de lo sucedido. Fuimos a la policía para que nos ayudaran a encontrarlo, no obstante, se negaron. Sabía que el jefe de policía era amigo de mi hermano, pero no que se negaba a buscar a Lucio siguiendo las órdenes que le había dado él mismo.

Cuando te recogimos en la hacienda no hablabas. No comprendimos el motivo hasta que descubrimos lo que había sucedido ni de lo que habías sido testigo. Me encaré con tu tío y traté de que despidiera a Mauro, sin embargo, se negó.

—Lo sé. Me contasteis muchas veces que por eso no íbamos a la hacienda, porque se había negado a despedir a Mauro y yo sentía pavor por él; a pesar de lo cual no cortaste la relación con mi tío, a él seguimos viéndolo y es más culpable que el propio Mauro. ¡Era su propio hijo! ¡Joder! ¿Cómo fue capaz? ¿Mamá lo sabe todo?

—Sí —reconoció su padre avergonzado.

Marco permaneció unos segundos en silencio. No se podía creer que le hubieran ocultado algo así durante años.

—¿Qué harías si te dijera que soy homosexual? —le preguntó con furia—. ¿Qué llevo años luchando contra ello? Pensando que algo estaba mal en mí, aterrado de mis deseos y mis sentimientos.

—Marco... no tiene gracia.

—¿Qué no tiene gracia? —empezó a reírse de forma histérica mientras decía—. Tiene toda la puñetera gracia del mundo. Llevo años follando con mujeres sintiéndome sucio, como si hubiera algo malo en mí, porque no podía aceptar que en realidad me gustan los hombres.

—Yo... no sé qué decir. —Su padre estaba impactado por la vehemencia y la furia con la que le estaba hablando su hijo.

—Luchando contra mis deseos —continuó diciendo Marco como si no le hubiera escuchado—. Aterrorizado de que alguien supiera cómo era de verdad.

—No soy mi hermano. Tendrías que haber hablado conmigo.

—No. No eres tu hermano, no obstante, llevas años intentando decidir mi vida, tratando de obligarme a que me case con Juliette. ¿Quieres saber lo que siento cada vez que me toca?

—Hijo, no sigas, por favor —le suplicó su padre. Pese a que Marco ya no podía parar.

—Siento asco. Me repugna y aun así me la follo una y otra vez, intentado en algún momento sentir algo distinto, y la única vez que he estado con alguien deseándolo de verdad, al final también me sentí sucio, como si fuera un degenerado.

—Tú no eres un degenerado. —Su padre estaba horrorizado por todo lo que le estaba contando. No podía comprender cómo no se había dado cuenta del enorme sufrimiento de su hijo—. Reconozco que me ha pillado por sorpresa lo que me has dicho y que no es lo que desearía para ti, si bien tengo claro que la homosexualidad no es ninguna enfermedad, no es algo que se pueda decidir por voluntad propia. O lo eres o no lo eres.

Marco volvió a reírse de forma histérica.

—¡Esto es el colmo! Mi propio padre dándome consejos sobre homosexualidad. No tienes ni puta idea de lo que siento. ¡ESTOY ROTO! ¡JODER! —terminó gritando con desesperación.

—Marco. —Su padre se acercó e intentó tocarlo, pero él reculó para evitarlo mientras no paraba de repetir:

—¡ESTOY ROTO! ¡ESTOY ROTO! —Hasta que se derrumbó en el suelo llorando. Solo entonces permitió a su padre acercarse hasta él y abrazarlo.

—Hijo mío. Te quiero. No me importa tu orientación sexual. Solo quiero que seas feliz.

—No puedo, padre. No puedo seguir así —murmuró entre sollozos.

—No te preocupes. Te conseguiremos ayuda —le consoló su padre sin dejar de abrazarlo.

Benedetto Lombardi se encontraba con el corazón roto. Nunca hubiera imaginado lo que su hijo acababa de contarle. ¡Qué equivocado estaba respecto a él! Ignoraba el profundo dolor que arrastraba. Si bien saber que su hijo era homosexual no era algo que le agradara, lo único que deseaba era que fuese feliz y era evidente que ahora mismo no lo era. Le buscaría ayuda, porque él no creía tener la capacidad para hacerlo y estaba claro que lo necesitaba.

Con esos pensamientos continuó abrazándole con todo el amor de padre que tenía en su corazón.

—Te quiero, hijo mío. Te voy a ayudar, te voy a ayudar... —
No dejaba de repetir mientras lo abrazaba.

20

Antes de que Maya se diera cuenta, llegó el día de la inauguración de la exposición. Dos días antes había acudido al taller del modisto para probarse el vestido que Nikolai había querido que diseñaran para ella.

Era una maravilla. De un azul profundo como la noche, se amoldaba a la perfección a su cuerpo de sirena. Semejaba una toga romana, dejando sus brazos y uno de sus hombros al descubierto. Todo el vestido estaba cubierto por una capa de encaje finísimo de un tenue color amarillento que simulaba las constelaciones sobre el firmamento. Destacaba sobre su hombro cubierto un puñado de encaje con la forma de la luna con lentejuelas doradas entre cosidas de tal manera que, al caminar, el movimiento de la tela producía el efecto de miles de estrellas brillando a través de ella. El efecto era espectacular.

—Estás preciosa —le alabó Sergey, el modisto—. Espera a ver el peinado y el maquillaje. Creo que Nikolai no lo ha pensado bien.

—¿El qué?

—Creo que vas a destacar más que las propias joyas.

Sergey se había presentado con un equipo de personas en su casa: peluquera, maquilladora y una fotógrafa. Nikolai le había solicitado un reportaje fotográfico de todo el proceso.

Estaba tan nerviosa que había sido incapaz de comer nada desde que se había levantado. Tenía miedo de no poder retener nada en el estómago.

El timbre de la puerta sorprendió a todos.

—Justo a tiempo —murmuró el modisto dirigiéndose a la puerta.

Maya oyó cómo se abría la puerta. Algunas palabras sueltas llegaron a sus oídos, no obstante, en ese momento la maquilladora le pidió que cerrara los ojos para terminar con el maquillaje.

Cuando los abrió Nikolai estaba frente a ella vestido con esmoquin, sosteniendo una caja en la que supuso que estaba la joya diseñada para el diamante azul.

No podía apartar la mirada de Maya: estaba muy hermosa. Le habían recogido el pelo en una larga trenza de la que pendían decenas de adornos que simulaban estrellas y refulgían con el movimiento de su cabeza. El maquillaje destacaba el azul de sus ojos y los oscurecía de tal forma que parecían un reflejo del vestido.

—Selene —murmuró con admiración.

—¿Selene? —preguntó ella intrigada.

—Así llamaré a estas piezas. Selene, la diosa luna. —Con un movimiento reverente abrió la caja que portaba.

Al ver el contenido de la caja, Maya ahogó una exclamación. Ver su boceto convertido en algo real, tangible, le pareció fascinante.

El diseño representaba la historia de amor entre el sol y la luna. Siempre unidos. Siempre separados. Capaces de encontrarse solo en un eclipse.

Una fina tira de oro representaba el camino del sol, mientras que otra de platino el camino de la luna y, en medio, el diamante azul, uniéndolos a modo de eclipse. A lo largo del camino de la luna, engarzados diminutos diamantes blancos que representaban las estrellas.

Siguiendo el mismo diseño Nikolai había creado unos pendientes y un anillo a juego.

—Hoy vas a refulgir más que las estrellas.

***

La fiesta se encontraba en su máximo apogeo cuando Iván llegó. No sabía cómo se había dejado convencer por Sonya para acudir. Era la presentación de la colección de joyas de no sabía ni quién. Esperaba que, después de la fiesta, ella le compensara por haberle hecho acudir. Había roto su relación con ella cuando se marchó de Rusia porque estaba harto de sus reclamos. Pretendía que se casara con ella. En cuanto Sonya había sabido de su regreso, le había perseguido y, si bien al principio se había negado a volver con ella, al final se había dado cuenta de que otra mujer era lo que necesitaba para poder sacarse esos extraños pensamientos que tenía con Maya como protagonista.

Desde aquel día en su casa, cuando se había pasado la noche frente a su puerta, no había vuelto a verla. Se había negado a cogerle el teléfono no había contestado a ninguno de sus mensajes, ni le había abierto la puerta las veces que había ido a la casa de Alexei a buscarla. No quería saber nada de él y eso lo estaba volviendo loco. No sabía lo que le pasaba, no obstante, esperaba que la relación con Sonya le ayudase a sacársela de la cabeza.

Se había inventado una supuesta reunión que le había permitido llegar tarde y perderse la presentación de las joyas. No se imaginaba nada más soporífero. Por eso en este momento, buscaba a su amante entre la multitud con aburrimiento.

Algo llamó su atención desde el otro extremo del salón: una mujer, del brazo del que supuso que era el anfitrión, ya que en ese momento le estaban entrevistando. Desde donde estaba no llegaba a distinguir bien sus rasgos, si bien por lo poco que podía ver, le parecía fascinante. Tenía el cuerpo de una diosa e iba vestida como tal. Supuso que sería una modelo.

En ese momento ella se alejaba del hombre para dirigirse a la terraza. No pudo hacer otra cosa que observarla fascinado. Era como si... brillase.

Tenía que conocerla. Quizás fuese ella la que arrancase a Maya de sus pensamientos. Maya, tan inocente, con su ropa recatada, sin mostrar una curva de más. Salvo aquella vez, hace tantos años...

Esa mujer tenía un físico parecido, aunque estaba vestida para seducir. Esperaba que no le costase mucho convencerla para que se acostase con él.

Cuanto más se acercaba a la terraza, más convencido estaba que esa era la solución a sus problemas. No se trataba de buscar una mujer diferente a la que le volvía loco, sino que quizás lo que tenía que buscar era una parecida.

En cuanto entró en la terraza la vio de espaldas a él.

—Hola, ¿quién eres?, ¿Selene? —le preguntó en referencia a los carteles que había visto en la exposición donde hablaban de esa diosa.

Notó cómo ella se tensaba de forma breve al oírle y con un suspiro cansado le contestaba sin volverse hacia él y en un tono de voz tan bajo que le costó oírla:

—Tal vez. ¿Qué quieres?

—Un beso de una diosa.

—¿Nada más? —Maya no se podía creer que no la hubiera reconocido, pese a que así debía ser. En caso contrario, estaba segura de que jamás le hubiera pedido un beso.

Se acercó a ella, no solo porque se moría de ganas de abrazarla y besarla, sino porque hablaba tan bajo que apenas distinguía sus palabras.

—De momento me conformo con eso —murmuró al tiempo que la giraba.

Las sombras de la terraza no le permitieron distinguir su rostro, solo sus labios. Sus manos recorrieron su cuerpo con codicia, acariciándola hasta que ella empezó a temblar. Al percatarse, una sonrisa satisfecha cruzó su rostro mientras se inclinaba para besarla. Eso era lo que necesitaba. Le lamió los labios con lentitud, recreándose, imaginando que eran los labios de Maya los que besaba, porque estaba seguro de que sabrían igual.

Un jadeo ahogado se escapó de la boca de Selene o como quiera que se llamara. En ese momento no le importaba. Para él era Maya. Le devoró la boca con fervor y ella le respondió igualando su pasión.

Comenzó una batalla de voluntades que duró hasta que se quedaron agotados y sin aliento. La cogió de la cintura para acercarla a la luz y poder ver su rostro. Tenía que saber cómo era esta mujer que le estaba ayudando a exorcizar sus demonios.

—¿Maya? ¿Estás ahí? —Oyó una voz masculina a su espalda—. Ven querida, quieren entrevistarte.

—Ya voy, Nikolai. Dame un minuto —contestó Selene con una voz igual a la de Maya.

Se quedó paralizado cuando se dio cuenta que la diosa que le había robado la voluntad no era otra que la propia Maya. Su Maya. Empezó a retroceder alejándose de ella como si quemase.

Ella se acercó al tiempo que él se iba alejando, hasta que llegó a la luz que la iluminó en todo su esplendor. Su visión fue como un puñetazo en el estómago. Sus labios, esos labios que había besado con pasión, ahora lucían hinchados después de haberlos torturado. Examinó su rostro enrojecido, los pechos que se desbordaban a través del escote del vestido. Después de haberlos acariciado, ya sabía lo turgentes que eran y de un tamaño perfecto para sus manos.

El deseo le atacó dejándole duro y necesitado. Abrió la boca para decir ni siquiera sabía qué, no obstante, ella le interrumpió pasando a su lado al tiempo que murmuraba:

—Disculpa. Me están esperando —afirmó con una frialdad que le sorprendió. Y se marchó dejándole con la boca abierta y sin saber qué decir, como si a ella no le hubiera afectado el beso. No como a él.

Pasaron unos minutos hasta que fue capaz de reaccionar. Cuando pudo salir del estupor echó a correr para alcanzarla, pero ella ya se encontraba con ese hombre, el diseñador. La estaban entrevistando y sacando fotos. La furia amenazaba con ahogarle. Quería cogerla en brazos y exigirle una explicación. ¿Cómo se atrevía a estar tan hermosa? ¿Por qué le había permitido que la besara? Se pasó la lengua por los labios recordando su sabor. ¿Qué demonios pretendía que hiciera ahora que sabía cómo eran sus besos?

El diseñador pasó un brazo alrededor de la cintura de Maya y una explosión de celos le atacó dejándole sin aliento.

« Mírame, Maya. Mírame».

Ansiaba ver en su mirada que estaba tan afectada por su beso como él, si bien ella no le miró ni una sola vez.

—¡Aquí estás! —exclamó Sonya agarrándole por el brazo—. Estaba empezando a pensar que me habías dejado plantada. ¿Qué miras? —preguntó al ver que la ignoraba y no había quitado la vista de algo que acontecía enfrente. Buscó el origen de aquello que llamaba tanto la atención de Iván. Cuando lo descubrió se quedó con la boca abierta.

—¿Esa no es...?

—Sí —replicó él en tono cortante.

Sonya le miró de forma evaluadora. Siempre había sospechado que la mosquita muerta estaba enamorada de Iván, pero nunca había pensado que él tuviera ningún interés en ella. Hasta ahora. La forma en la que la miraba no le gustó un pelo.

—Parece que es muy amiga de Nikolai —afirmó con malicia.

—¿Nikolai?

—El hombre que la abraza. Así que esta es la famosa diseñadora de la joya principal de la colección.

—¿Diseñadora? —Cada vez estaba más sorprendido. ¿Desde cuándo Maya diseñaba joyas?

—Esto es un aburrimiento —le susurró Sonya con voz insinuante mientras le acariciaba el brazo. —¿Qué te parece si vamos a tu casa y te agradezco que hayas venido?

Iván apenas la escuchaba. Tenía que hablar con Maya, no obstante, era consciente que este no era el lugar ni el momento. No soportaba mirarla, ver cómo ese hombre la tocaba. La fiesta terminaría en algún momento, la esperaría en casa y le exigiría una explicación.

—Nos vamos. —Sin darle tiempo a decir nada salió de la fiesta llevándose a Sonya consigo.

Horas después Iván estaba furioso. En el coche, delante de la casa de Alexei, esperando a que apareciera Maya como si de un vulgar acechador se tratase. Sabía que la fiesta de la exposición había acabado hacía tiempo y, sin embargo, ella no aparecía. ¿Dónde coño estaba?

Había acompañado a Sonya a casa y se había ido corriendo a esperar a Maya, pensando que no iba a tardar en aparecer. Su amante le había cruzado la cara de una bofetada al darse cuenta que planeaba dejarla para ir a buscar a Maya, pero no le importaba. Lo único que necesitaba era verla, hablar con ella, volver a besarla...

La espera le estaba volviendo loco. Las luces de un coche le deslumbraron. Eran Nikolai y Maya. Al oír una risa suave y ver cómo descendían del coche abrazados, apretó el volante con tanta fuerza que sus nudillos se tornaron blancos por un momento.

Con horror, vio cómo el hombre la besaba en la puerta de la casa y cómo esta le correspondía. ¿Cómo podía besar a otro tan solo unas pocas horas después de besarle a él? ¿Cómo se atrevía? ¿No había sentido lo mismo que él? ¿No se daba cuenta de que era suya y de nadie más?

Haciendo acopio de toda su fuerza de voluntad, esperó hasta que el tal Nikolai se marchó. Por un momento temió que pretendiera quedarse, algo que jamás hubiera permitido. En cuanto las luces del coche de ese hombre se alejaron, se acercó hasta la casa y llamó a la puerta.

—¿Olvidaste algo, Niko? —Maya calló sorprendida al darse cuenta de que la persona que estaba en su puerta no era Nikolai, sino Iván.

—Hola, Maya.

—¿Qué quieres? ¿Qué haces aquí? —preguntó con sorpresa. No pensó que fuera a querer nada con ella después de descubrir que la había besado confundiéndola con otra.

—¿Qué que quiero? —reclamó con furia—. ¿Te atreves a preguntarme qué quiero después de ver cómo te besuqueabas con el baboso ese? —La apartó con brusquedad para introducirse en la casa y cerrar la puerta tras de sí —¿Cómo has podido besarte con él después de hacerlo conmigo? Cuando todavía tengo el sabor de tus labios en mi boca...

Ella le miró con la boca abierta. Antes de que pudiera reaccionar, Iván la cogió por la cintura y empezó a besarla como si la vida le fuera en ello. Pasados unos instantes, le correspondió igualando su pasión. Entonces, él la apartó con violencia.

—¿Cómo puedes besarnos a los dos? —preguntó mirándola indignado.

Aquello fue más de lo que ella pudo tolerar. Estaba harta de soportar sus vaivenes emocionales.

—¿Se puede saber qué te pasa? Primero no quieres nada conmigo; luego me empujas para que me case con Alexei. Te indignas cuando rompe su compromiso conmigo. ¿Y ahora te ofende que me bese con otro hombre? ¿Sabes qué? ¡VETE A LA MIERDA! —Terminó gritando con enfado al tiempo que le empujaba tratando de sacarlo de la casa.

Él estaba también furioso. Los vanos intentos de echarle de la casa no sirvieron para nada. No se movió ni un ápice de donde estaba.

—¿Qué yo me vaya a la mierda? —gritó indignado —¡VETE A LA MIERDA TÚ! ¡ERES UNA CALIENTAPOLLAS!

Eso fue más de lo que Maya pudo resistir. Le cruzó la cara de una bofetada, quedándose ambos inmóviles y sorprendidos mirándose uno al otro.

Ella fue la primera en reaccionar. Rompió a llorar, y huyó escaleras arriba dejando a Iván solo en el *hall*.

Cerró los ojos con pesar. Desearía no haberle dicho aquellas palabras. Quería decirle que la amaba; que ahora se daba cuenta que siempre lo había hecho, a pesar de que siempre había tenido miedo; miedo de no merecerla; miedo de hacerle daño y tratarla como habían tratado todos los hombres de su vida a su madre.

Ella se derrumbó en su habitación mientras lloraba. No podía más. Ojalá no le volviera a ver nunca más en su vida.

—¿Maya? —La voz de Iván en la puerta de la habitación la hizo volverse con sorpresa.

—¿Qué quieres? ¿Qué demonios quieres de mí? —preguntó con un hilo de voz.

—Quiero decirte que te amo —susurró él con voz ronca.

—¿Desde cuándo? —No pudo evitar reírse con incredulidad—. Llevas años ignorándome y tratando de empujarme a los brazos de cualquier hombre. Y ahora que me entrego a otro de verdad, ¿descubres que me amas?

Las palabras de Maya le hicieron palidecer. Necesitaba estar seguro de sus palabras.

—¿Qué quieres decir con entregarte a otro de verdad? ¿Acaso le amas? Si es así, ¿cómo pudiste besarme como lo hiciste?

—No le amo. Aunque sí me he acostado con él —afirmó con crudeza—. Te amo a ti, no obstante, me he hartado de esperarte.

Iván sintió como si le hubieran dado un puñetazo en el pecho. Pensar que se hubiera acostado con otro hombre le produjo un malestar casi físico. Sabía que se lo merecía. La había rechazado durante demasiado tiempo, engañándola a ella y a sí mismo. A pesar de lo cual no estaba dispuesto a perderla. Ahora no.

—Perdóname —le suplicó mientras se acercaba hasta la cama y se sentaba a su lado sin atreverse a tocarla.

—¿Qué te perdone? —preguntó confusa—. No te entiendo. ¿Qué quieres que te perdone?

—Que me haya comportado como un imbécil. Que te haya empujado a los brazos de otro hombre. No haberme dado cuenta que eres lo mejor que me ha pasado en la vida y que jamás habrá otra mujer en el mundo como tú. Eres mi mejor amiga, pero hoy me he percatado que quiero que seas algo más.

Maya le miraba con la boca abierta, incapaz de articular palabra.

—¿Me estás diciendo que no te importa que me haya acostado con otro hombre?

—Tú sabes que no soy virgen, ¿no? —replicó él a su vez.

Ella le miró como si se hubiera vuelto loco.

—Te estoy diciendo que entiendo que lo hayas hecho —aclaró con tristeza al ver que le miraba como si se hubiera vuelto loco—. Llevo años acostándome con otras mujeres. Lo que no quiero es que dejes de amarme. Lo que pretendo es que me asegures que aún no es tarde y que tú también deseas que estemos juntos.

—Es lo que siempre he querido —reconoció ella con lágrimas en los ojos.

—Entonces déjame intentar que con mis besos olvides otros besos. Déjame amarte hasta que olvides que has pertenecido a otro hombre. Quiero tener por siempre el sabor de tus labios en los míos, de tu cuerpo en mi cuerpo, hasta que no sepamos dónde empieza uno y acaba el otro.

Maya no se atrevía a hablar ni a decir nada. Después del beso de la terraza no había podido concentrarse en nada más. Fue consciente del momento en el que Iván abandonó la fiesta, y el hecho de que lo hiciese acompañado de Sonya le dolió más de lo que quiso admitir. Mientras ella aún continuaba temblorosa por todo lo que había sentido, él se iba con otra. No merecía la pena. Incluso después de acabar la fiesta no había querido irse a casa. ¿Para qué? ¿Para amargarse por ser una imbécil enamorada de un hombre que no la deseaba? Por eso Nikolai había tratado de animarla después de la fiesta con un paseo y un poco de conversación. Ella le contó lo que había pasado con Iván y él lo entendió.

—Si quieres, puedo ayudarte a olvidarlo —le aseguró con ternura mientras la abrazaba.

—Gracias, no obstante, tampoco es justo para ti. Cuando estemos juntos debería pensar en ti y no en otro hombre.

—De acuerdo. Vamos, te llevo a tu casa entonces.

Cuando llegaron a la puerta la besó de forma apasionada y ella se entregó a ese beso en un intento de borrar el sabor de los labios de Iván, pese a que no lo consiguió. Por eso no le invitó a pasar y él tampoco se lo pidió.

Y ahora miraba al hombre que amaba frente a ella, suplicándole una oportunidad. Tenía tanto miedo de dársela y que luego él se arrepintiera.

—Vete —le suplicó apenas sin fuerzas para resistirse.

—Maya —murmuró intentando abrazarla.

—No —negó ella, levantándose de la cama y alejándose de él lo máximo posible —. No te creo.

—Está bien —acordó con un suspiro—. Lo entiendo. Pero, por favor, deja que te demuestre que hablo en serio.

—¿Y Sonya? —preguntó ella sin poder evitar que un dejo de amargura se trasluciera en su voz.

—¿Sonya? —Estaba confuso. No entendía el motivo por el que la mencionaba.

—La mujer con la que te fuiste de la fiesta.

—Me limité a llevarla a casa y venir hasta aquí a esperarte.

—Al recordar cómo la había visto llegar riéndose y besándose con el tipo ese volvió a enfadarse—. Estuve tres horas en el puto coche esperando por ti, para luego verte llegar feliz y riéndote con ese gilipollas.

—¿Qué querías? ¿Qué viniera a casa a llorar por ti?

Iván inspiró con profundidad a la vez que trataba de tranquilizarse.

—No. Solo esperaba que hubieras sentido lo mismo que yo cuando te besé. —Se acercó a ella sin dejar de mirarla a los ojos—. Esperaba que hubieras sentido que la tierra se había movido de su eje. Esperaba que hubieras comprendido que a pesar de que llevo años luchando contra ti, luchando contra tu amor, me has vencido. He podido resistir porque no te había probado, pero ahora que te he tenido entre mis brazos, ahora que sé a qué saben tus labios... jamás podré probar otros sin recordarlos.

Ella le miró con los ojos anegados de lágrimas y el corazón roto. Tenía tanto miedo que no lo dijera de verdad; que se arrepintiera de lo que estaba diciendo...

—Iván, te lo ruego, no me mientas. No lo podría resistir —suplicó con la voz rota por el dolor.

Él le tendió la mano. En el momento en que ella la unió a la suya, la acercó hasta él y la abrazó. Besó sus párpados, limpiándole las lágrimas con sus dedos.

—Amor mío —rogó antes de besarla—. Déjame que te demuestre cuánto te amo.

Iván dedicó toda la noche a borrar con sus besos otros hasta que Maya olvidó que, en algún momento, se había entregado a otro hombre. Pese a que había entregado su cuerpo, no había entregado su corazón. Él también olvidó a todas las que había habido antes de ella, y comprendió que nada se podía comparar al amor de Maya. Entendió, por fin, que el amor no te hace más débil, sino más fuerte.

Maya se despertó con la luz del amanecer, temerosa de que todo lo ocurrido durante la noche hubiera sido un sueño, no obstante, al girarse vio a Iván que, a su vez, la miraba en silencio.

—¿Qué haces? —murmuró con temor de que le dijera que se iba.

—Mirarte y preguntarme cómo se puede ser tan imbécil.

Ella sintió dolor al oír esas palabras. Era evidente que estaba arrepentido de lo que había sucedido.

—¿Tanto te arrepientes? —preguntó con voz rota al tiempo que se levantaba para abandonar la cama y poder vestirse.

—No me arrepiento de nada —afirmó él al tiempo que la sujetaba del brazo para que no pudiera irse—. Soy un imbécil por haber tardado tantos años en darme cuenta que eres lo mejor que me ha pasado en la vida. —Maya se giró hacia él con asombro—. Y todavía voy a tener que darle las gracias al cabrón de Alexei por haber roto contigo, porque te amo, y por eso me pregunto cómo he podido ser tan imbécil, tan gilipollas, tan...

No pudo seguir hablando porque ella le calló con un beso, que dio paso a otro... hasta que pasaron minutos en los que ninguno fue capaz de hacer otra cosa más que amarse. En ese momento el sonido de un móvil les interrumpió.

—Hablando del rey de Roma —comentó Iván al ver que era Alexei el que llamaba—. Dime, ¿no llamas un poco temprano? ¿Qué? ¿Cómo...? Está bien. Eres mi mejor amigo. Allí estaré —aseguró con resignación cortando la llamada.

—¿Qué quería? —preguntó ella con extrañeza.

—Decirme que se va a casar con Nicola y que quiere que sea su padrino.

—¿Quééé? ¡Cuánto me alegro!

Iván la miró con una sonrisa.

—Yo también me alegro, si bien de otra cosa —le dijo al tiempo que la abrazaba.

—¿De qué te alegras?

—Que no te importe que se case con otra.

—Nunca he dejado de amarte —reconoció ella mirándole a los ojos—. Lo he intentado con Alexei, con Nikolai... pero ninguno de ellos ha conseguido que te saque de mi corazón.

—¿Ni siquiera Nikolai? —preguntó con celos. Aunque aceptaba lo que había pasado, porque sabía que había sido él el culpable, no podía evitar odiarle.

—Ni siquiera él —confesó mientras acariciaba su rostro y le mostraba su amor con la mirada—. ¿Y cuándo es?

—¿Cuándo es qué? —preguntó confuso. Estaba tan perdido en los ojos de Maya, sintiendo cómo derramaba su amor sobre él, que al principio no supo bien de qué le hablaba.

—La boda, tonto —replicó ella con dulzura.

—Dentro de tres meses —masculló, besándola el cuello—. Tienes tiempo de sobra.

—¿Tiempo para qué? —murmuró ella con voz ahogada mientras olas de deseo inundaban su cuerpo allá por dónde Iván la besaba.

—Para buscar un vestido apropiado para la boda.

Al principio no escuchó, si bien cuando acertó a comprender lo que le estaba diciendo se apartó de él mirándole con extrañeza.

—¿Quieres que vaya contigo? ¿No resultará un poco raro? A fin de cuentas hasta hace poco tiempo Alexei y yo estábamos comprometidos.

—Me importa una mierda si es raro o no —aseguró él con firmeza—. No pienso separarme de ti y dejarte aquí con el Nikolai ese.

—Yo... —ella le miró dudosa—. No voy a dejar de trabajar con él. Quiero que lo sepas.

Iván inspiró varias veces tratando de calmarse. Cuando se encontró lo bastante tranquilo para hablar sin alterarse, la cogió de la mano y apoyó su propia mejilla en la palma de la de Maya, al tiempo que le decía:

—Lo sé. Lo entiendo. Sin embargo, quiero que él sepa que a partir de ahora eres mía. Habla con él, trabaja con él si quieres, pero yo no me voy de Rusia sin ti. Vayamos juntos a la boda y, si así lo deseas, regresemos al día siguiente; no obstante, bajo ninguna circunstancia voy a dejar que te vuelvas a alejar de mí.

—Está bien —aceptó ella abrazándole, pese a que no pudo evitar que las dudas atenazaran su mente preguntándose hasta cuándo. Llevaba demasiados años esperando que la amase como para aceptarlo con facilidad. Aún se preguntaba en qué momento se arrepentiría.

Iván, consciente de las dudas que transmitía su mirada, proclamó:

—Te amo y te juro que te lo voy a demostrar hasta que te des cuenta que jamás habrá otra mujer para mí salvo tú.

***

Adrián se miraba en el espejo probándose el traje que iba a llevar en la boda de su prima. Hacía ya un mes desde que Nicola se había presentado con Alexei en casa para contarle que se iban a casar. Se alegró por ella: sabía que no había dejado de amar a Alexei y por fin había sido capaz de perdonarle.

Estaba en una tienda con Lucio, ya que iba a acudir con él a la boda. Sentía un dolor sordo en el corazón al pensar que ese día volvería a ver a Marco. Desde aquel nefasto día en ese restaurante, cuando Marco se había ido tras discutir con Alexei, no había vuelto a saber de él. Le había pedido a Nicola que le preguntase a su futuro marido por él, si bien este se había limitado a comentarle que había abandonado la ciudad, pero que volvería para la boda.

Solo pensar en volverle a ver, hacía que la ansiedad le secase la boca.

—Antes de que se fuera de la ciudad estuve con Marco —confesó Lucio, de pronto, al ver cómo la angustia se dibujaba en su rostro—. Le conté lo que me había sucedido y que creía que eso le había afectado a él y a sus relaciones.

Adrián le miró con sorpresa.

—¿Por qué no me lo contaste? ¿Qué te dijo? —preguntó con un atisbo de esperanza.

—Me echó de su casa. —Al ver la mala cara que ponía Adrián, añadió—: Eso me lo esperaba. ¿No creerías que por contarle eso de pronto iba a ser capaz de aceptar su homosexualidad?

—No. Pero...

—He sembrado dudas en él; pensamientos que con toda seguridad hasta ahora nunca había tenido, si bien el camino va a ser largo. Ya te dije que creo que va a necesitar ayuda profesional.

—Lo sé —reconoció sintiendo cómo la esperanza moría poco a poco. La conversación con Lucio solo había sido el detonante para decidir irse de la ciudad, así que no creía que eso fuese muy positivo.

—Me alegro de que no te hayas enfadado. —Su amigo le miraba con extrañeza—. No me atrevía a decírtelo porque no estaba seguro de que estuvieras de acuerdo con que hubiera hablado con él.

—Al contrario —aceptó con una sonrisa triste—. Me has hecho un favor, porque así no vas a poder enfadarte conmigo.

—¿Y por qué iba a enfadarme contigo? —preguntó con extrañeza.

—Porque yo también he hablado con alguien y no estoy muy seguro de que te haga mucha gracia.

—¿Con quién has hablado? —quiso saber palideciendo al pensar en una posibilidad.

—Con Luigi.

—¿Con Luigi? ¿Y cómo coño has podido hablar con él? —reclamó con enfado—. ¡Si ni siquiera lo conoces!

—Anoche se presentó en mi casa.

—¿Quééé?

—Se enteró de que manteníamos una relación y vino a hablar conmigo. Ojalá Marco sintiese por mí la mitad de lo que él siente por ti—. Me contó que te amaba y que lo único que deseaba era asegurarse de que yo te hacía feliz.

Lucio sintió un dolor en el corazón como si lo hubieran apuñalado. ¡Le echaba tanto de menos!

—Le conté toda la verdad. —Oyó que Adrián decía.

—¿Qué has dicho?

—Le conté toda la verdad: que no éramos pareja, que solo me estabas haciendo un favor, que le amabas y que eras un auténtico gilipollas.

Lucio no se podía creer lo que le estaba diciendo. ¿Cómo iba a poder mantenerle alejado si ya sabía la verdad?

—¿Por qué lo has hecho? —preguntó dolido.

—Por lo mismo por lo que tú fuiste a hablar con Marco. Porque te mereces ser feliz. ¿Quieres saber lo que él me dijo?

Se moría por saberlo, pero no se atrevió a decir nada. Sin embargo, a Adrián no le importó.

—Me aseguró que eras un gilipollas si pensabas que iba a dejar de amarte, y que si lo que pretendías era que fuera feliz lo estabas haciendo de pena porque llevaba meses sufriendo. Que si le amaras tanto como decías te darías cuenta que jamás serás como tu padre. Me dio una dirección y un teléfono.

—¿Suyo?

—Sí. Toma —le tendió una tarjeta de color blanco—. Este es su número de móvil. Me contó que te amaba desde que erais unos niños, que podía vivir sin ser padre, pero que no podía vivir sin ser tu marido. No me habías dicho que os habíais casado.

—Lo sé. Yo... le envié los papeles del divorcio.

—Los quemó y quiere que sepas que jamás los va a firmar.

Lucio miró la tarjeta que le tendía Adrián como si le quemara.

—También me contó que habías prometido a vuestros padres que no permitirías que el pasado te impidiera ser feliz.

Lucio sintió un gran dolor en el corazón. Los padres de Luigi siempre le habían dicho que le querían como a un hijo y él sabía que era verdad. Habían muerto en un accidente de tráfico hacía dos años. Eso les había unido aún más a Luigi y a él. Los echaba tanto de menos... a ellos y a él.

Adrián aún tenía la tarjeta tendida hacia él. Una imagen de la madre de Luigi sonriéndole acudió a su mente y, sin darse cuenta de lo que hacía, se encontró tomando la tarjeta y apretándola entre sus dedos. Se dio cuenta que era verdad que, al igual que su primo, estaba permitiendo que lo sucedido en el pasado afectara a su futuro. Quizás había llegado el momento de dejarlo atrás.

—Gracias. Creo que... voy a llamar por teléfono.

—Hazlo.

—Yo... ¿Te importaría si no te acompaño a la boda?

—No, no me importaría. Solo quiero que seas feliz. Te lo mereces.

—Gracias —le dijo Lucio mientras le abrazaba.

—Llámame y cuéntame lo feliz que eres —le pidió Adrián, rompiendo el abrazo.

—Lo haré —asintió con una gran sonrisa mientras se despedía de él.

Adrián quedó a solas con sus pensamientos. Se alegraba por Lucio y por Nicola, pero también sentía envidia. Trató de animarse mientras se miraba en el espejo. Ojalá Marco no fuera a la boda. Si lo hacía, lo único que esperaba era que no lo hiciese acompañado. No sabía si su corazón lo podría resistir.

21

*D*os meses después...

Adrián miraba a su prima Nicola con dulzura. Estaba preciosa. Parecía una princesa y lo más maravilloso era su sonrisa. Se notaba que era feliz.

—¿Estás lista? —le preguntó a la vez que le tendía la mano para llevarla al altar.

En contra de todas las tradiciones, en esta boda en vez de padrinos y damas de honor, solo había padrinos: Iván era el de Alexei y él mismo el de Nicola.

Iván y Maya habían llegado hacía unos días procedentes de Rusia. Cuando le había preguntado a su prima si no era un poco incómodo tener en la boda a la antigua prometida de su futuro marido, esta le había explicado que Maya llevaba toda la vida enamorada de Iván y que en realidad se iba a casar con Alexei por despecho, así que no tenía motivos para sentir celos. De hecho, en los pocos días que se conocían se habían hecho amigas.

Aún no había podido conocerla, puesto que su padre, en un vano intento de que renunciase a su trabajo, le había obligado a viajar en persona a Austria para solucionar unos problemas. Los mismos que, a su llegada, comprobó que hubiera podido resolver desde su oficina con una simple llamada de teléfono. Todo formaba parte de la estrategia urdida por su progenitor para que se hartase y abandonase la empresa, sin embargo, no estaba dispuesto a ello.

De Marco no había vuelto a saber nada. Alexei le había asegurado que acudiría a la ceremonia. Le explicó que había hablado con él y se encontraba bien, no obstante, nadie le había visto desde la noche en que Lucio había acudido a su apartamento.

La ceremonia iba a celebrarse en el jardín de la casa de Alexei, que ahora compartía con Nicola. Desde el día en que le había pedido que se casara con él no se habían vuelto a separar. Decían que tenían que recuperar el tiempo perdido.

Adrián tomó la mano de su prima con orgullo y juntos bajaron las escaleras, ella sujetando la cola del vestido para no tropezar. Cuando llegaron a la puerta de acceso al jardín, al pasar junto a lo que era la biblioteca, no pudo dejar de observar que esta había sido transformada en un cuarto que Nicola debía utilizar para pintar a juzgar por el caballete en el que había un cuadro a medio terminar. Sin embargo, lo que más le llamó la atención fue la cama que parecía presidir la estancia. Le pareció un sitio muy extraño para poner una cama, si bien ¿quién era él para decirles como decorar la casa?

Nicola estaba exultante de felicidad. Su primo abrió la puerta del jardín y allí, esperándola al final de un camino bañado de pétalos de rosa estaba Alexei, más guapo que nunca, mirándola con un amor que jamás hubiera imaginado, cruzó el jardín del brazo de Adrián, hasta llegar junto a él.

—Amor mío, te he echado de menos —susurró Alexei con ternura depositando un beso en la palma de su mano.

Mientras cruzaba el jardín, Adrián no había podido evitar buscar entre los asistentes hasta que localizó a Marco. Hacía meses que no lo veía y le pareció que estaba más guapo que nunca. Este le miró con fijeza al pasar a su lado y una leve esperanza aleteó en su corazón, hasta que se fijó en la mujer que estaba a su lado y que era evidente que le acompañaba. Era preciosa, rubia —como le gustaban a Marco— y con el cuerpo de una modelo. Sintió las garras de los celos destrozándole las entrañas y, a partir de ese momento, ya no pudo disfrutar de la ceremonia. Echaba continuas miradas por encima de su hombro, observando cómo la rubia se inclinaba de vez en cuando para hablar con Marco al oído haciéndole quién sabe qué tipo de confidencias. Le hubiera gustado poder acercarse a la rubia y apartarla de su lado, pero se dio cuenta de que no tenía sentido. No tenía derecho.

En un momento de la ceremonia, la rubia se tambaleó como si se fuera a desmayar y, antes de poder procesar lo que estaba ocurriendo, Iván, que estaba de pie junto a Alexei, abandonó el altar haciéndole entrega a Adrián de los anillos de boda y se acercó a toda velocidad a la rubia. Llegó justo a tiempo para cogerla en brazos antes de que cayera desmadejada al suelo. Marco se apartó dejando paso a Iván, que se adentró en la casa sin soltar su preciada carga.

Mientras que a Adrián toda la escena le había parecido extrañísima, ni Alexei ni Nicola se alteraron lo más mínimo, al contrario sonrieron.

—Creo que se lo va a tener que decir —afirmó Alexei.

—¿Decir qué? —preguntó Adrián que no entendía lo que acababa de pasar—. ¿Soy el único al que todo esto le parece muy raro? ¿Por qué Iván se lleva en brazos a la pareja de Marco?

—Esa mujer no es la pareja de Marco. Es la novia de Iván, Maya —confirmó Nicola con una sonrisa—. Está embarazada, pero no se lo ha querido contar todavía. Creo que ya no le va a quedar más remedio.

—¿Y Marco?

—¿Qué pasa con él?

—Yo... —No sabía qué decir. ¿Cómo preguntar lo que en realidad deseaba saber? Si había venido solo. Si había pensado en él en todos estos meses. Tantas preguntas que se hacía en ese momento y de las que no sabía si en realidad quería conocer la respuesta, así que prefirió no decir nada.

Tras ese breve paréntesis, la ceremonia continuó sin más interrupciones y sin uno de los padrinos.

Al ver cómo Maya se ponía pálida y se tambaleaba como si se fuera a desmayar, Iván sintió como si el corazón se le fuera a salir del pecho. Corrió hacia ella y llegó justo a tiempo para recogerla antes de que cayera al suelo. La tomó en brazos y entró en la casa, depositándola en el sofá del salón.

—¡Maya! —gritó con preocupación. Miró alrededor para pedir que alguien llamara a un médico y se sorprendió al darse cuenta que tanto Alexei como Nicola no solo no le habían acompañado, sino que continuaban con la ceremonia como si lo ocurrido no tuviera la más mínima importancia.

—Iván —gimió Maya abriendo los ojos con lentitud—, ¿qué ha pasado?

—Te desmayaste —le explicó con preocupación.

—¡Oh! ¿Y la boda?

—La boda sigue adelante —contestó, molesto ante la aparente despreocupación por parte de Alexei y Nicola por la salud de Maya.

—Bien —afirmó ella con un suspiro tratando de sentarse.

—¿Bien? ¿Te parece bien? —gritó él con enojo—. ¡No me lo puedo creer! ¡Ni siquiera han tenido la consideración de preguntar qué te pasaba! ¡Esto es el colmo! No me puedo creer... —No pudo seguir hablando porque Maya se lo impidió con un beso.

—Alexei y Nicola no se han preocupado porque ya saben lo que me pasa —le aseguró con una dulce sonrisa.

—¿Y se puede saber qué es lo que te pasa que ellos saben y yo no? —preguntó mirándola con enojo.

—Nicola lo sabe porque se lo conté anoche, y supongo que Alexei lo sabe porque se lo habrá dicho ella —prosiguió con suavidad mirando al suelo.

Estaba cada vez más mosqueado: ¿qué le pasaba?, ¿por qué no se lo había dicho a él?

—¡Joder, Maya! Dímelo de una vez —exigió exasperado—. ¿Se puede saber qué te pasa?

—¿De verdad que no te lo imaginas? —No sabía cómo decírselo. Se retorcía las manos con nerviosismo. Temía que cuando lo supiera se alejara de ella.

—No tengo ni puta idea de lo que te pasa, y te juro que como no me lo digas voy a ponerme a gritar de un momento a otro —reclamó con desesperación.

No se reconocía a sí mismo. Maya era la única capaz de sacarle de quicio.

—Estoy embarazada —confesó con un susurro tan bajo que tuvo que esforzarse para escucharla.

—¿Embarazada? ¿Has dicho que estás embarazada? —Se quedó en estado de *shock*, no se lo esperaba—. ¿Cómo...? Quiero decir... siempre hemos usado protección.

—No siempre —negó ella enrojeciendo.

De pronto recordó. Una tarde, hacía más de un mes, se habían acabado los preservativos y pensaron que, por una vez, no pasaría nada, pero era evidente que no había sido así.

Maya quería morirse. Era obvio que no estaba muy contento. Se sentía tan insegura acerca de su relación que por eso no se había atrevido a decirle nada. Se lo había contado a Nicola, porque necesitaba sincerarse con alguien y ella la había animado a decírselo a Iván, no obstante, tenía tanto miedo... Miedo a que se alejara de ella. Nunca hablaban del futuro, si bien él siempre había dicho que no quería tener hijos porque creía que no podría ser un buen padre. Por eso ahora, viéndolo frente a ella, pálido y mirándola con auténtico horror en su rostro, no pudo evitar que las lágrimas cayeran por sus mejillas.

—¡Shhh! —le susurró él al tiempo que la abrazaba con ternura—. No llores cariño, no pasa nada.

—Sí pasa —afirmó ella entre lágrimas apartándose de él—. Es evidente que no estás contento. Por eso no me había atrevido a contarte nada.

—Maya —llamó con dulzura—. Mírame.

Pero ella no solo no le miraba, sino que incluso se alejó más de él y se dirigió hacia la ventana mientras la sacudían los sollozos.

—Maya —insistió abrazándola por detrás—. No llores. No creo que eso sea bueno para el niño —le aseguró deslizando una de sus manos por su estómago con una caricia—. No me puedo creer que hayamos creado una vida y que crezca aquí, en tu interior.

Ella, inmóvil al oír sus palabras, se giró hacia él, le miró a los ojos y vio que sonreía.

—¿No estás molesto?

—Claro que estoy molesto —asintió con una sonrisa—, si bien no por lo que tú crees, sino porque no te atrevieras a decírmelo.

—Nunca has querido tener hijos —afirmó con un hilo de voz.

—Es cierto —reconoció él con dulzura—, sin embargo, tampoco quería enamorarme de ti. Aunque si hubiera sabido lo feliz que me harías, te juro que te hubiera pedido que te casaras conmigo hace mucho tiempo. ¿Lo harás?

—¿El qué? —preguntó confusa.

—Casarte conmigo.

—¿Por el niño?

—Por el niño y porque te amo. No te lo pedí antes porque temía que me rechazaras. Sé que aún desconfías de mí, no obstante, espero que nuestro hijo me ayude a convencerte.

Maya reía y lloraba al mismo tiempo.

—Sí, me casaré contigo —contestó al final con alegría.

—No te arrepentirás —le aseguró cogiéndola en brazos para bailar con ella por la habitación.

—¿Qué haces, loco? —preguntó ella entre risas.

—Practicar para la boda.

Mientras todo esto ocurría en el interior de la casa, en el exterior la ceremonia transcurría con normalidad.

—Puede besar a la novia —decía en ese momento el párroco.

Alexei no se hizo de rogar y besó a Nicola con toda el alma.

—Te amo —le susurró a la vez que limpiaba las lágrimas que corrían por sus mejillas.

Una vez acabada la ceremonia, mientras todos los invitados se acercaban a felicitar a los novios, Adrián se fue apartando poco a poco buscando, sin poder evitarlo, a Marco con la mirada, pero no le veía por ninguna parte. Con una gran tristeza en el corazón, se alejó de la fiesta y se acercó a la casa.

A través de la ventana vio a Maya y a Iván, que bailaban por el salón transmitiendo tanto amor que le provocó una envidia tan grande que sintió malestar físico.

Había esperado la boda con expectación, imaginando que volvería a ver a Marco y que tal vez... ¡Qué iluso había sido! Nada había cambiado.

Se alejó un poco más del bullicio por un camino lateral que desembocaba en un pequeño estanque con un banco en el que se sentó con un suspiro. Pensaba en sus opciones: largarse de la fiesta o fingir que ver a Marco no le afectaba.

—Hola, Adrián. —La voz de Marco le sorprendió haciendo que se girase para verlo envuelto en la oscuridad, capaz apenas de distinguir su rostro.

—Hola, Marco —saludó fingiendo una alegría que no sentía—. Hace mucho que no te veía.

—No he estado en la ciudad.

—Yo tampoco —afirmó con despreocupación—. Creo que voy a unirme a la fiesta —dijo mientras se levantaba disimulando las ganas de gritarle que dónde coño se había metido.

—No te vayas —le pidió Marco con rapidez al ver que se alejaba—. Por favor.

Se detuvo con el corazón en un puño.

—¿Para qué? ¿Qué quieres? Creo que tú y yo ya nos dijimos todo lo que nos teníamos que decir hace tiempo. No creo que tengamos nada más que hablar.

—¿Qué tal está mi primo? —preguntó Marco a su vez—. ¿Por qué no está contigo?

De pronto, Adrián se sintió muy cansado. Cansado de fingir que todo iba bien y que no tenía el corazón destrozado.

—Y a ti, ¿qué te importa?

Marco avanzó hacia él saliendo de las sombras.

—Me importa más de lo que crees. Yo... —Durante un momento pareció avergonzado—. Quería pedirte perdón.

—¿Perdón? ¿Por qué? ¿Por follarte a todas esas mujeres? ¿O solo por follar conmigo? ¿De qué te arrepientes más? —preguntó con rabia—. ¿Sabes qué? ¡Vete a la mierda! —gritó mientras se alejaba de él.

—¡Adrián! —llamó Marco acercándose a toda velocidad y sujetándolo por el brazo para impedir que se marchara—. Por favor. No te vayas. Necesito hablar contigo.

Adrián sentía como si le ardiera el punto exacto en el que Marco le sujetaba. Un escalofrío le recorrió el cuerpo mientras se maldecía a sí mismo por permitir que le afectara su contacto.

—Adrián —le suplicó sin soltarle el brazo—. Quiero hablar contigo. Quiero contarte lo que he hecho desde la última vez que nos vimos.

—Como si me importara una mierda —replicó él con desprecio, tiró del brazo que le sujetaba para obligarle a que le soltara y se giró para alejarse de él.

—Sé que me porté como un cerdo contigo y que ahora es muy tarde porque estás con Lucio, si bien... quisiera... ¡Joder! Esto es más difícil de lo que había imaginado.

—¡Qué coño quieres! ¡Dilo de una puta vez y déjame en paz! —Estaba harto de esta conversación sin sentido.

—Hace unos meses mi primo fue a verme a casa y me contó algunas cosas... cosas de mi infancia —confesó con tristeza.

—Lo sé.

—¿Lo sabes?

—Lucio me lo contó.

—¿Qué te contó? —preguntó con angustia y vergüenza.

—Todo —reconoció Adrián con voz ronca—. Me confesó lo que le había pasado a él y que tú habías sido testigo de ello. Que fue a tu apartamento para contártelo, pero que no le creíste.

—No le quería creer. Hablé ese mismo día con mi padre y él me confirmó que todo era verdad. Yo... llevo años luchando contra mis sentimientos... luchando contra ti —aseguró con voz rota y sin dejar de mirarle a los ojos.

—¿Luchando contra mí? —Ahora era el turno de Adrián de sorprenderse—. No te entiendo, hace años que ni nos hablábamos.

—Lo sé. ¿Nunca te preguntaste por qué rompí nuestra amistad?

—Siempre supuse que había sido por lo sucedido entre Alexei y Nicola.

—En parte sí, no obstante, en realidad fue porque cuando me contó que Nicola y tú erais amantes, sentí como si me hubieras traicionado y eso, unido a lo que me pasaba contigo, me hizo decidir que lo mejor era apartarte de mi lado.

—¿Y qué es lo que te pasaba conmigo?

Marco tomó aire. Esto estaba resultando más duro de lo que había imaginado.

—Tenía fantasías —susurró con voz enronquecida.

—¿Qué clase de fantasías? —preguntó Adrián con la boca seca.

—Fantasías —replicó Marco con voz tensa—. ¿Qué coño importa cuáles fueran?

—A mí me importan. ¿No querías hablar conmigo? Pues habla.

—No era exactamente eso lo que te quería decir —aseguró con tirantez.

—Entonces creo que no tenemos nada más que hablar —resolvió Adrián enfadado. No iba a permitir que él marcara el tono de la conversación; de lo que podían hablar y de lo que no. Estaba hasta los cojones de bailar al son que él tocaba, así que se dio la vuelta dispuesto a irse.

—No me lo vas a poner fácil, ¿no? ¡Joder, Adrián! —le gritó al ver que se alejaba de él—. ¡Soñaba contigo! Haciéndome... cosas —terminó con un murmullo.

Eso hizo a Adrián detenerse.

—¿Cosas? ¿Qué cosas? —preguntó con curiosidad. Marco enrojeció de vergüenza sin saber cómo continuar.

—¿Te besaba? —preguntó acercándose a él, que asintió sin decir nada.

—¿Dónde? —continuó Adrián mientras deslizaba una de sus manos por su polla—. ¿Aquí? —le preguntó al oído—, ¿o en la boca?

—En ambos —murmuró con voz estrangulada mientras las caricias de Adrián le endurecían. Este introdujo la mano dentro de sus pantalones y de su ropa interior.

—¿Sabes cómo descubrí que era homosexual? —confesó a su vez Adrián cogiendo su polla y moviendo su mano arriba y abajo—. Gracias a ti. Me pasaba el día imaginando que te besaba, que te follaba —continuó diciendo mientras fue aumentando la velocidad de sus movimientos—. La primera vez que follé con un hombre solo pude pensar en ti.

Marco no aguantaba más. Estaba a cien y esto último, saber que pensaba en él mientras follaba con otro, le provocó un orgasmo que le hizo temblar mientras se aferraba a él.

Adrián le lamió la oreja y le susurró algo al oído antes de alejarse de él.

—Seguro que ninguna de tus zorras puede hacer que te corras así —le aseguró mientras se alejaba.

Marco no podía hablar, trataba de recuperarse de lo que acababa de pasar.

—Adrián, no te vayas —le rogó con voz ahogada. Pese a que él ya se había ido. No le había permitido explicarle lo que quería.

Un poco más adelante, Adrián se apoyó en un árbol mientras temblaba. Le había costado un triunfo fingir indiferencia, si bien la verdad es que lo sucedido le había afectado también a él. La mano con la que le había masturbado le temblaba y sentía un dolor extraño en el corazón. Había querido vengarse; que se diera cuenta que él era lo mejor que le había pasado en la vida y que nunca ninguna mujer iba a conseguir darle tanto placer como él, pero no pensó que eso le iba a costar un precio.

Se incorporó a la fiesta fingiendo una alegría que estaba lejos de sentir.

—Adrián, ¡joder! Quiero hablar contigo —exigió Marco con furia cuando llegó a su lado, agarrándolo del brazo.

—¿Para qué? ¿Necesitas que te hagan otra paja? Seguro que en esta fiesta hay unas cuantas mujeres dispuestas. Apuesto que hasta podrás echar un polvo con alguna de ellas —le sugirió a su vez desasiéndose de su agarre.

Marco estaba desesperado. No sabía cómo hacer para que le escuchara. De pronto, se dio cuenta de lo único que podía hacer; lo único que haría que Adrián le escuchara. Sujetándolo de nuevo por el brazo le dio la vuelta para que le mirase.

—Adrián. —Fue lo único que pronunció antes de besarle en los labios.

Este se quedó paralizado. No podía ser verdad. Marco no podía estar besándole en mitad de la fiesta, delante de todo el mundo. Antes de que se diera cuenta estaba respondiéndole, besando sus labios como siempre había querido hacerlo, con pasión, aunque también con ternura; no como un castigo o con desesperación como habían sido sus últimos encuentros, sino como si ambos lo desearan. Estuvieron unos minutos besándose, hasta que ambos se separaron con la respiración agitada y se quedaron inmóviles mirándose sin atreverse ninguno en ser el primero en hablar.

Al final, fue Adrián quien rompió el silencio.

—¿Por qué has hecho eso?

—Perdóname —suplicó Marco con tristeza—. Sé que me merecía lo que pasó antes. Y a pesar de que tienes una relación con mi primo...

—No tengo ninguna relación con Lucio. Nunca la he tenido.

Marco le miró con una mirada confusa.

—¿No teníais una relación?, ¿de verdad? Yo... os vi juntos muchas veces.

—Sí, salíamos a comer, a divertirnos... como amigos —Adrián sonrió con amargura—. Tu primo tenía la teoría de que te ibas a morir de celos cuando nos vieras juntos.

—Y no se equivocaba. —Inspiró con profundidad antes de hablar—. Me moría de celos cuando te veía con él, a pesar de que a su vez me repugnaba desearte.

Adrián palideció por la crudeza de sus palabras. Dolido, se dio la vuelta para alejarse de él, si bien Marco le detuvo al sujetarle por el brazo.

—Por favor, te lo suplico —le rogó con desesperación—. Necesito que escuches lo que tengo que decir. Si después no quieres volver a verme nunca más, lo entenderé, pero, por favor, no te vayas.

Le miró con fijeza tratando de decidir qué hacer, si escucharle o irse, al final, decidió ceder. No creía que hubiese algo que pudiera dañarlo más de lo que ya había hecho.

—¿Podemos ir a un sitio en el que estemos a solas? —le pidió Marco.

Asintió y se dirigió al jardín donde se habían encontrado antes. Al llegar, se sentó en el banco e invitó a Marco, con un gesto, a que se sentara junto a él, pese a que este estaba tan nervioso que, en lugar de sentarse, comenzó a pasearse delante de él mientras trataba de encontrar las palabras para explicarle lo que le había sucedido.

—Ya te dije que después de hablar con Lucio fui a buscar a mi padre. Necesitaba una confirmación de que todo lo que me habían contado Salvatore y él era cierto. Cuando me lo confirmó fue doloroso, no obstante, también supuso un alivio.

—¿Por qué?

—¿Recuerdas cuando éramos amigos? —preguntó a su vez Marco.

—Sí, lo recuerdo. Hasta que ocurrió lo de Nicola y me retiraste la palabra.

—Ya te dije que cuando Alexei me contó que tú y Nicola erais amantes sentí como si me hubieras traicionado. —Adrián abrió la boca como para replicar, pero Marco le detuvo con un gesto—. En ese momento me di cuenta que lo que sentía por ti era algo más que amistad. Llevaba un tiempo teniendo esos extraños sueños contigo.

—Yo me pasaba el día pensando a qué sabrían tus labios —acertó a decir Adrián con voz enronquecida.

—Sin embargo, yo me sentí fracturado —continuó a su vez Marco con tristeza—. Te quería, eras mi mejor amigo y de pronto... te deseaba... Pensé que estaba enfermo, no podía aceptar que era homosexual y, desde luego, no sospechaba que tú también lo fueras, al contrario. Lo de Nicola sirvió para que pensara que no lo eras. Eso llevó a que mis fantasías se volvieran aún más, algo... sucio, indeseable. Por eso rompí la relación. Al día siguiente de que Alexei me contara lo de Nicola, fui a un club y follé con una mujer, a pesar de que al acabar me sentí también asqueado. Llevo años en un círculo vicioso. Deseándote y odiándote a partes iguales.

—Entonces, ¿por qué estoy aquí?, ¿por qué me has besado?, ¿qué demonios quieres de mí?

—Hablé con mi padre y le conté lo que me pasaba, cómo me sentía, y lo más increíble fue que me apoyó y que me dijo que me ayudaría.

—¿Y lo hizo? —No pudo evitar sentir envidia, la reacción de su padre había sido renegar de él como hijo. De hecho, parecía que hacerle la vida imposible se había convertido en el objetivo de su existencia, al menos a nivel laboral.

—Me buscó ayuda profesional. Llevo un par de meses acudiendo a un psicólogo y me ha ayudado a aceptar que mis deseos y mis sentimientos no son aberraciones, sino algo natural. Además, el apoyo de mis padres me ha servido de mucho. Sé que aún me queda mucho camino por recorrer, sin embargo, yo... quisiera pedirte una oportunidad.

—Una oportunidad, ¿para qué?

—Vine aquí dispuesto a contarte cómo me sentía y a dejarte ir porque pensé que estabas con mi primo; pero si no sois pareja, yo... quisiera... —Dudó durante unos segundos antes de recuperar su firmeza—. Quisiera que tuviéramos una relación.

—¿Qué tipo de relación? —preguntó con duda. Necesitaba que ambos tuvieran las cosas claras desde el principio.

—La relación que tú quieras. Te amo, Adrián. Estos meses han sido un suplicio, pese a que me han servido para darme cuenta de que estar contigo y amarte han sido los únicos momentos de paz que he tenido en años. Sé que te he hecho mucho daño, no obstante, te juro que si me das una oportunidad no te vas a arrepentir.

—Está bien —aceptó tras unos segundos en silencio—. Yo también te amo y estoy harto de sufrir. Estoy dispuesto a intentarlo.

—Sé que no va a ser fácil —añadió Marco—. En ocasiones necesitaré que seas fuerte por los dos, pero si tú estás dispuesto, haré todo lo que esté en mi mano para hacerte feliz.

Nicola se sentía como en una nube. Abrazada a Alexei, pensaba que no se podía ser más feliz.

—¿Nos vamos? —le preguntó su marido al oído.

Tenía el coche preparado con las maletas en él. Le había ofrecido a Nicola llevarla de luna de miel al lugar del mundo que ella quisiera, y ella le había pedido que la llevara a Rusia, al pueblo en el que había nacido. El avión les estaba esperando, y la verdad es que estaba emocionado, feliz. Deseaba compartirlo todo con ella. Si bien antes, tendrían que despedirse de Adrián, de Marco, de Iván y de Maya.

—Iván y Maya no han vuelto a aparecer —confirmó ella con una sonrisa.

—¿Por qué sonríes?

—Porque solo se me ocurre un motivo por el que no estén aquí —le aseguró con picardía —Ven, vamos a buscarlos —le pidió mientras tiraba de él hacia la casa.

Alexei se dejó llevar. Entraron en la casa, sin embargo, la pareja no se encontraba en el salón, y aunque les llamaron en voz alta, nadie contestó. De pronto, Nicola, con risa pícara, se dirigió a la puerta de su estudio y, sin hacer ruido, la abrió muy despacio para echar un vistazo en el interior.

Alexei se asomó por encima de ella y allí les vio. Habían descubierto la cama que presidía la habitación y era evidente que la habían usado. Yacían abrazados el uno al otro, cubiertos solo por una sábana. Alexei sonrió. Los quería a ambos y se alegraba de que fueran felices. Estaba claro que Maya le había contado a su amigo lo de embarazo y, por lo que suponía, él se había alegrado. Les llamarían al día siguiente para felicitarles tal y como correspondía.

Nicola cerró la puerta despacio procurando no despertarles y le susurró con suavidad:

—Vamos a buscar a mi primo.

Salieron de nuevo al jardín y Alexei tropezó con Nicola cuando esta se detuvo de forma repentina mientras dejaba escapar un jadeo ahogado.

—¡No me lo puedo creer! —exclamó entusiasmada mientras daba saltos de alegría.

—¿Qué pasa? —preguntó extrañado tratando de ver qué era lo que había entusiasmado tanto a su mujer.

En el centro de la pista estaban Adrián y Marco bailando juntos y no de una forma discreta, se notaba que ambos eran consumados bailarines, la gente había hecho un círculo alrededor de ellos y los miraba con envidia. Cuando terminaron de bailar, todo el mundo rompió en aplausos.

Nicola empezó a llorar emocionada.

—¿Por qué lloras? —preguntó Alexei mientras la abrazaba.

—Porque soy muy feliz y porque todas las personas que queremos también lo son.

—¡Marco! —llamó Alexei al verlo abandonar la pista de baile junto al primo de Nicola.

Al oírlo, durante un segundo pareció que Marco dudaba en soltar la mano de Adrián, pero al final la cogió aún con más firmeza y juntos se acercaron a hablar con ellos.

—¡Felicidades! —exclamó Nicola abrazándoles con emoción.

—¿No somos nosotros los que tenemos que felicitaros? —preguntó su primo con una sonrisa.

—¿Estás bien? —preguntó a su vez Alexei a Marco. Sabía que había sufrido mucho antes de ser capaz de dar este paso.

—Ahora sí —respondió este mientras sujetaba la mano de Adrián con orgullo—. ¿Dónde están Maya e Iván?

Alexei y Nicola intercambiaron una mirada cómplice.

—Creo que tendréis que esperar a mañana para informarlos de vuestra relación. Nos vamos —anunció ella, se acercó a Marco y le dio un beso en la mejilla—. Haz feliz a mi primo.

—Lo haré. Te lo prometo.

Y con esa promesa Alexei y Nicola se subieron al coche. Nicola miró hacia atrás con un suspiro, y nuevas lágrimas de felicidad cayeron por sus mejillas. Era increíble cómo habían cambiado las cosas en tan poco tiempo. Si le hubieran dicho hace unos meses que sería tan feliz, no se lo hubiera podido creer.

Jamás hubiera pensado que un alma rota podía curarse y, sin embargo, todos ellos habían encontrado la felicidad.

**

Otros títulos publicados de Romántica's Sandra

Almas rotas

No te olvidé

El precio de tu amor

Orgullo y dolor

Serie La pasión de los jeques:

Te ofrecí mi corazón

Dueña de mi corazón

Serie Crónicas de Atilán:

Vuelve a mí

Morgana

Serie Mafia:

El recuerdo de tu voz

Títulos publicados de Juvenil's Sandra

La mansión encantada

Viaje a Eldor

El duende de las letras

Made in United States
Orlando, FL
30 November 2022

25286804R00225